12
변변찮은 마술강사와 금기교전
Akashic records
of bastard magic instructor

"추워어어어어어
어어어어어어—!"
글렌 레이더스
마술을 싫어하는 마술강사.
전반기 방학 동안 뭘 할지
고민하던 차에 세리카의
스노리아 여행에 억지로
끌려오게 됐다.
리엘 레이포드
글렌의 전 동료.
시스티나와 루미아의 속내를
아는 건지 모르는 건지……
아무튼 여행에는 따라왔다.
"이 시기의 스노리아는
볼 게 많을걸?"
세리카 아르포네아
『잿더미의 마녀』라는 별명을
가진 마술사. 즐거운 추억을
만들려고 이번 여행을
계획했지만, 한편으로는
어딘지 모르게 초조해하는
기색이 보이는데……?
"으음……
딸기 타르트 가게는
어디야?"

"여기가 화이트타운이구나! 멋져!"

루미아 틴젤

청초하고 마음씨 고운 소녀.
이번 여행을 통해 글렌이
자신을 한 명의 여자로
봐주는 것이 목표.

"저기 좀 봐! 저기서
공연하는 사람이 있어!"

시스티나 피벨

고지식한 우등생.
글렌과 세리카의 관계에
위기감을 느끼고 억지로
여행에 따라오는데?!

"그, 그러시는 게
어딨어요오오오오오~?!"
시스티나는 자신의 인식 부족을 깨달았다.
평범한 눈싸움?
공격 수단은 눈덩이뿐이니 승산이 있다고?
당치도 않았다.
이건— 마술 전투였다.

"내가 술 따라줄게에~."
"너희는 또 왜 그래?!
술 냄새!"
콜레트 프리다
성 릴리 여학원 『검은 백합회』의
수장. 대범하고 방약무인하지만
남을 잘 돌봐주는 누님 기질의
성격.
"선생니임도오 저이라앙
가치 마시자구요오~."
프랑신 예카티나
성 릴리 여학원 『흰 백합회』의
수장. 재색을 겸비한 아가씨.
약간 고압적이고 오만한 점이
옥에 티?

"그래. 난 오늘
너와 함께 본 이 광경을
절대로 잊지 않을 거다……."

은색 밤하늘—.
그것을 부드럽게 감싸듯
거대한 빛의 커튼이 드리워져 있었다.
적, 청, 녹, 분홍—.
마치 무지개처럼 그라데이션이 들어간 거대한 빛의 커튼.
빙은하(氷銀河)를 물과 얼음의 예술이라 평한다면
이것은 그야말로 빛의 예술이었다.

스노리아 지방의 전통행사.
기원은 스노리아에 뿌리 깊게
남은 백은룡 신앙이었지만
지금은 단순한 관광사업의
일환이다.

CONTENTS

변변찮은 마술강사와 금기교전 12

Akashic records of bastard magic instructor

히츠지 타로 지음
미시마 쿠로네 일러스트
최승원 옮김

교전은 만물의 예지를 관장하고, 창조하며, 장악한다.
그러하기에 그것은
인류를 파멸로 인도하게 되리라──.

『멜갈리우스의 천공성』 저자 : 롤랑 엘트리아

Akashic records of bastard magic instructor

Character

Main

시스티나 피벨

고지식한 우등생. 위대한 마술사였던 조부의 꿈을 자기 힘으로 이뤄내기 위해 흔들림 없는 정열을 바치는 소녀.

글렌 레이더스

마술을 싫어하는 마술강사. 만사에 무책임하고 의욕 제로. 마술사로서도 삼류라서 장점은 전혀 없는 셈. 그런 그의 진정한 모습은—?

루미아 틴젤

청초하고 마음씨 고운 소녀. 누구에게도 밝힐 수 없는 비밀을 가지고 있으며 친구인 시스티나와 함께 열심히 마술 공부에 매진하고 있다.

리엘 레이포드

글렌의 전 동료. 연금술로 고속 연성한 대검을 다룬다. 근접 전투에서 비교할 자가 없는 이색적인 마도사.

알베르트 프레이저

글렌의 전 동료. 제국 궁정 마도 사단 특무 분실 소속. 신기에 가까운 마술 저격이 특기인 굉장한 실력의 마도사.

엘레노아 샤레트

알리시아의 직속 시녀장 겸 비서관. 하지만 그 정체는 하늘의 지혜연구회가 제국 정부로 보낸 밀정.

세리카 아르포네아

제국 마술 학원 교수. 글렌의 스승인 동시에 길러준 부모이기도 한 수수께끼가 많은 여성.

Academy

웬디 나블레스

글렌이 담당하는 반의 여학생. 지방 유력 명문 귀족 출신. 자부심이 강하고 권위적인 성격의 세상 물정 모르는 아가씨.

린 티티스

글렌이 담당하는 반의 여학생. 약간 내성 적이고 체격도 작아서 귀여운 동물처럼 보이는 소녀. 자신감이 없어서 고민이 많다.

기블 위즈덤

글렌이 담당하는 반의 남학생. 시스티나 다음가는 우등생이지만 결코 주변과 어울리려 하지 않는 냉소주의자.

카슈 윙거

글렌이 담당하는 반의 남학생. 덩치가 크고 튼실한 체격. 성격이 밝고 글렌에게 호의적이다.

세실 클레이튼

글렌이 담당하는 반의 남학생. 조용한 독서가. 집중력이 높아서 마술 저격에 재능이 있다.

할리 아스트레이

제국 마술 학원의 베테랑 강사. 마술 명문 아스트레이 가문 출신. 전통적인 마술사와는 거리가 먼 글렌에게 공격적이다.

Character

마술

Magic

—

룬어라고 불리는 마술 언어로 구성한 마술식으로 수많은 초자연 현상을 일으키는
이 세계의 마술사에게 지극히 『당연한』 기술.
영창하는 주문의 구절과 마디 수,
템포, 술자의 정신상태에 따라 자유자재로 형태를 바꾸는 것이 특징.

교전

Bible

—

천공의 성을 주제로 삼은 지극히 아동 취향인 옛날이야기로 세계에 널리 퍼져있다.
그러나 그 소실된 원본(교전)에는
이 세계에 관한 중대한 진실이 적혀있다고 전해지며, 그 수수께끼를 좇는 자에게는
어째선지 불행이 닥친다고 한다.

알자노 제국 마술학원

Arzano Imperial Magic Academy

—

약 4백 년 전, 당시의 여왕 알리시아 3세의 주도로 거액의 국비를 투입해서
설립한 국영 마술사 육성 전문학교.
오늘날 대륙에서 알자노 제국이 마도대국으로 명성을
떨치는 기반을 만든 학교이자, 늘 시대의 최첨단 마술을 배우는
최고봉의 교육 기관으로서 주변 국가에 널리 알려져 있다.
현재 제국의 고명한 마술사 대부분이 이 학원의 졸업생이다.

Keyword

서 장 일단락

마침내 찾아온 그날, 알자노 제국 마술학원의 전교생 1,624명이 경기장에 줄지어 모여 있었다.

"……음, 이상. 오늘부로 1,853년도 전반기 수업을 종료한다."

그리고 그 경기장 안쪽에 비치된 단상에서는 얼마 전에 학원장으로 복직한 릭이 전반기 종업식을 끝맺는 말을 하는 중이었다.

"자, 그럼 제군들은 내일부터 학기간 장기 휴가…… 특히 1학년들은 첫 가을 방학을 맞이하게 된 셈이네만……."

릭은 그렇게 말하다 문득 학생들을 둘러보았다.

역시 내일부터의 즐거운 일상을 기대하며 안절부절 못하는 학생들이 태반이었다. 자신의 이야기 따윈 거의 듣지 않고 있었다.

그런 학생들의 모습에서 자신의 젊은 시절을 떠올린 릭은 쓴웃음을 짓고 요점만 간략하게 짚은 뒤 이야기를 마치기로 결심했다.

"……제군들은 긍지 높은 알자노 제국 마술학원의 학생이라는 사실을 유념하고 학생다운 절도를 지키며 또한 이 기회에 자기 단련도 있지 않도록—."

이윽고 종업식이 완전히 종료되었다.

해산한 학생들은 들뜬 기색으로 각자 교실로 돌아갔다.

"……하아, 끝나버렸구만."

그런 가운데 글렌은 등을 움츠린 자세로 힘없이 자신이 담당하는 반을 향해 걸어가는 중이었다. 경기장을 나와 본관으로 향하는 수많은 학생들의 인파에 몸을 맡긴 상태로…….

"하아…… 뭘 그렇게 축 쳐져 있는 건데?"

그러자 붉게 타오르는 듯한 머리카락의 여자가 기가 막힌 얼굴로 글렌의 옆에 나란히 섰다.

얼마 전에 제국군에서 파견돼서 다음 학기부터 시작될 새로운 커리큘럼인 『군사 교련』 수업의 강사가 된 이브 이그나이트…… 아니, 지금은 어머니 쪽 성을 쓰는 이브 디스트레였다.

"그런 꼴로는 학생들의 본보기가 안 되잖아? 나 참."

"……응? ……음, 뭐랄까. 이런저런 사정이 있어서."

글렌은 시선을 피하고 머리를 긁으며 대답하다가 마침 뭔가 떠올랐는지 이브에게 질문을 던졌다.

"그러고 보니 넌 내일부터 방학 동안 뭐 하고 지낼 거냐?"

"……나?"

이브는 글렌의 얼굴을 슬쩍 흘겨보았다.

"난 다음 학기의 『군사 교련』 수업 때문에, 이런저런 법적 절차나 준비 같은 처리해야 할 일이 많으니까 일단 제도로 돌아가 볼 생각이야. 가져와야 할 짐도 있고, 거기다……."

이브는 잠시 머뭇거리다 자신의 왼팔을 내려다보았다.

"아니, 아무것도 아니야. 아무튼 난 할 일이 많아서 방학 중에는 페지테에 없을 거야. 잘됐네, 글렌. 한동안 내 얼굴을 안 봐도 될 테니까."

그렇게 한동안 손을 쥐었다 폈다가 눈을 가늘게 뜨더니 왠지 불만스럽게 입가를 일그러트리며 글렌을 흘겨보았다.

"그래? 그거 참 잘 됐네~. 우와~ 기뻐서 춤이라도 추고 싶을 지경인걸~."

그러자 글렌은 대놓고 호들갑을 떨면서 어깨를 으쓱였다.

그리고 두 사람은 그대로 입을 다물고 걸음을 옮겼다.

이윽고 별관으로 가는 이브와 달리 담당 교실로 가려고 글렌이 등을 돌린 순간—.

"흥. 쓸데없는 참견일지도 모르겠지만…… 일단 말은 해둘게."

갑자기 무슨 생각이 든 건지 이브가 글렌의 등을 돌아보고 입을 열었다.

"당신, 이번 방학 때 한가하면…… 가끔은 그 애들한테 서비스라도 해주는 게 어때?"

"뭐? 서비스? 그 애들? ……그게 대체 무슨 뜻이야?"

글렌도 등을 돌리고 물어봤지만 이브는 자세한 설명없이

그대로 머리카락을 쓸어 올리며 떠나갔다.

글렌은 그런 이브의 등을 의아한 눈으로 계속 바라볼 수밖에 없었다.

그리고 방과 후.

"……진짜로 끝나버렸구만."

전반기 마지막 종례를 마친 2학년 2반 교실에서, 글렌은 교탁에 턱을 괸 늘어진 자세로 그런 말을 중얼거렸다.

그의 눈앞에서는 들뜬 모습의 학생들이 내일부터 시작될 방학에 관해 시끄럽게 대화를 나누며 돌아갈 채비를 갖추고 있었다.

"야, 너희는 내일부터 뭐 하고 지낼 거야?"

"……뭘 하긴 뭘 해. 흥, 당연히 과제와 다음 학기 예습이지."

"난 알바려나? 실은 사고 싶은 책이 있거든."

"전 오랜만에 고향으로 귀성할 예정이랍니다! 올해는 테레사와 린도 함께 저희 영지에서 보낼 거라고 약속했으니까요!"

"나블레스령(領)은 물도 공기도 좋기로 유명한 곳이니까 벌써 기대돼요."

"……저, 정말 괜찮을까? 그…… 나 같은 게 신세를 져도……."

"음~ 귀성인가. 고향이라…… 두 번 다시 그런 촌구석에는 돌아가고 싶지 않지만…… 나도 오랜만에 할아버지한테 얼굴이나 보여주러 가볼까?"

카슈, 기블, 세실, 웬디, 테레사, 린…… 2반의 주요 멤버들을 중심으로 들뜬 분위기가 가라앉을 줄 몰랐다.

알자노 제국 마술학원의 한 해 수업 과정은 전반기와 후반기로 나눠진다.

그 학기 사이에 낀 약 한 달 정도의 휴가가 학기간 장기휴가…… 이른바, 가을 방학이었다.

"하아…… 내일부터 진짜 어쩌지?"

글렌은 신이 난 얼굴로 교실을 나가는 학생들을 눈으로 배웅하며 한숨을 내쉬었다.

한숨이 나오는 이유는 본인도 자각하고 있었다.

이러니저러니 해도 오늘까지는 수업 등으로 매일처럼 바쁜 충실한 나날을 보냈다.

하지만 일시적이나마 갑자기 그런 상태에서 해방된 탓에 쓸쓸하면서도 뭔가 허전한 듯한 기묘한 허탈감이 찾아온 것이다.

그리고 한편으로는 그런 자신의 감정 변화에 놀라움을 감출 수 없었다.

얼마 전까지만 해도 아무 일도 하지 않고 멍하니 시간만 보내는 타락한 백수 생활로 돌아가고 싶어 했었는데 말이다.

'……지난 달에 벌어진 『페지테 최악의 사흘간』 사건으로 완전히 파괴된 세리카의 저택은 재건 중…… 덤으로 본인도 그 사건 이후로 한 번도 페지테에 돌아오지 않았지…….'

글렌의 스승이자 길러준 부모이기도 한 세리카는 『페지테 최악의 사흘간』 사건이 종결된 후 일방적으로 할 일이 있다는 말을 남기고 페지테를 떠났다.

또한 저번 『이면 학원 소동』 때도 여행처에서 맥심이 부정을 저지른 증거를 속달로 보내기만 했을 뿐, 글렌의 앞에 모습을 보이기는커녕 돌아올 낌새도 보이지 않았다.

'……세리카 녀석, 진짜 요즘 뭘 하고 있는 거지?'

세리카가 없으면 필연적으로 자신은 이 더럽게 긴 방학 기간 동안 혼자서 지내야만 했다. 딱히 부모와 떨어져서 외로움을 느낄 나이는 아니지만 한숨이 나오는 건 어쩔 수 없으리라.

……그건 그렇고 아무튼 지금 당면한 가장 큰 문제는 내일부터 대체 뭘 하며 시간을 보내느냐였다.

'……뭐, 마침 좋은 기회일지도 모르겠군.'

문득 글렌은 품속에서 한 권의 수기를 꺼냈다.

저번 『이면 학원 소동』 때 입수한 『알리시아 3세의 수기』였다.

온갖 적대 세력이 간절히 탐내는 정체불명의 금기교전(아카식 레코드). 그것에 관한 중대한 정보가 적혀 있을지도 모르는 수기였지만 난해한 마술 암호로 적힌 탓에 해독은 무척 곤란했다.

'이상할 정도로 우리와 연관될 때가 많은 정체불명의 아카식 레코드…… 저티스 자식이 말했던 「세계의 섭리를 지배

하는 힘」. 이왕 이렇게 된 김에 느긋하게 그 정체를 조사해 보는 것도 나쁘진 않겠어.'

메이벨은 언젠가 이 세계가 파멸할지도 모른다고 했지만 솔직히 실감은 전혀 없었다. 그저 질 나쁜 농담으로밖에 들리지 않았다.

하지만 자신을 믿고 맡긴 물건을 보지도 않고 내버려두는 건 왠지 뒷맛이 찝찝했다.

애초에 그 알리시아 3세가 남긴 수수께끼의 마술 수기라는 것만으로도 어느 정도 내용에 관심이 가기도 했고, 아카식 레코드의 정체 또한 줄곧 신경이 쓰이던 문제이긴 했다.

지나친 호기심은 화를 부른다는 것을 알면서도 결국 눈을 돌리지 못하는 것은 마술사의 본성.

어차피 할 일도 없으니 한동안 해독에 전념하는 것도 나쁘진 않으리라.

"그럼, 뭐. 학교 부속 도서관에서 마술 암호에 관한 문헌이라도 뒤져볼까……."

기지개를 켜고 하품을 한 글렌은 수기를 들고 일어났다.

그리고 잠시 생각에 잠긴 사이에 한산해진 교실에서 나가려 한 순간—.

"서, 선생님!"

뒤에서 약간 옥타브가 높은 목소리가 들렸다.

글렌이 귀찮은 얼굴로 등을 돌리자 시스티나, 루미아, 리엘…… 늘 같이 다니는 3인조가 나란히 서 있었다.

"……왜? 너희들, 집에 간 거 아니었냐?"

"저기, 그게…… 여쭙고 싶은 게 있는데요……."

맨 앞에 선 시스티나가 힐끔힐끔 시선을 피하며 횡설수설 질문했다.

"선생님은…… 이번 가을 방학에 반드시 해야 할 중요한 일정 같은 건 없으세요?"

"일정?"

뜬금없는 질문에 글렌은 고개를 갸웃거리고 대답했다.

"……아니? 딱히 아~무것도 없다만?"

"그, 그런가요……."

"그게 왜?"

그러자 시스티나는 뭔가를 결심한 듯 글렌을 똑바로 바라보며 입을 열었다.

"그, 그럼…… 저기, 저희랑 같이 여행이라도 가는 건 어떠세요?!"

"뭐? 여, 여행~?"

전혀 예상치 못한 대답에 글렌은 눈을 휘둥그레 떴다.

—여기서 잠시 시간을 거슬러 올라가 어제 저녁. 장소는 피벨 저택의 라운지.

"저기, 시스티. 아무래도 우리, 이대로 가만히 있으면 안 될 것 같아."

목욕을 마치고 네글리제로 갈아입은 후 슬슬 자려고 한 찰나에 늘 온화한 분위기의 루미아가 웬일로 진지한 표정을 짓더니 갑자기 그런 선언을 했다.

"가만히 있으면 안 되겠다니…… 대체 그게 무슨 소리야? 루미아."

시스티나는 취침 전의 핫 밀크를 마시며 눈을 깜빡거렸다.

……?"

소파에서 졸고 있던 리엘도 눈을 가늘게 뜨고 루미아를 올려다보았다.

"물론 글렌 선생님 일 말야."

"……선생님이 왜?"

"응. 이브 씨라는 전대미문의 강적이 출현한 이상, 언젠가 선생님이 우리의 마음을 눈치채고 받아주실 거라는 수동적인 자세로 있어선 안 될 것 같아."

"푸웁~!"

그 순간, 시스티나의 입에서 뿜어진 우유가 옆에 앉은 리엘의 머리카락과 옆얼굴을 질척질척하게 적시고 말았다.

"……."

리엘이 약간 슬픈 얼굴로 눈을 내리깔고 어깨를 축 늘어트렸지만 시스티나는 전혀 눈치채지 못하고 새빨개진 얼굴로 당황했다.

“자, 자, 잠까안?! 얘, 얘가 진짜 별안간 무슨 소릴?!”

그러자 루미아는 리엘의 머리카락과 얼굴을 손수건으로 닦아주면서 계속 말을 이었다.

“확실히 글렌 선생님과 이브 씨는 지금은 만나기만 하면 서로 으르렁대시지만, 어떤 계기로 감정이 뒤바뀌어서 그대로……라는 예감이 들었거든.”

“……으.”

불안해하는 루미아의 목소리에 시스티나는 반사적으로 말문이 막혔다.

확실히 두 사람은 표면상으로는 견원지간이었다. 자세한 건 잘 모르겠지만 군 시절에 뭔가 복잡한 사정과 불화가 있었으리라는 건 대충 짐작이 갔다.

지금은 그 사정이 두 사람의 거리를 완벽히 가로막고 있었다. 그 사정이 있는 한 두 사람의 길이 진정한 의미로 이어지는 건 절대로 불가능하리란 것도…….

하지만 만약 그 사정이라는 것이 해결된다면?

그렇지 않아도 근본적으로는 닮은꼴인 글렌과 이브의 관계가 어떻게 변할지 대체 누가 예상할 수 있을까?

“그, 글쎄? 나, 나, 난 선생님이 누구랑 사귀든 사, 사, 상관어어어…….”

하지만 시스티나는 이제 와서 새빨개진 얼굴로 시선을 피하고 머리카락을 손가락으로 둘둘 말면서 자신의 감정을 부정하려 했다.

루미아는 여전히 연애에 관해서는 지나치게 소극적인 친우의 모습에 쓴웃음을 지을 수밖에 없었다.

"안심해, 시스티. 딱히 지금 당장 어떻게 되는 건 아닐 테니까."

"그그그, 그러니까 나나나난 딱히……."

"다만…… 선생님도 이제 슬슬 우리를 한 사람의 여자로 봐주셨으면 싶거든."

루미아의 지적에 시스티나는 퍼뜩 놀란 표정을 지었다.

그 말대로였다. 아무튼 글렌은 자신들을 어디까지나 학생으로만 볼 뿐, 여자로는 보지 않는 구석이 있었다.

글렌과 자신들의 관계는 어디까지나 교사와 학생이니까.

가끔 시스티나에게서 세라라는 여성의 모습을 보는 듯한 눈빛을 보낸 적이 있지만, 그것도 과거를 그리워하는 분위기만 느껴질 뿐 딱히 여자로 보는 시선은 아니었다.

이건 결판을 내기 이전의 문제였다.

"나는 선생님과 학생이라는 이 관계도 소중하지만…… 역시 언젠가는 한 사람의 여자로 인정해주시길 바라. 계속 어린애 취급만 하는 건…… 좀 불만스러워."

"무, 무무무슨 소리인지, 전혀 모르겠거든?!"

시스티나는 완전히 동요하다 못해 거동이 수상해 보이는 모습으로 말했다.

"아, 아무튼! 그 인간이 우리를 여자로 보게 하자는 건 찬성해! 그 인간도 레이디를 대하는 법을 조금쯤 이해해 줄지도 모르니까!"

"응. 나도 어엿한, 레이디? 니까. 무슨 일만 있으면 내 머리에 주먹을 들이미는 것도 고쳐야 해."

리엘은 정확히는 무슨 뜻인지 모르면서 대충 분위기상 무표정으로 고개를 끄덕였다.

"하, 하지만 구체적으로 어떻게 할 건데? 그 인간, 행실은 변변찮은 주제에 그런 일에 관해서만큼은 철저하게 선을 긋고 있잖아? 아마 어지간한 일로는……."

그 벽창호가 자신들을 여자로 의식하게 한다?

뭐랄까, 생각만 해도 두통이 생기는 장대한 계획이었다.

루미아는 쓸쓸한 표정으로 관자놀이를 누르는 시스티나에게 장난스럽게 말했다.

"응, 나도 좀 생각해봤는데…… 역시 선생님은 적어도 학교에 있는 한 우리를 학생으로만 보실 거야. 그러니까 일단 학교를 벗어나는 것부터 시작해서……."

그런 사정으로—.

"그게, 저희는 늘 학교에서만 지내잖아요? 그러니까 이런 기회를 이용해서 적극적으로 바깥 세계를 보고 견문을 넓히는 것도 나쁘지 않겠다 싶어서……."

"하지만 학생이 여행을 가려면 보호자가 필요하잖아요? 유감스럽지만, 시스티네 부모님은 일 때문에 바쁘시니까 선생님께서 대신 보호자 역할을 맡아주시면 안 될까 해서요."

"응. 난 잘 모르겠지만, 글렌. 여행, 가자. 분명 즐거울 거야."

—글렌은 지금 시스티나, 루미아, 리엘에게 포위된 상태였다.

"음~? 여행이라?"

글렌은 뭔가 기대하는 표정의 세 소녀와 손에 든 수기를 번갈아 쳐다보았다.

그러자 마침 가끔은 서비스라도 해주라는 이브의 말이 떠오른 글렌은, 이윽고 속으로 결론을 내리고 수기를 주머니에 쑤셔 넣었다.

"뭐, 알았다. 어차피 할 일도 없어서 한가했으니까."

"예?! 정말요?!"

"응. 솔직히 귀찮지만, 너희들에게는 평소에 늘 신세를 지기도 했으니까 말이지."

"서, 성공이야, 루미아! 분명 투덜댈 줄 알았는데 의외로 간단히 허락을 받아냈어!"

글렌이 쾌히 승낙하자 시스티나는 기쁜 표정을 지었다.

'으음~ 이런 식으로 별로 망설이지도 않고 간단히 허락해주시는 걸로 봐선, 역시 우리를 전혀 여자로 보시지 않는 것 같은데…….'

하지만 루미아는 복잡한 심경으로 쓴웃음을 지을 수밖에

없었다.

"그건 그렇고 여행이라니, 너희는 어딜 가고 싶은 건데?"

"그게, 실은 이런저런 후보를 찾아봤는데……."

글렌의 허락을 받은 덕분에 어째선지 한껏 들뜬 시스티나가 여행지 후보를 떠올린 그때였다.

두다다다다다!

누군가가 복도에서 맹렬히 달려오는 소리가 들렸다.

그리고 다음 순간—.

"그을~~~~레에~~~~엔!"

타앙!

교실 문이 세차게 열리더니 한 여성이 안으로 몸을 날렸다.

길게 나부끼는 호화스러운 금발이 창문에서 새어 들어온 저녁 햇살을 선명하게 반사했다.

설마 미의 여신이라도 강림한 것일까. 그 여성이 공간에 존재감을 주장한 것만으로도 평범했던 교실이 마치 희곡 무대의 피날레처럼 화려하게 변모했다.

"어?! 너, 넌…… 읍?!"

"진짜 오랜만이야~! 만나고 싶었다고, 글렌~!"

그 미녀는 당황해서 굳어버린 글렌을 세차게 끌어안았다.

이 마성의 미모를 자랑하는 미녀의 정체는—.

"아, 아르포네아 교수님?!"

글렌의 양어머니이자 스승인 세리카 아르포네아였다.

아무래도 페지테에 도착하자마자 이쪽으로 달려온 모양인지 여행복 차림으로 입실하는 동시에 내던진 여행용 가방이 교실 바닥을 굴러다녔다.

"으으으으으읍?! 수, 숨 막혀!"

세리카의 부드럽고 탐스러운 언덕 사이에 얼굴이 파묻힌 글렌이 괴로워했지만, 세리카는 전혀 개의치 않고 있는 힘껏 끌어안은 채 이리저리 휘두르며 머리를 마구 쓰다듬었다.

"그래, 그래, 그래! 흐흥, 내가 없어서 외로웠어? 외로웠지? 응, 미안! 널 한참 혼자 내버려둬서! 하지만 이젠 괜찮아!"

"에에잇! 이거 놔! 들러붙지 좀 말라고!"

간신히 세리카의 포옹에서 벗어난 글렌은 뒤로 잽싸게 물러났다.

"뭐야, 쌀쌀맞게. 모자간의 스킨십일 뿐이잖아?"

세리카는 팔짱을 끼며 씨익 웃었다.

"시끄러! 몇 번이나 말했지만, 나랑 넌 생판 남이거든?! 그렇게 일일이 아무렇지도 않게 들러붙지 좀 말라고! 짜증나니까!"

"어라~? 혹시 날 여자로 의식한 거냐? 큭큭큭……."

"아, 아니거든?!"

글렌은 지긋지긋한 얼굴로 경국지색의 미녀처럼 요사스럽게 웃는 세리카에게 반박했다. 그런 그의 모습에서 여느 때와 같은 표표한 태도와 여유는 전혀 찾아볼 수 없었다.

'……응?'

'어, 어라……?'

시스티나와 루미아는 그런 두 사람의 모습을 굳은 얼굴로 지그시 바라보았다.

……이유 모를 맹렬한 조바심을 느끼면서.

"뭐, 됐다. 그보다, 글렌. 너, 얼른 짐이나 챙겨와."

하지만 세리카는 그런 두 소녀에게는 곁눈질도 주지 않고 그렇게 말했다.

"뭐? 짐? 뜬금없이 왜?"

"여행이야, 여행. 너랑 내가 단둘이 여행을 가는 거라고. 모자끼리 돈독하게."

"뭐어~?!"

""예에~?!""

그 갑작스러운 선언에 글렌, 시스티나, 루미아는 아연실색한 얼굴로 입을 떡 벌렸다.

"모처럼의 가을 방학인데 즐기지 않는 건 손해잖아? 행선지는 이미 정해뒀어! 하~ 너랑 단둘이 여행이라니 이게 대체 몇 년 만이지? 무척 기대되는걸!"

"뭐, 뭐라고?! 자, 잠깐. 여행?!"

누가 끼어들 틈도 없이 상황은 급속도로 진전되었다.

"바, 바보 아냐?! 나랑 단둘이 여행이라니! 여러 가지 의미로 위험—."

“응? 무슨 문제라도 있어? 옛날에는 자주 같이 다녔잖아?”

“그게 대체 몇 년 전 일인데! 야, 너랑 난 부부는커녕 연인도 아니라고! 이제 와서 단둘이 여행이라니, 그런 건…….”

“어라~? 역시 날 의식한 거냐? 어머니를 상대로? 훗, 이 변태 녀석!”

세리카는 그야말로 악녀 같은 표정으로 글렌을 마구 놀려댔다.

“오호라…… 정다운 여행지에서 넌 상황과 기세에 몸을 맡긴 채 나한테 대체 무슨 짓을 저지르려는 거지? 이게 바로 금기의 불장난(아방튀르)이라는 건가? 응?”

“적, 당, 히, 하, 라, 고! 이 짜샤!”

글렌은 어른의 여유를 보이며 교태를 부리는 세리카를 묘하게 여유가 없는 표정으로 노려보았다.

‘어, 어째서 우리는…….’

‘지금까지 눈치채지 못했던 걸까…….’

그런 두 사람의 모습을 본 시스티나와 루미아는 이마에 식은땀을 흘리며 입을 삐끔거렸다.

이브가 문제가 아니었다.

설마 이런 가까운 곳에 최대 최강의 적이 숨어 있었을 줄이야.

글렌이 그럭저럭 여자로 의식하고 있는 데다 가장 친밀할 뿐만 아니라 가장 가까운 곳에서 그 누구보다 그의 사정을 깊이 알고 있는 인물…….

딱 스무 살 정도로 육체연령이 고정된 불로의 영원자[이모탈리스트](永遠者)이긴 하지만, 아직 십대 중반의 소녀에 불과한 자신들보다 글렌에게 잘 어울리는 인물.

세리카 아르포네아.

그녀들이 진정으로 경계해야 하는 적은 다름 아닌 그녀였던 것이다.

"자~ 그럼 얼른 내일 여행을 대비해서 역마차와 열차표나 사둘까."

"기다려, 야! 내 말 좀 들어! 난 이미 선약이~! 잠깐 기다리래도!"

글렌은 여느 때와 다름없이 세리카에게 목깃을 잡힌 채 질질 끌려가고 있었다.

"……."

"……."

시스티나와 루미아는 그 모습을 보면서 생각에 잠겼다.

아무튼 상대는 그 세리카다.

그녀가 글렌을 데려가겠다고 선언한 이상, 그건 이미 누가 와도 뒤집을 수 없는 확정된 일이다.

이렇게 되면 하늘에서 비 대신 창이 쏟아지든, 폭풍이 몰아치든, 이웃나라가 침공해오든, 마왕이 강림해서 세계를 멸망시키려고 하든 관계없이 자신의 뜻을 관철하는 자가 바로 세리카 아르포네아라는 여자였다.

묘령의 여성과 글렌의 여행.

이 미증유의 위기 앞에서 자신들이 해야 할 행동은—.

"아, 아르포네아 교수님?! 좋으시겠네요, 여행! 부러워라~!"

"그, 그게…… 저희도 같이 데려가주시면 안 될까요?!"

—이것밖에 없었다.

"응? 너희도 가겠다고?! 그래, 난 상관없어! 이 아이가 기뻐할 테니까!"

"꾸엑?! 좀 놓으라고!"

세리카는 뒤에서 글렌의 어깨에 팔을 두르고 웃었다.

'하아…… 왜 일이 이렇게 된 거지……?'

'아하하…… 전도다난할 것 같네…….'

한편, 시스티나와 루미아는 힘없이 어깨를 늘어트리고 한숨을 내쉴 수밖에 없었다.

"응, 다 같이 여행. ……기대돼."

그저 리엘만이 눈을 가늘게 뜨고 기뻐했다.

제1장 스노리아에 어서 오세요

세리카의 선언으로 글렌 일행은 가을 방학이 시작되자마자 여행을 떠나게 되었다.

다음 날, 글렌과 재회했을 때부터 이상할 정도로 들뜬 세리카의 주도로 글렌과 세 소녀는 허겁지겁 페지테를 떠났다.

세리카에 말에 따르면 목적지는 스노리아라고 한다.

스노리아는 알자노 제국의 변경 지방 중 하나이자 북방 산악 지방이라고도 불리는 곳이었다.

학원도시 페지테가 있는 요크셔 지방. 그 북쪽의 제도 오를란도가 있는 이테리아 지방의 북서쪽에 맞닿은 호수 지방 릴리타니아.

하지만 스노리아의 위치는 이테리아의 북동쪽인 동시에 릴리타니아의 동쪽. 토지의 8할 이상이 영구 설산이라 불리는 실바노스 산맥과 분지로 구성된 고산지대였다.

그런 스노리아의 북방은 북해라 불리는 광대한 빙해와 맞닿아 있었다. 그리고 그보다 더 북쪽으로는 세계지도의 최북단인『하얀 대빙원』이라 불리는 전인미답의 영역이 존재했고, 영맥(레이라인) 관계상 그쪽에서 내려오는 차디찬 기단을 실바노스 산맥이 막고 있는 형태였다.

이런 이유로 스노리아 이남에는 살기 좋은 『해양성 온대 기후권』이 조성됐지만, 스노리아는 일 년 내내 눈과 얼음으로 뒤덮인 『산악성 빙설 한대 기후권』에 속해 있었다.

그렇다는 건, 즉.

"……절망적으로 춥다는 거죠."

글렌은 열차의 창밖을 바라보면서 싫은 얼굴로 중얼거렸다.

지금 그가 있는 곳은 제도에서 스노리아로 가는 철도 열차의 개인실이었다.

이 안에는 두 개의 긴 의자가 마주 보는 형태로 배치되어 있었다. 열차의 진행 방향을 기준으로 오른쪽 창가 자리에 앉은 글렌의 정면에는 루미아, 왼쪽에는 시스티나, 그리고 대각선 앞에는 리엘이 앉은 구도였다.

황급히 여행 준비를 마치고 역마차로 페지테를 떠난 것이 며칠 전.

한숨 돌릴 틈도 없이 제도에서 증기기관 열차로 환승한 것이 몇 시간 전.

그렇게 글렌 일행을 태운 열차는 힘차게 증기를 내뿜으며 대지를 질주했다. 그런 각 차량의 창밖으로 흘러가는 것은 끝없이 완만하게 이어진 웅대한 평원과 구릉지로 이루어진 풍경이었다.

그 아득히 먼 너머로 이어지는 산맥에 덮인 눈이 서서히 진해지는 것을 본 글렌은 벌써 이 여행이 싫어졌다.

"진짜 엄청 추울 거야. 왜 하필 그런 추운 곳에 가야 하는 거냐고."

"정말이지 아까부터 투덜대기만 하시긴."

시스티나는 조금 전부터 계속 이런 상태인 글렌에게 입술을 삐죽이며 항의했다.

"아르포네아 교수님께서 정하신 거잖아요? 이제 슬슬 포기하시라구요."

"싫어! 싫어싫어싫다고~! 추운 건 싫어! 더운 것도 싫지만!"

머리를 감싸 쥐고 땡깡을 부리는 글렌의 모습에 시스티나는 기가 막혀서 한숨을 내쉬었다.

"아하하…… 그래도 이렇게 열차에 타고 있으니 갑자기 생각나네요. 전에 다 같이 성 릴리 마술여학원에 단기 유학을 갔을 때가."

루미아가 마침 당시를 떠올리며 쿡 웃었다.

"음…… 그러고 보니 프랑신과 콜레트를 만났던 것도 마침 이런 열차 안이었지."

'……걔들, 지금쯤 어떻게 지내고 있을까?'

시스티나는 멍하니 그런 생각을 하면서 먼 곳을 바라보았다.

"그건 그렇고 시스티. 왜 하필 스노리아일까? 선생님 말씀대로 무척 추운 곳인데."

루미아는 의아한 얼굴로 화제를 바꾸었다.

그러자 시스티나는 그 말이 뜻밖이라는 듯 눈을 크게 떴다.

"어라? 너, 몰랐어? 스노리아 지방의…… 음, 이번 목적지인 화이트타운은 제국에서 요즘 유명한 관광지야."

"그랬어?"

"응, 그랬어. 확실히 얼마 전까지는 관광은 꿈도 못 꾸는 폐쇄적인 변경 시골 마을이었다나 봐."

루미아가 어리둥절한 얼굴을 하자 시스티나는 의기양양하게 설명을 시작했다.

"하지만 최근에 철도가 깔려서 지방 전통 행사인『은룡제』를 중심으로 설산 경승지 순회나 눈 조각 콘테스트, 스키장, 스케이트장 같은 각종 이벤트와 시설이 갖춰진 덕분에 다른 나라에서도 가끔 언급될 수준의 명소로 발전하고 있다는 모양이야."

"흐응…… 그랬구나."

"응. 그리고 지금은 마침 그『은룡제』가 열리는 시기야. 그러니 가을 방학 여행으로 스노리아에 가는 건 오히려 좋은 선택이라 볼 수 있겠지."

그러자 축제라는 단어에 끌렸는지 리엘이 멍한 얼굴로 대화에 끼어들었다.

"저기, 루미아. 시스티나. ……축제가 열리는 거야?"

"응, 맞아. 이 시기에 모이는 관광객들을 노리고 꽤 성대하게 한다나 봐."

"그래. 딸기 타르트 노점도…… 있을까?"

"으, 으음……? 있지…… 않을까?"

"응. 기대돼."

리엘은 여느 때처럼 졸린 듯한 무표정이었지만 왠지 만족스러워 보였다.

"난 그 스노리아의 전통행사인『은룡제』가 신경 쓰여. 이『은룡제』에 관해서 출발하기 전에 조사해봤는데 고고학적으로 흥미 깊은 일화가……."

그리고 시스티나가 평소처럼 고고학 강의를 시작하려 한 순간—.

"으아아아아~! 싫어, 싫어! 집에 가고 싶어어어어어어~!"

글렌이 또 머리를 감싸 쥐며 시스티나의 말허리를 끊었다.

"정말이지, 또 시끄럽게 구시긴! 이래 봬도 저흰 이번 여행을 꽤 기대하고 있거든요?! 선생님이 그러시면 흥이 깨지잖아요!"

"하, 하지만…… 스노리아, 엄청 추울 거라고? 그야 마력 용량(캐퍼시티)이 어마어마한 너희는 마음껏 공조 마술을 쓸 수 있겠지만, 나는……."

이러니저러니 해도 여행에 들뜬 소녀들과 반대로 글렌의 기분은 바닥을 긁고 있었다.

"하아…… 그럼 아르포네아 교수님이랑 방한 대책을 논의해보시는 건 어떤가요?"

시스티나는 한심하다는 듯 어깨를 축 늘어트리며 게슴츠레한 눈으로 제안했다.

“오, 그거 참 좋은 생각이다! 이렇게 된 이상 내 생애를 걸고 존경해야 마땅한 대스승, 세계에 명망 높은 제7계제(셉텐데)님께 도움을 받아봐야겠군! 흠하하하! 스노리아 최고~! 엄청 좋은 추억을 만들 수 있을 것 같아~!”

그 순간, 글렌은 타산적으로 눈을 빛내고 자리에서 벌떡 일어났다.

시스티나는 깊은 한숨을 내쉬고 루미아는 쓴웃음을 지었다.

“그런데 세리카 녀석, 어디 갔지? 아까부터 안 보이던데.”

“아~ 교수님이라면 살롱 차량에 간다고 하셨어요. 홍차를 드시고 싶다면서요.”

“살롱 차량? 참 나, 변함없이 폼 잡기는. ……뭐, 됐다.”

글렌은 개인실 문을 열고 바깥 통로로 나갔다.

“난 잠시 세리카를 만나고 오마. 하얀 고양이, 자리 좀 부탁한다.”

그리고 그런 말을 남긴 후 흔들리는 차량 통로를 천천히 걸어갔다.

몇 개의 차량을 통과한 글렌은 살롱 차량에 도착했다.

살롱 차량이란, 열차 안에 설치된 카페이자 신사숙녀들의 사교장이기도 했다. 홍차 애호가이자 속세와 거리를 둔 세리카가 좋아할 법한 장소였다.

그 차량 내부는 세련된 디자인으로 통일되어 있었고 마호가니제(製) 테이블이 바닥에 고정된 형태로 몇 개나 배치되어 있었다. 이런 시간대라 그런지 손님은 별로 없었다.

안쪽에는 카운터 석이 있었고 중년의 마스터가 거기서 컵을 닦고 있는 모습이 보였다.

"으음…… 세리카는 어디에……."

글렌은 테이블 사이를 지나치며 천천히 걸었다.

그러자 곧 낯익은 모습이 눈에 들어왔다.

"아, 저런 데 있었구만……."

세리카는 살롱 차량의 가장 구석진 테이블에 등을 돌린 채 앉아 있었다.

자세히 보니 몸과 머리가 창 쪽으로 약간 기울어 있었다.

어깨도 희미하게 위아래로 움직이는 걸 보아하니 아무래도 잠이 든 모양이었다.

"참 나, 그러게 내가 뭐랬어. 역시 돌아다니느라 지쳤으면서."

글렌은 한숨을 내쉬었다.

무리도 아니리라. 저번 『페지테 최악의 사흘간』 사건에서 세리카는 고도의 대마술을 연거푸 구사했고, 사건이 종결된 지 얼마 지나지도 않아 맥심이 부정을 저지른 증거를 모으려고 제국 각지를 분주히 돌아다닌 데다, 그 후에도 이런저런 이유를 대며 계속 페지테를 떠나 있었다.

그러다 결국 돌아온 것이 여행을 떠난 지 약 한 달쯤 지나서였다. 피로가 쌓인 게 당연했다. 이렇게 갑자기 잠이 드는 것도 무리는 아니리라.

"참 나, 이런 상태로 잘도 여행을 가자는 말이 나왔군. 할망구가 무리하기는……."

세리카의 어깨에서 스톨이 흘러내린 것을 본 글렌은 다시 덮어주려고 다가갔다.

……그 순간.

"응?"

글렌은 창문에 힘없이 기댄 채 잠든 그녀의 상태가 왠지 이상하다는 것을 눈치챘다.

안색이 묘하게 나쁜 데다 이마에는 구슬땀까지 송골송골 맺혀 있었기 때문이다.

"……으……응…… 아……."

가끔 괴롭게 몸을 뒤척였다.

……아무래도 가위에 눌린 건지 무척 괴로워 보였다.

"……어, 세리카?! 너, 왜 그래?"

무심코 거칠어진 목소리로 어깨를 손으로 붙들고 흔들었다.

"……?!"

그러자 세리카는 깜짝 놀라 몸을 떨더니 선명한 진홍색 홍채를 활짝 드러냈다.

"여, 여기는……?"

그리고 주위를 두리번거렸다.

이윽고 글렌이 자신의 어깨를 잡고 있는 것을 눈치채고 가만히 그의 얼굴을 올려다보더니 곧 안심한 듯 한숨을 내쉬었다.

"……뭐야, 너였어? 놀라게 하지 마."

세리카는 화사하게 미소 지었다. 가시가 숨겨진 장미를 연상케 하는 여느 때와 다름없는 마성의 미모로 조금 전까지 고통스럽게 일그러졌던 표정이 마치 환상이었던 것처럼…….

"야, 너. 괜찮은 거야? 왠지 엄청 기분이 안 좋아 보였는데."

글렌은 세리카의 맞은편 자리에 털썩 앉았다.

테이블 한가운데에는 아마 그녀가 주문했을 터인 티세트, 그리고 홍차가 담긴 찻잔이 있었다.

그 컵에 반쯤 담긴 주홍색 표면은 이미 차갑게 식었는지 수증기가 전혀 피어오르지 않았다. 홍차를 적정한 온도일 때 음미하는 것이 신조인 세리카답지 않았다.

"……붉지, 않군. ……당연한가."

당사자는 그 식은 찻잔에는 눈길도 주지 않고 어째선지 자신의 손만 하염없이 내려다보고 있었다.

"왜 그래? 손에 뭐 묻기라도 했어?"

"아니…… 아무것도. 아무것도 아니야……."

글렌이 의아한 시선을 보내자 세리카는 손에서 시선을 떼더니 테이블 위에 깍지를 끼고 그 위에 턱을 살며시 올렸다.

그리고 장난스럽게 글렌의 얼굴을 올려다보았다.

"악몽을 좀 꿔서……."

그렇게 말하는 그녀의 표정은 평소처럼 여유가 넘치는 귀부인의 그것이었다.

"참 나, 역시 너 오랫동안 여행하느라 지쳐서 몸 상태가 나쁜 거 아냐?"

글렌은 어이가 없는 목소리로 중얼거리며 슬쩍 시선을 피했다.

"그게, 영 상태가 안 좋으면…… 그 뭐냐. 여행을 중지하고 돌아가도……."

"음? 날 걱정해주는 거냐? ……역시 다정하구나, 넌."

"아, 아니거든? 바~보! 그냥 내가 가기 싫은 것뿐이라고!"

글렌이 황급히 반박했지만 세리카는 의미심장하게 쿡쿡 웃을 뿐이었다.

"나 원, 사람 무안하게……."

"하하하, 농담이야. 걱정하지 마."

세리카는 히죽거리며 토라진 글렌의 옆얼굴을 한 차례 만끽한 후, 다시 입을 열었다.

"저기, 글렌."

"왜."

"이번 여행은…… 너와 내가 평생 간직할 추억이 됐으면 좋겠어."

아무렇지 않게 나온 그 말을 들은 글렌의 뺨이 뜨거워졌다.

"뭐, 뭐어?! 너, 진짜 왜 이래? 갑자기 낯 뜨거운 소리하지 마. 뭐 이상한 거라도 먹은 거 아냐?"

"글쎄다?"

글렌의 얼빠진 얼굴을 지그시 비추는 그 눈동자가 여전히 장난스러워서 그녀의 의도와 진심을 전혀 파악할 수 없었다.

농담인지. 놀리는 건지. 아니면…….

"뭐, 그건 그렇고 글렌. 일단 난 오랜만에 너와 단둘이서 티타임을 가지고 싶다만…… 괜찮을까?"

"에휴…… 뭐, 맘대로 해. 모처럼 어울려줄 테니까."

"……훗."

토라진 글렌의 얼굴을 보며 세리카는 기쁘게 싱글벙글 웃었다.

그리고 다시 티세트를 주문 한 후, 약 한 달 만에 둘만의 다도회를 시작했다.

글렌 일행을 태운 열차는 담담히 대지 위를 질주했다.

초원을 가로지르고 언덕과 고개를 넘어서…….

창밖의 풍경을 끝없이 바꾸며 북동쪽을 향해 밤낮을 가리지 않고 담담하게 달렸다.

이윽고 거대한 산맥이 앞길을 가로막자 열차는 그 산기슭에 뚫린 철도 터널로 빨려 들어갔다.

어두운 터널에 돌입한 열차 안은 은은한 램프 불빛만이 어둠을 비추는 불안한 공간으로 변모했다.

창밖은 어두운 검은색으로 덧칠되었다. 그 너무나도 짙은 어둠 때문에 마치 열차가 이대로 한없이 심연의 나락으로 추락하는 게 아닐까 하는 착각이 들 정도였다.

창문이라는 새카만 캔버스에 같은 간격으로 이어지는 한 줄기 불빛만이 그런 불안과 착각을 조금이나마 덜어주었다.

덜컹, 덜컹. 그저 바퀴가 철로의 이음새를 밟는 중저음만 계속 고막을 두드렸다.

가끔씩 울려 퍼지는 기적소리가 메아리처럼 울리며 방향 감각을 상실시켰다.

…………….

……그렇게 얼마나 오랫동안 어둠 속을 헤쳐 나갔을까.

그것은— 정말 갑작스럽게 일어났다.

암흑천지로 뒤덮였던 창문이 별안간 순백색으로 뒤바뀌었다.

열차가 마침내 터널을 빠져나온 것이다.

폭발적으로 흘러넘치는 은색 빛 무리로 단숨에 덧칠된 세계.

저마다 어둠에 익숙해진 눈을 무심코 가늘게 떴다.

이윽고 서서히 익숙해진 눈앞에 펼쳐진 것은—.

—주변 일대가 새하얗게 빛나는 은색의 세계였다.

웅대하게 펼쳐진 초원이, 아득히 먼 언덕이, 끝없이 이어진 산들이, 우거진 숲이, 삼림이…….

세상 전체가 순백색 눈으로 화장한 모습.

청백지신을 연상케 하는, 발자국 하나 없는, 더러움을 모르는 백아의 풍경.

그리고 지금도 하늘하늘 꽃잎처럼 흩뿌려지는 순백색 광채의 눈이 세상을 조용히 덮고 있었다.

하늘 위에는 두꺼운 구름, 그 사이로 마치 기적처럼 가늘게 내리쬐는 선명한 한 줄기 햇빛.

눈의 결정이 그것을 반사하며 차갑게 타오르는 것처럼 찬란하게 빛났다.

한 마디로 표현하면 절경. 도저히 이 세상에 실재하는 경치처럼 보이지 않았다.

그런 차갑게 얼어붙은 백은의 예술이 열차의 창문이라는 캔버스를 배경으로 한가득 펼쳐져 있었던 것이다.

"와아! 괴, 굉장해!"

눈을 반짝인 시스티나가 자리에서 일어나 창가에 앉은 글렌의 무릎 너머로 몸을 내밀고 뺨을 상기시켰다.

창문에 닿은 입김에 유리가 더 하얗게 물들었다.

"눈이 이렇게 많이 쌓이는 거였군요……."

루미아도 놀란 눈으로 창밖의 광경을 응시했다.

"새하얘. 설탕 같아."

대자연의 위용에 압도당한 건지 리엘조차 눈을 깜빡거렸다.

"젠장, 해님. 더 의욕 좀 내보세요. ……뜨거워져 봐요. ……눈 따윈 그냥 확 녹여버리라고요."

글렌만 오만상을 찌푸리며 창밖을 흘겨보더니 자신의 얼굴에 닿은 시스티나의 은발이 마치 바깥의 눈인 것처럼 짜증스럽게 떨쳐냈다.

"아무래도 스노리아 지방에 진입한 것 같군."

이 개별실의 구석에서 독서 중이던 세리카가 책을 덮고 그렇게 말했다.

"여기까지 왔으면 이번 여행의 목적지인…… 화이트타운까지는 얼마 안 남았어. 너희들, 슬슬 내릴 준비나 해둬. 열차 안은 석탄 난로가 있어서 따듯하지만 밖은 추울 테니까."

"예! 그건 그렇고 이토록 아름다운 곳이었다니! 저, 왠지 가슴이 두근거리기 시작했어요!"

"맞아, 왠지 굉장히 즐거운 여행이 될 것 같아!"

"응."

"아~ 짜증나! 못해먹겠다고 진짜! 집에 가고 싶어!"

그렇게 저마다 다른 생각을 하는 승객들을 태운 열차는 다가오는 목적지를 향해 그저 새하얀 설원 위를 가로지를 뿐이었다.

이윽고 관광 목적지인 화이트타운에 도착한 열차가 그대

로 정차했다.

화이트타운은 현재 스노리아 지방에서 가장 발전된 지방 도시였다.

사방이 계곡과 산악과 얼음호수로 둘러싸인 분지에 세워진 도시이자, 유일하게 철도 열차역이 있는 스노리아 지방의 중심지이기도 했다.

열차에서 내린 일행은 개찰구를 통해 역 앞 광장으로 나왔다.

그러자 화이트타운의 풍경과 살을 에는 듯한 냉기가 일행을 맞이했다.

"우와아! 여기가 화이트타운이구나! 멋져!"

두꺼운 모피 코트, 눈장화, 장갑, 머플러 같은 방한용품을 든든하게 차려입은 시스티나는 뼛속까지 얼어붙을 듯한 추위를 전혀 개의치 않고 양팔을 활짝 펼치며 한 차례 회전하더니 하얀 입김을 내뿜었다.

제도보다 각이 날카로운 삼각 지붕과 큰 굴뚝과 아치형 격자 창틀이 특징적인 벽돌 건물 위에는 저마다 눈이 하얗게 쌓여 있었다.

산간 분지라 그런지 위 아래로 기복이 있는 길 위에 건물들이 늘어서 있는 모습이 무척 입체적이었다.

마치 하얀 솜으로 장식된 것 같은 고깔 모양의 침엽수가 광장과 길가 여기저기에 자란 그 모습은, 역시 페지테나 제도와는 전혀 다른 분위기를 연출했다.

저 멀리서 도시를 에워싼 설산들의 위용은 보는 이를 자연스럽게 압도했지만, 솔직히 두려움보다는 아름답다는 인상이 더 강렬하게 다가왔다.

소문의 그 『은룡제』가 얼마 남지 않은 건지 역 앞 광장과 대로변에는 수많은 노점이 빼곡하게 늘어서 있었고, 화려하게 장식된 눈사람들도 마치 춤을 추는 것처럼 군데군데 서 있었다.

처마, 간판, 가게 앞에서는 주황, 적, 청, 녹…… 다채로운 색의 양초가 현란하게 빛나고 있었다. 그 불빛이 도시를 감싸기 시작한 어둠의 베일을 찬란하게 거두고, 깃털처럼 내리는 가루눈을 일곱 가지 색으로 비추며 환상적인 분위기를 연출했다.

그리고 사람, 사람, 사람…… 도시는 수많은 관광객으로 활기가 넘쳤다. 내일부터의 즐거운 한때를 연상케 하면서 절로 가슴을 뛰게 하는 그런 풍경이었다.

"앗! 저기 좀 봐! 저기서 공연하는 사람이 있어! 재밌겠다!"

"으음…… 딸기 타르트 노점은…… 어디야?"

"이 시기의 스노리아는 볼 게 많을걸? 분명 즐거운 여행이 될 거다."

루미아도, 리엘도, 세리카도 시스티나처럼 방한용품을 든든하게 차려입은 데다 공조 마술까지 부여(인챈트)한 덕분에 이 살을 엘 듯한 추위에도 멀쩡했다.

"추워어어어어어어어어어어어어어어어어어어—!"

다만, 글렌만 제외하고…….

"추워! 뭐야, 이거! 바보 아냐?! 추워도 너무 춥잖아!"

여성진은 일제히 글렌을 돌아보았다.

그러자 평소에 늘 입고 다니는 와이셔츠와 바지 위에 마술학원의 강사용 로브만 걸친…… 스노리아 지방의 추위를 완전히 경시한 차림의 글렌이 어깨를 부둥켜안은 채 덜덜 떨고 있었다. 입술도 벌써 새파랗게 질려 있었다.

"젠장, 스노리아의 추위를 얕봤어! 죽겠어! 얼어 죽고도 남겠다고! 야, 세리카! 안 통하잖아! 관통했어! 냉기가 네 공조 마술조차 관통했다고!"

글렌은 관광객들의 주목을 모으면서 꼴사납게 악을 썼다.

"……선생님. 솔직히 말씀드리겠는데…… 바보 아니에요? 뭐예요, 그 차림은."

시스티나는 그런 글렌을 어이없는 눈으로 쳐다보고 차갑게 말했다.

"선생님도 시술자 주위의 기온과 습도를 조절하는 【에어 컨디셔닝】에 조절 한계가 있다는 것쯤은 당연히 알고 계셨잖아요? 그런데 왜 그런 얇은 옷을……."

"시끄러워! 이쪽은 집이 통째로 날아갔거든?! 그런데 제대로 된 방한용품이 남아있을 리 없고, 살 돈도 있을 리 없잖아!"

글렌은 벌써 울상을 짓고 있었다.

"풋! 아하하하! 미안, 미안. 역시 그런 얇은 옷에는 효과가 별로 없었군."

세리카는 그런 글렌을 달래며 즐겁게 웃었다.

"뭐, 알았다. 방한용품은 나중에 사줄게. 그리고 더 강력한 주문을 인챈트해주마."

"그보다, 스승님. 저 그냥 집에 가면 안 될까요……?"

"자, 가자. 일단 예약한 호텔에 체크인부터 해야지!"

세리카는 글렌이 애원하는 걸 전혀 듣지도 않고 팔짱을 낀 채 억지로 끌고 갔다.

그 모습이 마치 부부나 연인 같았다.

"자, 잠깐! 야, 붙지 좀 말랬잖아!"

글렌은 저항할 새도 없이 끌려갔다.

"아……."

시스티나와 루미아는 그런 두 사람의 뒷모습을 어안이 벙벙한 얼굴로 지켜보았다.

"……아르포네아 교수님이 왠지 요즘……."

"묘, 묘하게 적극적이라고 할까…… 평소보다 선생님께 더 찰싹 달라붙어 계신달까……. 대체 어떻게 된 걸까? 아하하……."

두 사람은 영문을 알 수 없는 세리카의 적극적인 공세에 일말의 불안감을 느낄 수밖에 없었다.

그런 식으로 글렌 일행은 스노리아의 대로 위를 걸었다.

이윽고 건물 너머에 거대한 호텔 하나가 보이기 시작했다.

그 호텔, 샤토 스노리아는 고지대에 세워진 최고급 호텔이었다.

그 이름대로 마치 성(Château) 같은 위용을 자랑하는 저 건물은 스노리아를 찾는 관광객들 중에서도 주로 부유층을 위해 마련된 호텔. 다시 말해, 글렌 같은 박봉의 영세 마술 강사가 묵는 건 하늘이 뒤집혀도 불가능한 고급스러운 시설이었다.

벽돌을 쌓아서 만든 궁전 양식의 건물과, 하늘을 찌를 듯한 수많은 첨탑들이 눈으로 아름답게 장식된 모습은 그야말로 눈의 성이라 불리기에 부족함이 없었다.

"……어? 진짜? 우리가 진짜 저 호텔에 묵는 거야? 거짓말이지? 그, 그게…… 나 같은 비루한 평민이 저런 고귀한 분들이나 이용하시는 침소에서 묵는다고?"

소시민인 글렌은 자신과 너무나도 격이 다른 호텔 앞에서 완전히 위축되었다.

"괴, 굉장해……. 나도 이런 굉장한 숙박 시설에서 묵는 건 처음일지도……."

글렌보다는 훨씬 격식 높은 시설에 익숙한 시스티나도 긴장한 기색을 감추지 못했다.

"저기…… 아르포네아 교수님? 정말 저희가 함께 묵어도 괜찮을까요? 갑자기 끼어든 저희 셋은 다른 호텔에서 묵어도 상관없는데……."

하지만 왕녀였던 루미아는 전혀 동요하지 않았다.

"음, 루미아. 난 다 같이 함께 있고 싶어."

어디서든 잘 수 있는 리엘의 반응도 평소와 다름없었다.

"하하하! 신경 쓰지 마! 너희의 이번 여행비용은 전부 내가 부담할 테니까."

세리카는 미안한 얼굴의 시스티나와 루미아를 보고 호쾌하게 웃어넘겼다.

"이러니저러니 해도 이 애(글렌)가 이번 여행을 즐겁게 보내려면 너희의 존재는 반드시 필요하잖아? 그럼 필요 경비니까 사양하지 마."

그리고 글렌의 목에 팔을 두르며 장난스럽게 웃었다.

"야, 놔! 그만 좀 끌어안으라고!"

"저기, 그게……."

"가, 감사합니다. 아르포네아 교수님……."

시스티나와 루미아는 복잡한 심경으로 감사를 표했다.

왠지 세리카에게는 여러 가지 의미로 못 이길 것 같은 기분이 들었기 때문이다.

그렇게 대화를 나누는 사이에 샤토 스노리아가 가까워졌다.

하지만 글렌은 뭔가 분위기가 이상한 것을 눈치챘다.

"……뭐지?"

아무래도 호텔에 가까워질수록 도시 전체에 만연한 즐거운 분위기가 점점 사라지고 긴장된 듯한 팽팽한 공기가 감돌기 시작했기 때문이다.

굳은 표정으로 주위를 경계하는 스노리아 경비관들의 모습도 눈에 띄게 늘어났다.

"……무, 무슨 일이 생긴 걸까요?"

뒤늦게 눈치챈 시스티나도 의아한 얼굴로 주위를 둘러보았다.

"……."

늘 졸린 무표정의 리엘도 눈을 가늘게 뜨고 경계심을 드러냈다.

"어이~ 얘들아! 빨리, 빨리 와! 그냥 두고 간다~?"

그저 혼자 앞서가는 세리카만 태평했다.

일행이 샤토 스노리아의 현관 앞 광장에 도착한 순간.

기묘한 분위기가 감돈 이유가 확실해졌다.

"이 호텔은 우리 《은룡 교단》이 점거했다!"

누군가의 큰 목소리가 주위에 메아리처럼 울려 퍼졌다.

호텔 앞 광장에는 온 몸을 하얀 로브로 감싸고 눈에만 구멍이 뚫린 하얀 삼각 두건을 푹 눌러써서 얼굴을 숨긴, 열 명이 넘는 기묘한 자들이 진을 치고 있었다.

"이 스노리아의 대지는 우리의 백은룡님께서 수호하는 신성한 성지!"

"그 땅에 네놈들 같은 외부인이 들어와서 향락을 누리는 것은 언어도단!"

"외부인은 이 땅을 떠나라! 가짜 《은룡제》를 즉시 중단하라!"

"기만으로 가득한 은룡제를 여는 자들에게 용벌(竜罰)을!"

""""""S·D·K! S·D·K!""""""

""""""S·D·K! S·D·K!""""""

""""""우오오오오오오오오오오오오오오오오오오오오오오오오!""""""

「외부인은 떠나라」, 「백은룡님 만세」, 「불신자들에게 분노의 철퇴를」.

……그런 플래카드와 간판을 들고 일제히 함성을 지르는 하얀 두건의 변태집단이 광장 앞에 바리케이드를 치고, 호텔 주위를 포위한 경비관들과 서로를 격렬하게 노려보는 일촉즉발의 상황이었다.

"뭐, 뭐야 저게?"

고급스러운 호텔과는 전혀 어울리지 않는 이상한 분위기에 시스티나는 뺨을 실룩거리며 굳고 말았다.

"《S·D·K》…… 설마, 저놈들이 이 타이밍에 튀어나올 줄이야."

글렌은 기가 막힌 얼굴로 한숨을 내쉬었다.

“《S·D·K》라니…… 그게 대체 뭐죠?”

“실버 드래곤즈 클랜. 이 스노리아 지방의 토착 지방 종교, 백은룡 신앙이 극단적으로 뒤틀린 놈들이 모인 종교 비밀결사다.”

“……!”

백은룡. 그것은 시스티나도 짚이는 데가 있는 단어였다.

“뭐, 하늘의 지혜 연구회 같은 악질적인 놈들은 아니지만 말이지. 그런 만큼 설마 저 녀석들이 저런 대대적인 짓을 벌일 만한 힘과 배짱이 있을 줄은 몰랐는데…….”

“그, 그런 사람들이 왜 갑자기 저런 폭거를……?”

“글쎄다. 직접 물어보든지. ……뭐, 대충 예상은 가지만.”

글렌은 건성으로 대답했지만 시스티나는 불안한 눈으로 바리케이드 너머로 서로를 노려보는 《S·D·K》의 단원들과 스노리아 경비대를 멀리서 바라보았다.

다른 관광객들도 마른침을 삼키며 이 소동의 행방을 지켜보았다.

시스티나가 보기에 경비대의 대장인 듯한 인물이 부하와 뭔가 대화를 나누고 있었다.

단편적인 정보를 정리하면 아무래도 《S·D·K》는 올해 은룡제를 중지하고 모든 관광객을 도시에서 내보내지 않는 한, 아직 저 호텔에 갇혀 있는 수많은 종업원과 손님을 해방하지 않겠다고 주장하는 듯했다.

호텔 점거에 가담한 교단원이 제법 많은 편이라 스노리아 경비대의 힘만으론 제압할 수 없는 상황이라는 것도 대충 알 수 있었다.

"참 나, 중앙군과 공안은 대체 뭘 하는 거야? 아무리 약소 집단이라지만, 저런 수상한 비공인 비영리 단체는 상시 감시 중일 텐데."

"이건…… 오래 갈 것 같네요……."

"아~ 그러게. 이건 틀렸구만! 축제는 중지! 이 여행도 여기서 종료겠네!"

글렌은 어쩔 수 없다는 듯 엄지를 세우고 씨익 웃었다.

"이렇게 된 이상 어쩔 수 없지! 저 녀석들의 요구대로 이런 더럽게 추운 곳에서 나가자! 아~ 유감이네~! 이번 여행을 기대했었는데~!"

"잠깐만요, 선생님! 저대로 내버려두실 셈이세요?!"

"그렇게 말해봤자…… 저건 이쪽 경비대 관할이잖아? 우리 같은 외부인이 제멋대로 나서면 여러모로 문제가 될걸?"

"그, 그건 그럴지도 모르지만……."

"애당초 《S·D·K》는 테러리스트 집단이라기보다 좀 과격하고 민폐스러운 프로 시민단체에 가까운 곳이라…… 반드시 꼭 쓸어버려야 하는 사악한 집단도 아니거든?"

"……으."

시스티나는 납득이 가지 않는 얼굴로 입술을 삐죽 내밀었다.

확실히 글렌의 말대로 《S·D·K》의 단원들은 바리케이드를 친 채 자신들의 주장만 외치고 있을 뿐이었다. 테러리스트라기보다 운동가로서의 측면이 더 강한 것이리라.

"시장을 불러! 시장이 직접 우리의 요구를 듣게 하라!"

"가짜 은룡제를 즉시 중단하라아아아아!"

""""옳소! 옳소!""""

그렇게 생각하고 보니 그다지 긴급한 상황도 아니었다.

"하아…… 이대로 저 사람들의 요구대로 여행을 중지하고 돌아가는 수밖에 없나?"

시스티나는 안타까운 얼굴로 한숨을 내쉬었다.

주위에서 구경하던 관광객들도 중지를 각오한 건지 비슷한 표정이었다.

"자, 그렇게 된 고로 당장 표를 끊어야겠군. 어이~ 세리카!"

글렌은 기쁜 얼굴로 세리카를 돌아보았다.

"……응? 세리카?"

하지만 조금 전까지 바로 옆에 있었던 그녀의 모습이 보이지 않았다.

"어라? 세리카 녀석, 어디로 간 거지?"

글렌이 주위를 두리번거린 순간—.

"어이~ 글렌! 거기서 뭐해! 얼른 오라고~!"

"컥?!"

목소리가 들린 쪽을 돌아보자 세리카는 현장을 봉쇄하기

위해 친 밧줄을 넘고 호텔 로비 쪽으로 걸어가고 있었다.

"잠깐, 너, 거기서 뭘……."

"잠까아아아아아아안! 거기 당시이이이이이이인!"

당연히 글렌이 제지하는 것보다 먼저 경비관들이 세리카를 우르르 포위했다.

"지금 대체 뭐하는 겁니까! 당신은 저 집단이 안 보이는 거요?!"

"여긴 위험합니다! 자, 어서 돌아가세요!"

경비관들은 세리카를 봉쇄 구역 밖으로 내보내려 했다.

하지만 세리카가 갑자기 손가락을 튕기자—.

펑!

"""""끄아아아아아아아아아아아아아아아아아아아아아악!"""""

그녀의 주위에서 대폭발이 일어나고 사방팔방으로 날아간 경비관들은 바닥에 쓰러진 채 의식을 잃고 일어나지 못했다.

이건 당연히 세리카의 손가락을 기점으로 발동한 마술 때문이었다.

"세리카아아아?! 너, 인마! 대체 무슨 짓이야아아아!"

"아, 아르포네아 교수니이이이이이임!"

글렌과 시스티나는 눈알이 튀어나올 정도로 눈을 부릅뜰 수밖에 없었다.

"야, 글렌. 어서 호텔에 체크인하자고. 난 슬슬 짐 좀 내려놓고 쉬고 싶거든?"

하지만 세리카는 마치 아무 일도 없었던 것처럼 태연자약하게 시치미를 뗐다.

"이봐, 너어어어어어! 지금 대체 무슨 짓을 한 거냐!"

그러자 대장인 듯한 남자가 당황한 얼굴로 세리카에게 달려왔다.

"바, 방금 그 폭발은 마술이지?! 네놈, 마술사냐?! 마술을 쓴 거지?!"

"예? 싫다 정말. 마술일 리가 없잖아요? 아무도 주문을 영창하지 않았는데?"

"음……?!"

세리카가 웃으면서 시치미를 떼자 대장은 말문이 막히고 말았다.

"하, 하지만 이건……! 방금 당신이 손가락을 튕기자마자……!"

"경비관이라면 아실 텐데요? 언어에 의한 주문(스펠링) 영창 대신 손가락을 튕기는 것만으로 마술을 구사한다니…… 그런 건 악명 높은 전설의 대마녀 세리카 아르포네아 정도가 아니면 불가능한 기술이잖아요? 안 그런가요?"

"하, 하긴…… 그 말이 틀린 건 아니지만……!"

"너, 지금 대체 뭔 소릴 하는 거냐고오오오오오오오!"

글렌은 머리를 부둥켜안고 고개를 쳐들었다.

"분명 저 폭발은 누가 장난으로 설치한 지뢰일 거예요. 운

나쁘게도 때마침 경비관분들이 밟아버리신 거죠. 아아, 가엾기도 하지. 그런 고로 전 이만……."

그렇게 말한 세리카가 바리케이드 너머에 있는 호텔 정면 현관 쪽으로 유유자적하게 걸음을 옮겼다.

"그, 그러니까 안 된다고 하지 않았소! 정지! 그쪽으로 가면 안 되오!"

제정신을 차린 대장이 황급히 세리카의 어깨를 붙잡으며 만류했다.

"저 집단이 안 보이는 거요?! 지금 호텔은 완전 봉쇄 중이란 말이오!"

"아, 전 딱히 상관없는데요."

"우리한테는 상관있단 말이오! 다치기라도 하면 어쩔 거요! 애초에 당신은 젊고 아름다운 여성이지 않소! 저놈들에게 차마 붙잡히기라도 한다면 심한 꼴을 당할 가능성이……!"

"바라던 바예요."

"뭐어어어어어어어어어?! 바라던 바?!"

사실 여행으로 들뜬 세리카에게는 경비관이나 은룡 교단의 존재 자체가 눈에 들어오지도 않는 모양이었다.

그런 고로 대화가 전혀 통하지 않자 대장은 머리를 쥐어뜯으면서 사납게 악을 썼다.

"내 말 잘 들으시오! 현재 저놈들과 우리의 상부, 시의회는 교섭을 진행 중이오! 그러니 이제 곧 은룡제는 중지하는 방향으로 진행되겠지! 당신들 같은 관광객들에게는 미안한 일이지만, 지금 당장 이 도시를 떠나주지 않으면 곤란해! 이러다 쓸데없는 문제를 일으키기라도 한다면…….”

대장이 거기까지 말한 순간—.

“……아앙? 중지? 떠나라고?”

움찔!

세리카가 그렇게 복창하자 그렇지 않아도 추운 기온이 한층 더 떨어졌다.

“다시 말해…… 뭐? 너희는 무슨 일이 있어도 나와 글렌의 즐거운 여행을 방해하겠다…… 이거냐? 그런 일이 용납될 것 같아? 응?”

얼어붙은 핏빛의 홍채가 그야말로 사신의 눈동자 같았다.

“히익?! 누, 누, 누가 이 여자를 막아아아아아아아아아아!”

절망적인 중압감을 흩뿌리는 세리카에게 위축된 대장이 부하들에게 명령했다.

“으, 우오오오오오오오오오오!”

“확보오오오오오오오오오오!”

경비관 부대가 결사적인 얼굴로 밀집 진형을 짜고 세리카를 포위하려고 돌진한 순간—.

펑!

“““““으갸아아아아아아아아아아아아아아아아아아아아?!”””””

조금 전과 똑같은 일이 벌어졌다.

세리카가 가볍게 손가락을 튕기자 불쌍한 대장과 경비관들은 차례대로 정신을 잃은 채 허공을 날더니, 두껍게 쌓인 눈에 머리부터 틀어박히는 꼴사나운 모습을 연출했다.

"이거…… 꿈 아니지?"

글렌은 입을 떡 벌리고 그 광경을 응시했다.

"자, 체크인♪ 체크인♪"

세리카는 전혀 개의치 않고 가방을 든 채 현관으로 걸어갔다.

당연히 중간에는 바리케이드가 길을 막고 있었다.

"뭐야? 넌?"

"이봐, 너…… 이 바리케이드가 안 보여?"

"험한 꼴을 당하기 싫다면 당장 꺼……."

그리고 그 위에서는 하얀 삼각 두건을 쓴 교단원들이 저마다 손에 낫과 쟁기를 들고 위협했다.

"《방해돼》."

펑!

"""""우어어어어어어어어어어어어어어어어어어어억?!"""""

하지만 바리케이드는 단숨에 완전히 파괴됐고 기절한 채 날아간 교단원들은 눈 위를 데굴데굴 구르다가 눈사람이 되었다.

"으~음. 평가에 마이너스를 줘야겠는걸. 모처럼 3성 일류 호텔을 예약했는데 현관 앞이 쓰레기투성이잖아? 품격을 의심받겠어."

경비관도 바리케이드도 교단원도 전혀 안중에 없었다.

세리카는 그렇게 이 자리에 모인 수많은 구경꾼들의 시선을 모으며 깔끔하게 빈터가 된 현관 앞을 지나가더니 그대로 호텔 안으로 들어갔다.

조금 전의 소동이 마치 거짓말이었던 것처럼 지금은 고요함만이 이 처참한 공간을 지배했다.

"자, 자, 자, 잠까아아아아아아아아안!"

그제야 제정신을 차린 글렌이 황급히 그런 세리카를 쫓기 시작했다.

"앗! 선생님?!"

"난 세리카를 데려오마! 너희는 거기서 가만히 기다려! 알겠지?!"

그리고 글렌의 모습도 곧 호텔 안으로 사라졌다.

"오…… 내부는 꽤 괜찮네? 마음에 들었어."

세리카가 가방을 들고 로비로 들어오자 호텔을 점거 중이던 교단원들의 시선이 일제히 모였다.

"이 고급 융단을 밟는 느낌도 좋고 저 샹들리에도 취향이 참 괜찮은걸?"

하지만 세리카는 그런 시선들을 전혀 눈치채지 못한 것처럼 안쪽에 있는 카운터를 향해 유유자적하게 걸어갔다.

"뭐야? 넌?!"

"어떻게 들어온 거지?! 밖에 있는 놈들은 대체 뭘 한 거야!"

그러자 당연히 삼각두건의 교단원들이 세리카를 포위했다.

"이봐, 보면 모르겠어?! 지금 이 호텔은 우리 《S·D·K》가 점……."

콰앙!

""""끄어어어어어어어어어어어어어어어어어어억?!""""

이번에도 당연한 것처럼 발생한 폭풍이 교단원들을 추풍낙엽처럼 날려버렸고, 그들은 벽에 패대기쳐지고 바닥을 튕기며 의식을 잃고 말았다.

"어, 어, 어어?!"

간신히 범위에서 벗어난 몇 명의 교단원들이 전전긍긍하며 뒷걸음질 치는 가운데, 세리카는 조용히 걸어가서 카운터 위에 쿵! 하고 여행 가방을 올린 뒤 말했다.

"어서 체크인 처리 좀 부탁해."

"히이이이이이이이익?!"

하지만 당연히 거기 있었던 건 종업원이 아니라 불행하게도 마침 그 자리에 있었던 삼각두건의 교단원이었다.

"아~ 내 이름은 속달 우편으로 얼마 전에 예약을 넣은 세리……."

"사사사사, 사람 살려어어어어어어어어어!"

공포에 질린 교단원은 카운터를 뛰어넘고 도망치려 했다.

"……이봐, 《어디서·직무 유기를》."

"으아아아앗?! 내 다리가! 다리가 안 움직여어어어어!"

갑자기 발이 돌이 된 것처럼 굳어버린 교단원이 거의 광란 상태로 울부짖었다.

"흠."

세리카가 손가락을 튕긴 순간—.

"히이이이이이이이익?! 누가 나 좀 살려줘어어어어!"

아마 염동 계열 즉흥 개변 마술이었는지 교단원의 몸이 둥실 떠오르더니 그대로 카운터 너머로 되돌아갔다.

"자, 체크인을 부탁해. 이쪽도 오래 이동하느라 피곤하니어서."

세리카는 온화하게 미소 지었지만 교단원의 눈에는 세상 그 무엇보다 무섭게 보였다.

"아, 아뇨. 그게…… 전 절차 같은 건 잘 몰라서……."

"……아앙?"

세리카가 관자놀이에 시퍼런 힘줄을 세우며 노려보자 교단원은 소스라치게 몸을 떨었다.

"야, 지금 장난해? 네가 그러고도 일류 호텔의 호텔리어냐?"

"아, 아뇨! 저기! 저는 호텔리어가 아니고요! 그게, 잘 보세요! 이 복장을! 굳이 따지자면 호텔리어라기보다 광신도……."

"시끄러! 프로 호텔리어가 궁시렁거리지 마!"

쾅!

세리카가 화를 내며 카운터를 내리치자 불쌍한 교단원은 그저 몸을 움츠릴 수밖에 없었다.

"어서 체크인이나 하라고! 날 더 기다리게 하면 널 이 호텔째 잿더미로 만들어버릴지도 모르니까!"

"히익?! 아, 알겠습니다! 잠시만 기다려 주세요오오오!"

교단원은 이제 될 대로 되라는 듯 울면서 카운터 주위를 필사적으로 뒤지다가 예약 리스트와 숙박일지 등을 꺼냈다.

"참 나, 일류 호텔이라면 프론트를 맡는 호텔리어의 신입 교육쯤은 제대로 좀 하라고……. 이건 감점이군."

"……너, 뭐하냐?"

그제야 세리카를 따라잡은 글렌이 어이가 없는 얼굴로 나란히 섰다.

주위를 돌아보자 기절해서 쓰러진 자, 겁에 질린 채 벽에 등을 지고 움츠린 자, 넋을 잃고 소변을 지린 자…… 더 확인할 것도 없는 참상이 벌어져 있었다.

"오, 글렌. 왔어? 잠깐 기다려, 지금 체크인 중이니까."

하지만 당사자는 교단원이 떨리는 손으로 건넨 일지에 숙박에 필요한 개인 정보를 기입하는 중이었다. 어디까지나 마이페이스였다.

"아니, 그게 아니라…… 너, 지금 무슨 상황인지 알기는 해?"

"응? 뭐가?"

글렌이 황당한 표정으로 묻자 세리카는 고개를 살짝 갸웃거렸다.

"끄, 끄끄끄, 끝났습니다!"

그런 세리카에게 마치 고장 난 장난감처럼 몸을 떠는 교단원이 방 열쇠를 건넸다.

"그런가, 수고했다. 어째 다른 호텔에 비해 절차가 좀 조잡한데 이래도 문제없는 건가?"

"보보보, 본 호텔은 이걸로 충분합니다! 예!"

"그래? 그건 그렇고 요금 지불은 수표도 가능한가?"

"아아아아아아뇨! 당신께 요금을 받다니 천부당만부당한 말씀입니다!"

"응? 그래도 돼?"

"예, 예!"

겁에 질려서 등을 꼿꼿하게 세운 교단원이 뒤집어진 목소리로 대답했다.

"아, 맞아. 깜빡했군. 3인실도 추가하고 싶은데……."

"그것도 괜찮습니다! 요금은 필요 없습니다! 몇 분이든 마음껏 묵고 가주십쇼! 그러니, 제발, 제 목숨만으으으은!"

그러자 세리카는 기쁜 얼굴로 배시시 웃으며 글렌에게 고개를 돌렸다.

"들었어? 글렌. 이 호텔, 왠지 모르겠는데 묘하게 서비스가 좋지 않아? 이유가 뭘까? 혹시 우리, 무슨 이벤트에 당첨이라도 된 걸까?"

"……글쎄, 나도 잘 모르겠네."

글렌은 뺨을 실룩이면서 건성으로 대답했다.

"뭐, 무사히 방을 잡았으니 냉큼 짐을 풀고 식사나 하러 갈까. 글렌. 넌 다른 애들을 불러와. 이봐, 거기 호텔리어. 벨보이를 불러줘. 물론 그 정도는 있겠지?"

"아아, 알겠습니다아아아아! 잠시만 기다려 주십쇼오오오오!"

잠시 후—.

"여, 여, 여기…… 이쪽이 벨보이입니다, 손님……."

"기, 긴 여행으로 고생이 많으셨습니다. 오늘밤은 본 호텔에서 푹 쉬십시오!"

"아하하! 초일류 호텔다운 서비스를 기대하지!"

세리카는 엉겁결에 벨보이가 돼버린 가엾은 삼각두건들을 데리고 콧노래를 섞어가며 호텔 복도를 걸어갔다. 옆에서 보고 있으면 그저 현기증이 날 수밖에 없는 광경이었다.

"……아~ 응. 뭐, 그야 그렇겠지……."

글렌은 그런 세리카의 뒷모습을 바라보다가 어깨를 축 늘어트렸다.

"세리카를 걱정하는 것보다 교단원들을 걱정하는 게 먼저였겠지……. 하아."

그리고 지친 한숨을 내쉬었다.

격조와 격식 높은 고급 호텔, 샤토 스노리아.

지금 그 안는 지옥으로 변모해 있었다.

“여기는 못 지나간다아아아아!”

“사수해! 사수……!”

“우리 교단의 긍지를 걸고……!”

퍼어어어어어어어어어어어어어어어엉!

“““““끄아아아아아아아아아아아아아아아아아아아악?!”””””

밀집 진형을 짜고 통로를 틀어막은 열 명 이상의 교단원이 폭풍에 휩쓸려 날아갔다.

“미안! 거기에 우르르 몰려 있으니 앞이 잘 안 보여서!”

세리카는 그을음투성이로 기절한 교단원들에게는 곁눈질도 하지 않고 옆을 지나쳤다.

“잠깐, 이것 봐! 글렌! 이거 아이노르야!”

그리고 통로 벽에 걸린 그림을 가리키며 기쁜 얼굴로 글렌을 돌아보았다.

발로는 경련을 일으키는 교단원들을 아주 자연스럽게 짓밟으면서…….

“그 옆은 페카소고 저쪽은 빈센트 구하! 역시 초일류 호텔쯤 되면 장식품도 초일류군! 이야~ 눈이 호강하는걸!”

“그러네요…….”

글렌은 이제 될 대로 되라는 듯 생각하는 것을 포기했다.

“뭐, 뭐야, 이 인간은……! 괴물……!”

"각 플로어를 제압한 우리 분대가 모조리 전며, 며, 멸……."

그런 세리카의 뒤를 짐 나르기와 안내를 맡은 삼각두건의 교단원들이 덜덜 떨면서 따르고 있었다.

호텔 안은 각 플로어마다 배치된 대량의 교단원이, 감금된 손님과 종업원들을 감시 중이었다. 정공법으로 이들을 해방하는 건 지극히 어려운 일……이었을 터다.

하지만 세리카는 조금 전부터 이런 가벼운 분위기로 눈에 띄는 교단원들을 일방적으로 박살내며 플로어를 해방했다. 본인에게는 전혀 그럴 의도가 없었겠지만 결과만 놓고 보면 그랬다.

글렌이 창밖을 힐끔 훔쳐보자 해방된 손님과 종업원들이 잇따라 정면 현관에서 밖으로 탈출하는 모습이 보였다.

"그건 그렇고, 글렌. 최상층 스위트룸을 잡은 건 좋지만, 거기까지 가는 게 번거롭지 않아? 이럴 거면 더 낮은 층의 싼 방이라도 괜찮았을지도."

"그러네요……"

글렌은 이미 생각하는 걸 포기했다.

"이봐, 안내인. 방은 아직 멀었나?"

"히익?! 조금만 더 가면 됩니다! 이 계단을 올라가면 바로 거기예요! 그러니까 제발 죽이지 마세요!"

'이 녀석들도 나름 열심히 호텔을 점거할 준비를 했었을 텐데…….'

글렌은 왠지 교단원들이 불쌍해지기 시작했다.

이윽고 나선 계단을 오른 일행은 최상층에 도착했다.
"저, 저, 저 안쪽 방입니다……."
한층 더 호화로운 디자인의 복도 너머에 딱 봐도 고급스러운 문이 보였다.
"그래. 수고했다. 팁을 주지. 사양하지 말고 받아."
"팁?! 설마 지옥의 뱃사공에게 줄 노잣돈이라는 의미?! 피, 필요 없는뎁쇼?!"
"히이이이이이이익?! 이용해주셔서 감사했습니다아아아!"
교단원들은 복도에 세리카의 짐을 두고 황급히 아래층으로 달아났다.
"훗…… 팁을 안 받겠다니, 이 호텔의 호텔리어는 참 고결하군."
"무지하게 태클을 걸고 싶지만, 난 안 걸 거다? 귀찮으니까."
글렌은 속으로 제발 더 문제를 일으키지 말라고 기도하는 심정으로 세리카의 뒤를 따라 걸었다.
그 순간, 갑자기 세리카가 묵을 예정인 스위트룸의 문이 열렸다.
"거, 거기까지다!"
안에서 나온 건 몇 명의 교단원이었다.
선두에 서 있는 리더와 똘마니들 같은 분위기였다.

"흣…… 이 괴물 자식! 이, 이게 안 보여? 얌전히 있어!"

묘하게 강경한 태도의 리더 교단원이 손에 들고 있는 건 어떤 돌이었다.

입방체의 검은색 돌. 표면에 빼곡하게 새겨진 룬에 마력이 흐르는 것을 보아하니 아무래도 뭔가 마술 기능이 발동한 모양이었다.

"만약을 위해 준비해둔 이게 도움이 될 줄이야……."

"앗! ……저, 저건?!"

그 검은색 돌을 본 순간, 이제껏 풀어진 분위기로 상황을 낙관하고 있던 글렌은 퍼뜩 놀라 긴장했다.

등골에 소름이 돋는 것을 느끼며 그 돌을 응시했다.

"헤……헤헷! 그쪽 형씨는 눈치챈 모양이군? 그래, 이건 마술 폭탄이라는 거다. ……작염흑석(灼炎黑石)이라고 들어본 적은 있나?"

작염흑석. 글렌도 군 시절에 써본 적이 있는 물건이었다.

폭정석(爆晶石)보다 훨씬 폭발력이 뛰어난 데다 그 안에 담는 마력량과 술식에 따라 위력과 지향성까지 마음대로 바꿀 수 있는 파괴공작용 마술 폭탄이었다.

그런 작염흑석으로 만든 마술 폭탄은 무력화하는 것도 지극히 어려운 편이라 해주(디스펠)하려면 초일류 해주사가 몇 명이나 필요하고 덤으로 시간도 만만치 않게 드는 물건이었다.

아군이 쓰면 편리하지만 적이 쓰면 골치 아프기 짝이 없는 전형적인 마도구인 것이다.

"이게 기폭하면 이 호텔과 주변 일대가 싹 날아갈걸? 대체 몇 명이 죽을지 상상도 안 가네? 크크크…… 이 자식들, 거기서 움직이지 마!"

교단원들은 마침내 궁지에 몰린 나머지 냉정한 판단력을 잃은 듯했다.

"저, 저 자식이……?! 넘어선 안 될 선을 넘어버렸잖아……?!"

그 광경을 본 글렌은 가슴 속에서 치밀어 오르는 분노를 내뱉는 것처럼 외쳤다.

"야! 너희들, 바보 같은 짓은 그만둬!"

"다, 다, 닥쳐! 움직이지 말랬지! 어, 어차피 네놈들은 아래층에 있던 녀석들처럼 우리를 몰살해버릴 셈이지?! 그럼 차라리……!"

"아무도 안 죽였어! 그러니 진정하고……!"

"닥쳐! 닥쳐! 닥쳐! 한 발짝도 다가오지 말라고오오오!"

글렀다. 완전히 이성을 잃었다. 공황 상태다.

하긴 무리도 아니었다. 그런 화려한 폭발과 폭풍에 휘말렸으니 죽은 줄 아는 게 당연했다.

사실 조금 전까지 세리카가 쓴 건 전부 흑마(黑魔) 【뻐띠 익스플로전】이었다.

겉보기에는 화려해도 살상력은 극단적으로 낮은, 세리카가 주로 글렌에게 벌을 줄 때 쓰는 조크 마술이었다(물론

저작자는 세리카. 특허 출원 중).

하지만 아무래도 그 화려함이 교단원들을 필요 이상으로 자극해서 궁지에 몰아넣은 모양이었다.

'젠장! 어쩌지?! 저런 위험물을 꺼낼 줄이야……. 결국 터무니없는 사태가 돼버렸잖아!'

돌이 이미 기동한 상태인 이상 【광대의 세계】는 통하지 않을 테고 제압하려고 하면 자포자기해서 기폭시킬 우려가 있었다. 즉, 섣불리 손을 쓸 수 없는 상태였다.

밖에는 시스티나와 루미아와 리엘이 있었다. 그녀들은 호텔 내부의 상황을 몰랐다.

만약 저 교단원이 발작해서 갑자기 폭탄을 터트린다면…… 그런 상상을 하자 몸의 떨림이 멎지 않았다.

"야, 세리카…… 저놈들을 자극하지 마. 이건 이미 제국 궁정 마도사단이 나서야 할 안건이야."

글렌은 작은 목소리로 옆에 있는 세리카에게 속삭였다.

"……어떻게든 군에 연락해서 밖에 있는 사람들을 피난……."

하지만 세리카는 그런 글렌의 간절한 속삭임에 아무런 반응도 보이지 않았다.

"세리카? 저기…… 세리카? 듣고 있어?"

아무래도 이상하다 싶어서 옆을 힐끔 쳐다봤지만 세리카가 없었다.

글렌이 그 사실을 확인한 순간—.

"어~이, 글렌~!"

시선을 돌리자 교단원들의 건너편, 문이 열린 스위트룸의 호화스러운 침대.

대체 어느 틈에 이동한 건지 모를 세리카가 그 위에 천진난만하게 누워서 몸을 통통 튕기는 모습이 눈에 들어왔다.

"역시 고급 호텔다워! 이 침대, 엄청 부드럽잖아! 마음에 들었어!"

"자극하지 말랬잖아아아아아아아아아아아아아아아아아!"

글렌은 이제 그냥 울고 싶어졌다.

"애초에 너 어느 틈에 거길?!"

"【숏 텔레포트】로 실례했지."

"고작 입실하는 데 그런 고도의 마술을 낭비하지 말라고!"

긴박한 분위기와 상반된 그 대화 내용에 교단원들은 그저 경악할 수밖에 없었다.

"그건 그렇고 뭐지? 이 방. 아직 청소가 안 끝난 건가?"

하지만 세리카는 그런 교단원들을 완전히 무시하고 불만스러운 얼굴로 스위트룸 내부를 훑어보았다.

그리고 그들을 돌아보며 이렇게 말했다.

"이봐, 거기 청소담당 직원. 얼른 청소나 마저 해."

"누, 누가 청소담당이라는 거냐아아아아아아아아아아아!"

결국 분노가 폭발한 리더 교단원이 반사적으로 주문을 영창했다.

“《홍련의 사자여·분노에 몸을 맡기고·울부짖어라》!”

화악!

맹렬한 폭염이 파괴의 소용돌이를 그리면서 세리카가 있는 스위트룸 안을 누비자, 호화스러운 장식품과 가구들이 단숨에 파괴되었다.

“바, 바보 같은 녀석! 이 몸을 얕봤나 보군!”

리더는 예상 외로 간단히 폭염에 삼켜진 세리카의 모습을 비웃으며 외쳤다.

“작염흑석을 꺼낸 시점에서 예상하지 못한 거냐?! 그래, 난 전직 마술사다! 모(某) 길드에선 제법 높은 위계에 있었던 실력자지!”

“오오, 역시 리더! 해냈군요!”

“헷! 진심으로 우리 리더를 이길 수 있을 줄 알았나 보지?!”

“훗! 틀림없이 해치웠군! 저 녀석은 대항 주문(카운터 스펠)을 쓸 틈도 없었어! 직격이야! 이만한 위력의 폭염 앞에서…… 무사할 리 없지!”

“꺄하하! 의외로 별 것 아닌 상대였네요?”

“너희들, 왜 그렇게 쓸데없이 플래그를 세우는 건데?! 바보 아냐?!”

환희에 잠긴 교단원들을 본 글렌은 머리를 감싸고 외쳤다.

오래 알고 지낸 덕분에 이다음 전개가 뻔히 예상됐기 때문이다.

"에잇! 야, 이 자식들아! 목숨이 아까우면 빨리 도망쳐! 어서! 죽고 싶은 거야?! 제발 빨리 도망치라고오오오오!"

그 절박한 외침을 들은 교단원들은 마치 바보라도 보는 듯한 눈으로 글렌을 흘겨보았다.

그 순간, 그들의 뒤에서 별안간 초특대 폭염이 날아왔다.

글렌은 반사적으로 옆 방의 문을 걷어차고 안쪽으로 몸을 날렸다.

"""""으갸아아아아아아아아아아아아아아아아아아?!"""""

가엾은 교단원들은 글렌이 바로 조금 전까지 서 있던 통로에서 추풍낙엽처럼 날아갔다.

"아닛?!"

하지만 리더만은 반사적으로 마력 장벽을 전개해서 폭풍을 막은 모양이었다.

"너희들……! 적당히 좀 해……!"

그리고 연기가 자욱한 스위트룸에서 마치 망령처럼 걸어 나온 세리카의 모습에 그저 공포에 질릴 수밖에 없었다.

굳이 설명할 필요도 없겠지만 당연히 세리카는 상처는커녕 그을음조차 묻지 않은 상태였다.

그리고 핏빛으로 현란하게 빛나는 두 눈동자에서 모든 것을 압살할 듯한 분노의 위압감을 드러내는 그 모습은, 그야말로 마왕처럼 무시무시했다.

"히, 히이이이이익?! 어떻게 멀쩡한 거지?!"

“용서 못 해! 넌 절대로 용서 못 해!”

완전히 겁에 질린 리더에게 세리카는 마치 사형을 선고하는 것처럼 말했다.

“너, 잘도 내 방을 엉망으로 만들었겠다아아아아아아!”

“하긴 그러시겠죠…….”

세리카의 핀트가 어긋난 분노에 글렌은 의무적으로 태클을 걸었다.

“네가 그러고도 일류 호텔의 청소담당 직원이냐?! 손님이 쓸 방을 이렇게 엉망으로 더럽히다니…… 너에겐 청소담당이라는 자각과 긍지가 없는 거냐?!”

“시, 시, 시, 시끄러! 난 청소담당이 아니라고오오오오!”

자포자기한 리더는 다시 작염흑석을 들었다.

“너, 이게 안 보여?! 내가 그럴 마음만 먹으면 이 일대는 싹 날아간다고?! 헤헤헤, 그게 싫다면 얌전히…….”

그러자 세리카는 착 가라앉은 눈으로 돌을 가리키며 작게 중얼거렸다.

“《디스펠》.”

그 순간, 리더가 손에 든 돌은 힘을 잃고 산산이 부서졌다.

“아아아아아아아앗?! 디스펠하려면 초일류 해주사가 몇 명이나 필요한 작염흑석이이이이이이?!”

“참 나! 그런 시시한 장난감이 있으니까 직무태만을 일으키는 거다! 성실히 일이나 해! 청소담당 주제에 장난이 지나치잖아!"

"……진짜 규격 외로구만."

글렌은 눈을 게슴츠레 뜨고 신음을 흘렸다. 세리카가 터무니없는 수준의 마술사라는 것을 뼈저리게 재인식한 순간이었다.

"……으……아……아……."

그리고 이제 완전히 전의를 상실한 채 바닥에 힘없이 무릎을 꿇은 리더에게 다가간 세리카는 어깨에 가볍게 손을 얹었다.

"자, 그럼…… 모처럼 기대했던 내 방을 걸레짝으로 만든 너에겐 벌이 좀 필요하겠지? ……응?"

어지간히 화가 난 건지 관자놀이에 시퍼런 힘줄을 움찔거리며 그렇게 말한 세리카의 왼손에, 대기를 뒤흔드는 파괴의 에너지가 모이기 시작했다. 그것은 마치 태양처럼 빛나면서 호텔 안을 새하얗게 물들였다.

"히, 히익……!"

리더는 극심한 공포에 질린 나머지 머리카락이 새하얗게 변했고 얼굴도 급속도로 늙기 시작했다.

"바보 아냐아아아?! 야, 세리카! 그런 걸 썼다간 이 호텔이이이?! 아니, 그보다 나까지 말려들잖아아아아아!"

"《죽어》어어어어어어어어어어어어어어어어어어!"

화들짝 놀란 글렌이 말린 보람도 없이, 다음 순간, 모든 것이 순백에 감싸였다.

화이트타운이 자랑하는 초일류 고급 호텔 샤토 스노리아는 이 날, 글자 그대로 지도에서 소멸했다.

안건보고 : 《S·D·K》에 의한 호텔 샤토 스노리아 점거 사건

경과 : 사건 발생으로부터 2시간 40분만에 속공 해결

부상자 : 《S·D·K》, 화이트타운 경비관 쌍방에 다수 발생. 도합 124명.

사망자 : 기적적으로 0명(다만, 호텔 점거에 참가한 교단원 리더가 정신 착란 증세를 보임)

실해 : 호텔 샤토 스노리아 **완전 파괴**

제2장 북의 대지에 숨은 어둠

그곳은 불순물이 없는 어둠 속이었다.

1년 내내 눈과 얼음으로 뒤덮인 극한의 땅 스노리아의 심연 속.

밝은 태양 아래를 걷는 일반인은 결코 그곳의 위치를 알 수 없으리라.

하지만 아는 사람은 알고 있었다. 꿈틀거리는 어둠의 밑바닥에 틀림없이 존재했다.

예부터 이 땅에 존재했다고 일컬어지는 비사(秘事)를 실천하는 자들의 제단— 은룡 신전.

그곳이 바로 《S·D·K》의 본부였다.

"그 어리석은 놈들이! 제멋대로 폭주하더니, 심지어 실패했다고?!"

어둠이 지배하는 공간에 히스테릭한 쉰 목소리가 울려 퍼졌다.

목소리만 들으면 아무래도 초로의 남성인 것 같았다.

그런 식으로 단언하지 않고 추정한 이유는, 그 남자도 다른 《S·D·K》의 교단원들과 마찬가지로 삼각두건과 흰 로브로 온 몸을 가려서 외모로는 나이와 성별을 파악하기 곤란했기 때문이다.

다만 그 남자의 로브에는 용의 머리를 희화화한 기묘한 문장이 자수로 그려져 있어서, 조직 안에서도 나름 높은 지위의 간부라는 건 대략이나마 추측할 수 있었다.

이 《S·D·K》의 본부는 기하학적인 기묘한 문장이 새겨진 블록상태의 돌을 쌓아서 만든 원형 고대 유적 안에 있었다.

천장은 워낙 높아서 끝이 보이지 않았다. 정말로 천장이 존재하는지조차 의심스러울 정도였다.

그리고 마찬가지로 신비한 무늬가 새겨진 거대한 원기둥이 원형 공간 여기저기에 몇 개나 세워져 있었고, 이 또한 천장처럼 어둠에 잠겨서 끝이 보이지 않았다.

그런 공간 군데군데에 피운 화톳불만이 무거운 어둠을 가까스로 밝히는 중이었다.

중앙에는 사각뿔 형태의 거대한 석조 제단이 있었다.

제단의 경사면에 있는 계단은 꼭대기까지 이어져 있었다.

그리고 그런 계단 옆에는 조금 전에 히스테릭한 고함을 지른 간부 교단원, 에르네스트가 서 있었다.

그는 젊은 동지들의 폭주로 끝난 실패 보고를 듣고 다시 고함을 질렀다.

"신참 놈들! 왜 우리의 지시를 기다리지 못한 거냐! 왜 우리 대장로님의, 그리고 백은룡님의 높으신 뜻을 이해하지 못하는 거냐고!"

제단 주위의 광경은 실로 기묘했다.

제단을 중심으로 수십 명의 삼각두건들이 몇 겹으로 원을 그리며 무릎을 꿇은 채, 마치 기도하는 것처럼 손을 맞잡은 상태로 일심불란하게 뭔가를 중얼거리고 있었다.

바닥에는 그들을 연결하는 것처럼 거대하고 불길한 마술법진이 그려져 있었다.

그 삼각두건들의 소박한 기도문은 수십 겹으로 포개지고 증폭되어서 이 원형 공간 안에 불길한 음색으로 울려 퍼졌다.

그런 제단 위에는 거대한 얼음덩어리가 있었다.

이것은 아는 사람은 아는, 결코 녹거나 부서지지 않는 『영구빙정』이라 불리는 마술적인 얼음이었다.

그리고 그 얼음 안에는 한 소녀가 갇혀 있었다.

마치 산제물처럼 손을 맞잡은 채 편안하게 잠든 어린 소녀였다.

상식적으로 생각하면 살아있을 리 없었다. 하지만 동사체라고 단언하기에는 얼굴과 피부에 생기가 넘쳤다. 마치 정말로 잠들어 있는 것처럼 보였다.

이곳은 그런 정체불명의 소녀가 갇힌 얼음을 에워싼 수상한 마술 의식장인 것이다.

"에잇, 짜증스럽군! 긍지 높은 《S·D·K》의 수치 놈들!"

그리고 에르네스트가 지른 고함에 보고하러 온 삼각두건

들이 다시 위축된 순간—.

“자자, 너무 그렇게 헐뜯지 마세요. 에르네스트 님…….”

그 여자는 공간에 고인 어둠 속의 어둠에서, 배어나온 얼룩처럼 모습을 드러냈다.

암흑에 선혈로 선을 긋는 것처럼 입술이 호선을 그렸다.

검은 상복을 우아하게 입은 기묘한 여자였다.

나이는 대략 20대 중반. 까마귀의 깃털을 연상케 하는 윤기 있는 검은 머릿결과 눈동자. 머리에 쓴 털모자 밑으로 드리워진 투명한 베일이 얼굴을 고상하게 가리고 있었다.

하지만 베일로 덮여 있음에도 그 여자의 어두운 눈동자 속에서 일렁이는 어둠과 광기는 누가 봐도 일목요연했다.

그 자리에 가만히 서 있기만 해도 주위의 어둠이 한층 더 진해지는 듯한 인상을 주는 그 여자의 정체는—.

“에, 엘레노아 공……?! 있었던 건가?!”

하늘의 지혜 연구회 내진(內陣)[이너], 제2단 《지위(地位)》[어뎁터스 오더]의 엘레노아 샤레트.

연구회의 구성원인 동시에 여왕의 비서관으로서 제국 정부에서 암약했었던 지모의 외도 마술사였다.

“아까 폭주한 교단원 분들은 《S·D·K》의 외진(外陣)[아우터]……교단의 이너이신 당신들께는 아무런 영향도 없잖아요?”

다른 비밀결사와 마찬가지로 《S·D·K》도 구성원을 이너와 아우터로 나누고 있었다.

조직의 비사와 운영을 관리하는 일부의 인간만이 소속된 조직의 중추가 이너.

그리고 이너의 첨병이자 수족으로 움직이는 아우터.

아우터가 아무리 많이 체포돼봤자 이너의 정보가 외부로 유출될 일은 없었다. 그런 조직 구조를 갖추는 것은 비밀결사의 기본 중에서도 기본이었다.

"어차피 그들은 「위험한 불장난을 동경해서 입단한 개구쟁이들」…… 그런 자들을, 계획을 실행에 옮기기 전에 잘라낼 수 있었던 건 여러분께는 오히려 잘된 일 아닌가요?"

엘레노아가 쿡쿡 웃었다. 그저 웃기만 해도 주위의 온도가 내려가는 듯했다.

하지만 에르네스트는 그런 요녀에게 위축되지 않으려는 듯 거칠게 감정을 토해냈다.

"그건 그 말대로다만…… 함부로 참견하지 마라! 이건 우리 조직의 의의를 건 문제니까!"

명백히 격이 다른 자를 상대로 위엄을 지키려는 에르네스트의 모습은 그저 꼴사납게만 보였다.

"아아, 한탄스럽구나! 요즘 젊은 단원들은 우리 《S·D·K》의 숭고한 뜻을 전혀 이해하지 못해! 참으로 지긋지긋하군!"

그래도 입단을 거부하면 활동에 필요한 수를 확보할 수 없었다. 보유한 마술사의 수가 워낙 적기 때문이다. 비밀결사라는 범주에서 보자면 《S·D·K》는 상당한 약소 조직이었다.

“자자, 에르네스트 님?”

엘레노아는 그런 꼴사나운 모습조차 포용하는 것처럼 미소 지었다.

“그런 상황을 타개하려고…… 우리와 손을 잡으신 게 아니었나요?”

“그, 그 말대로다!”

에르네스트는 짜증스러운 목소리로 말했다.

“이번 의식만 잘 풀리면 우리의 교의, 신앙, 의의…… 그 모든 것이 이 현대에 부활할 터! 그때야말로 이 위대한 스노리아에 진정한 신앙이 되살아나는 거다! 우리의 시대가 오는 거다!”

“예. 《S·D·K》가 예부터 계승한 비사…… 그리고 우리가 보유한 마술의 업…… 그 두 가지가 더해졌을 때, 여러분의 수천 년에 걸친 비원이 달성되겠죠…….”

엘레노아가 다시 쿡쿡 거리며 웃었다.

에르네스트는 어째서 이 여자가 웃을 때마다 원초적인 공포를 느끼는지 도저히 이해할 수 없었다.

“……아무쪼록 이 의식에 전념하실 수 있기를…… 부탁드려요.”

엘레노아는 상복의 치맛자락을 살짝 들어올리며 우아하게 고개를 숙였다.

이토록 저자세인데도 전혀 이쪽이 주도권을 잡은 기분이 들지 않는 건 어째서일까.

"하, 하지만 엘레노아 공…… 정말로 **그런 일**이 가능한 건가?"

에르네스트는 삼각두건 밑으로 흐르는 식은땀의 감촉을 견디면서 물었다.

"물론 그 의식의 완수는 우리의 오랜 비원이다. 하지만 정말로 그게 가능하다고는……."

"걱정하실 필요는 없답니다. 이론적으로는 충분히 가능하니까요. 사실 전 이런 종류의 의식에는 무척 해박하거든요. 그리고……."

엘레노아는 제단 위에 있는 얼음덩어리의 옆을 힐끔 쳐다보았다.

에르네스트도 따라서 시선을 돌렸다.

그곳에는 한층 더 호화로운 자수가 수놓여진 삼각두건과 흰 로브를 입은 인물이 사치스러운 지팡이를 짚은 채 아래를 흘겨보고 있었다.

아무래도 등이 굽은 것을 보아하니 노인인 모양이었다.

"《S·D·K》의 현 마스터…… 대장로님."

엘레노아는 다시 에르네스트를 바라보며 웃음을 흘렸다.

"저분이 이번 계획의 완수를 결의하고 부탁하신 것을 우리의 대도사님께서 받아들이셨으니 연구회의 첨병에 불과한 저는 그 명에 따라 최선을 다할 뿐이랍니다. 그러니 당신도 대장로님의 뜻을 따라 의식을 실천하기만 하면 되는 거 아닌가요?"

"으, 으음……. 그건 그렇지만……."

에르네스트가 제단 위를 지그시 올려다보자 그 시선을 눈치챈 대장로가 강하게 고개를 끄덕였다.

그렇다. 이미 상황은 움직이기 시작했고 전권은 자신에게 있었다. 이제는 돌이킬 수 없었다.

그렇다면 남은 건 계획을 완수하기 위해 사력을 다할 뿐.

"『모든 것은 백은룡님을 위해』…… 알았다. 앞으로도 협력을 부탁하지, 엘레노아 공."

"예, 알겠습니다. 맡겨주세요."

에르네스트의 말에 공손히 고개를 숙인 엘레노아는 한없이 차갑게 웃으면서 생각했다.

'후우…… 어린애를 상대하는 것도 참 힘드네요.'

공손한 태도와는 반대로 속으로는 《S·D·K》를 완전히 깔보고 있었다.

'하지만 지금까지는 순조로웠죠. 작은 말썽도 있었지만, 뭐. 이 정도는 예상했던 바. 그 의식은 거의 예정대로 진행 중…… 문제 될 건 없어요.'

그리고 별안간 표정을 굳혔다.

'그리고 이번에는 **그분**도 이 스노리아에 계시니…… 꼴사

나운 모습을 보일 수는 없죠. 신중히…… 신중히 일을 진행해야 해요.'

엘레노아는 어둠속에 붉은 호선을 그리며 미소 지었다.

진득한 심연 속에서 한없이 어둡고 차가운 미소를…….

《S·D·K》에 의한 호텔 점거 사건 종결 후.

슬슬 인파가 줄어들고 해가 진 밤에 화이트타운의 시장 저택에 초대받은 글렌 일행은 만찬을 대접받고 있었다.

"허…… 설마 당신이 그 셉텐데, 세리카 아르포네아 씨였을 줄이야."

긴 식탁 앞에 나란히 앉은 글렌 일행의 맞은편에는 서른다섯 살의 젊은 시장인 존 마이야르 씨가 앉아 있었다. 그는 고귀한 티가 나는 갸름한 동안의 신사였다.

"화이트타운 시의회와 은룡제 실행위원회, 경비관 관계자분들도 이야기를 듣고 깜짝 놀라더군요. 하하, 이렇게 직접 뵙다니 참으로 영광입니다."

시장은 온화하게 웃으며 세리카에게 찬사를 보냈다.

"그리고 세리카 씨. 당신 덕분에 《S·D·K》가 일으킨 문제를 조기에 해결할 수 있었습니다. 그 호텔 점거에 참가한 교단원은 전부 현행범으로 체포했고 감금됐던 분들도 모두 상처 하나 없이 무사히 구출됐지요. 시의회에서는 여러모로 말이 많았지만, 간신히 내일부터 《은룡제》를 개최할 수 있을 것 같습니다."

"훗, 그런가. 그건 다행이군……(중지한다고 했으면 이 도시를 지도에서 지워버리려고 했는데 말이지)."

옆자리의 글렌은 나이프와 포크로 우아하게 해체한 생선요리를 입으로 옮긴 세리카가, 새치름한 얼굴로 중얼거린 흉악한 대사를 온 힘을 다해 못 들은 척했다.

"그건 그렇고…… 경상이긴 해도 화이트타운 경라서의 경비관들 중에 다수의 부상자가 발생한 건 역시 유감스럽더군요. 내일 업무에 지장은 없을 것 같습니다만……."

그리고 존이 안타깝게 눈을 내리깔자 찔리는 데가 있는 글렌은 포크를 깨물고 말았다.

"게다가 우리 화이트타운시가 총력을 다해 세운 고급 호텔 샤토 스노리아까지 완전히 파괴되다니…… 이건 전부……."

"예, 예, 그렇고말고요! 아까 제가 정직하게 진술한대로 전부 그 밉살스러운 《S·D·K》가 저지른 짓이고말고요!"

그 순간, 글렌은 비지땀을 철철 흘리며 황급히 변명했다.

"참 나, 진짜 질이 나쁜 놈들이더군요! 그런 흉악한 폭탄을 반입할 줄이야! 세리카에게 제압당해서 계획이 실패할 것 같으니까 폭탄을 기폭해서 그 고귀한 호텔을 완전히 파괴하다니, 진짜 도저히 용서할 수 없는 놈들 아닙니까?! 예?"

"응? 글렌? 어째 이야기가 다른데? 그건 내가……."

"됐으니까 좀 닥쳐! 제발 닥쳐줘! 부탁이니까!"

글렌은 황급히 손을 뻗어서 옆에 앉은 세리카의 입을 틀어막았다.

아무런 설명도 듣지 못했지만 눈치껏 상황을 파악한 시스티나와 루미아는 뺨을 실룩거리며 쓴웃음을 지었다.

"……우물우물."

그리고 리엘은 자기와는 관계없는 일이라는 듯 디저트인 딸기 타르트를 접시 위에 산더미처럼 쌓고, 다람쥐처럼 뺨을 우물거리며 먹고 있었다.

"시장님! 그놈들은 분명 호텔 폭파는 자기들이 한 짓이 아니라면서 시치미를 뗄 테니 확실히 책임을 추궁해주십쇼! 폭탄 파편이라는 명백한 증거가 있으니 반드시 놈들에게 정의의 철퇴를!"

"예, 그야 물론이지요."

"아아, 그건 그렇고 진짜 유감이네요! 저희가 조금만 더 처신했으면 그 고급 호텔이 파괴되지 않았을지도 모르는데~!"

"아뇨, 그렇게 자책하실 필요는 없습니다. 아무쪼록 마음에 담아두지 말아주시길 바랍니다, 글렌 씨."

그러자 존은 《S·D·K》의 만행에 분노를 터트리는 (것처럼 보이는) 글렌을 부드러운 목소리로 달랬다.

"어차피 호텔은 물건입니다. 망가졌으면 다시 세우면 될 뿐이지요. 하지만 인명은 그렇지 않습니다. 그러니 이 먼 스노리아를 찾아주신 손님들께서 모두 무사한 것을 솔직하게 기뻐해야 마땅하겠지요."

그리고 존은 세리카와 글렌에게 깊이 고개를 숙였다.

"만약 손님들께 무슨 일이 생겼다면 정말로 《은룡제》를 중지할 수밖에 없었을 겁니다. 시를 대표해서 저, 화이트타운 시장 존 마이야르는 두 분께 진심어린 감사의 뜻을 전하고 싶습니다. ……정말 감사합니다."

"젠장! 이 사람 완전히 성인군자잖아?! 양심이 찔려! 양심이 찔린다고!"

"글렌? 식사 중에 뭐하는 거냐? 버릇없게. 신사라면 늘 여유 있고 우아한 태도를…… 아, 잠깐. 거기 급사, 식후의 홍차를 부탁해. 흠…… 리프레스 특급 숙선 찻잎을 8분 달이고 카모마일을 한 방울 넣어줘."

"번거로운 주문하지 마! 넌 좀 더 죄책감을 가지라고!"

글렌은 눈에 핏발을 세우며 새치름한 얼굴의 세리카에게 고함을 질렀다.

"저기…… 시장님?"

그런 가운데, 루미아가 조심스럽게 손을 들고 질문했다.

"음, 이런 일이 있었는데도 내일부터 《은룡제》를 여는 거죠?"

"예, 그렇습니다. 예정대로요."

"저기…… 좀 궁금한데, 왜 그렇게까지 《은룡제》를 고집하시는 거죠? 사정은 잘 모르겠지만, 《S·D·K》처럼 심하게 반대하면서 과격한 수단을 벌이는 사람들도 있는데……."

"하하, 하긴 그렇군요. 외부에서 오신 분들의 눈에는 역시 의아하게 보였을지도 모르겠습니다."

존은 딱히 기분 상한 기색 없이 쓴웃음을 지었다.

"……《은룡제》를 고집하는 건, 지금은 그것이 스노리아의 생명선이기 때문입니다."

그러자 존 옆에서 그림자처럼 서 있던 젊은 여급사가 갑자기 대화에 끼어들었다.

조금 전에 존이 소개한 시녀 겸 비서인 밀리아였다.

"원래 이 스노리아는 제국의 변경…… 근대화의 흐름을 타지 못하고 고립된 전형적인 한계부락이었습니다. 그렇지 않아도 사람이 살기에는 척박한 지역이라 해마다 과소화가 심해져서, 남모르게 조용히 사라지는 것을 기다릴 수밖에 없었던…… 그런 땅이었죠."

그러자 존이 뭔가 눈짓을 보냈지만 밀리아는 고개를 저으며 말을 계속했다.

"그런 고향을 구하려고 일어선 것이 여기 계신 제 주인…… 존 시장님이었습니다. 제도의 알자노 제국 대학에서 최신 경제학을 배운 시장님은 정부 고위 관직 스카우트도 거절하고 스노리아로 돌아와 향토 부흥 정책을 추진하셨습니다."

"관직을 거절했다고? 호오, 그거 참 호기롭군."

"시장님께선 그 탁월한 시정 수완을 발휘해서 관광 사업을 주축으로 스노리아를 눈 깜짝할 사이에 되살리셨습니다.

이런 외진 도시에 철도가 깔린 것도 시장님의 교섭 수완과 대학시절에 쌓은 인맥의 산물…….”

아무래도 글렌 일행의 눈앞에 있는 인물은 예상했던 것보다 걸물인 듯했다.

“지금에 이르러서는 위너스 상회와 레이디 상회 같은 유력 상회의 협조를 얻어 스노리아를 몰라볼 정도로 발전시키신 겁니다.”

“그, 그러셨군요. ……굉장하네요.”

“그러고 보니 스노리아가 관광 명소로 유명해진 건 분명 극히 최근이었다고…….”

루미아와 시스티나는 눈을 휘둥그레 뜨며 놀랐다.

“하하하, 별거 아닙니다. 제가 태어나고 자란 이 스노리아를 위해 무엇을 할 수 있을지…… 그걸 고민하고 실행에 옮긴 것뿐이지요.”

“그리고 시장님께서 추진하신 관광 사업 중 하나가 바로 이『은룡제』인 겁니다. 이 행사로 얻는 경제 효과는 인근 지역 주민들의 생활을…….”

“자자, 밀리아. 스톱.”

존은 낯간지러운 얼굴로 밀리아의 설명을 끊고 뒷말을 이었다.

“『은룡제』는 이 스노리아의 백은룡 신앙에 뿌리를 둔 전통 제사입니다.”

"백은룡…… 아, 그거 저도 알아요! 분명 아득히 먼 옛날, 이 지역 일대는 백은룡이라 불리는 용신님이 가호를 내려주신 덕분에 평화롭고 풍족한 생활을 누렸다는 거죠?"

"오, 과연 알자노 제국 마술학원의 학생분. 공부를 많이 하셨군요."

시스티나의 발언에 존은 만족스럽게 고개를 끄덕였다.

"그 말씀대로입니다. 그 일화가 사실인지, 그런 용이 정말로 실존했는지는 이제 와서는 알 수 없는 노릇이지만, 전 관광 사업의 일환으로 그 『백은룡』을 받드는 은룡제를 부활시킨 겁니다."

"아…… 이제 대충 사정을 알겠네요."

"예, 아마 생각하신 대로일 겁니다."

존은 약간 지친 얼굴로 시스티나에게 고개를 끄덕였다.

"《S·D·K》는 변경 특유의 배타적인 습성을 가진 백은룡 신앙의 최고 우익 집단입니다. 간부 구성원이 대부분 노인분들이라 자신들만의 것이라 믿었던 신성한 제사를, 저희 같은 젊은이들이나 외부인이 멋대로 주관해서 상업적으로 이용하는 것을 좋게 보시지 않는 거지요."

"그건…… 뿌리가 깊은 문제네요."

"저도 어떻게든 그들의 이해를 얻어 보려고 지금도 계속 교섭을 시도하고 있습니다만, 그들은 완고하게 귀를 틀어막더군요. 하지만 현재를 살아가야하는 이 스노리아의 주민들이 부족함 없는 생활을 누리기 위해서라도 이제 와서『은룡제』를 중지할 수는 없는 겁니다."

"흥, 《S·D·K》의 늙은 해충들 따윈 내버려두시면 될 텐데."

그러자 지금까지 어지간히 화가 쌓였던 건지 밀리아가 강한 말투로 투덜거렸다.

"오랜 시간에 걸쳐 이 스노리아를 좌지우지했던 《S·D·K》…… 그들은 스노리아의 운명을 그저 멸망에 맡긴 채 아무것도 하지 않았잖아요."

"밀리아."

"교단의 정상에 눌러 붙은 놈들은 교단 안에서의 권위와 지위를 지키는 것에만 집착하고, 용의 가르침을 사람들에게 일방적으로 강요하면서 웃기지도 않는 기부금만 요구할 뿐, 벽지에서 굶주린 저희들에게 빵 하나 나눠주지 않았어요! 그랬던 저희가 지금 이렇게 인간다운 따듯한 생활을 누리게 된 건 전부 존 시장님 덕분인데! 하물며 요즘 젊은이들 사이에서는 반쯤 장난으로 《S·D·K》를 지지하는 자들까지 나오다니!"

"밀리아. 자네는 우수한 비서지만, 그렇게 금방 감정적이 되는 게 문제일세."

쓴웃음을 짓고 밀리아를 타이른 존은 글렌 일행을 돌아보았다.

"……뭐, 이렇게 저희에게도 복잡한 사정이 있는 겁니다.

여러분은 납득하시지 못할지도 모르지만, 아무쪼록 이해해 주시면 감사하겠습니다."

"아, 아뇨……. 저야말로 아무것도 모르면서 민감한 질문을 드려서 정말 죄송했습니다."

루미아는 미안한 얼굴로 고개를 숙였다.

"아뇨, 괜찮습니다. 그보다 저희는 여러분을 환영합니다. 어서 오십시오, 우리의 스노리아에."

존은 루미아를 안심시키려는 듯 온화하게 웃었다.

"이 시기의 스노리아에는 다양한 볼거리와 이벤트가 준비되어 있습니다. 여러분은 이 도시의 은인, 체재 비용과 유흥비는 전부 제가 부담하겠으니 아무쪼록 이 스노리아에서 마음껏 가을 방학을 즐겨주십시오."

"야, 글렌. 들었어? 시장도 이렇게 말하는데 사양하지 말고 실컷 놀자고!"

세리카는 한없이 뻔뻔하게 그런 존의 성인군자 같은 점을 이용하려 들었다.

"으아아아아아, 진짜! 너란 녀석은 정말! 양심이 찔려! 양심이 찔린다고오오오오!"

그런 그녀 앞에서는 제아무리 글렌이라도 변변찮은 인간이라는 칭호를 반납할 수밖에 없었다.

이렇게 존 시장의 후의로 글렌 일행은 이 스노리아에 체재

하는 동안 이 호화스러운 저택에서 손님으로 머물게 되었다.

원래 존은 소박한 생활을 하려 했지만 「이 도시의 대표라면 나름 격식 있는 생활과 집을 소유해야 한다」라는 시민들의 요구로 억지로 떠맡게 된 것이라 했다.

그런 경위로 이 시장 저택은 고급 호텔의 규모에는 미치지 못하지만, 상류 계층 기준에서 봐도 어엿한 귀족 저택이라 방에는 여유가 있었다.

그래서 글렌과 세리카는 각자 개인실을, 시스티나와 루미아와 리엘은 큰 방을 빌려서 파괴된 호텔 대신 숙소로 쓰기로 했다.

"하아~ 참 나, 지쳤어……."

깊은 한숨을 내쉰 글렌은 융단이 깔린 저택의 통로를 걷고 있었다.

대충 입은 와이셔츠와 바지, 목에 수건을 걸친 매우 편한 차림이었다. 마침 방금 대욕탕에서 목욕을 마친 참이었기 때문이었다.

"우오오오~?! 추워! 엄청 추워!"

젖은 머리카락과 달아오른 피부에서는 수증기가 피어올랐지만 걸으면서 급속도로 식는 체온에 글렌은 몸을 떨었다.

한랭지의 주택인 시장 저택은 모든 방에 난로와 석탄 스토브가 있어서 항상 따스한 공기가 충만했다.

하지만 계단과 통로까지는 어쩔 수 없었던 모양이다.

글렌은 최대한 빨리 아무 방이나 들어가려고 같은 간격으로 설치된 흐릿한 램프의 불빛을 따라 어둑어둑한 통로를 빠른 걸음으로 이동했다.

문득 고정형 이중 창문으로 밖을 바라보자 함박눈이 펑펑 쏟아지는 음영이 보였다.

입에서 나온 숨이 창유리 표면을 하얗게 물들였다.

"으음~ 분명 여기가……."

글렌은 근처에 있는 문을 열고 안으로 침입했다.

조금 전에 머릿속에 주입한 저택 구조도의 기억대로 이곳은 담화실이었다.

바닥에는 따듯한 융단이 깔렸고 천장에는 샹들리에, 벽에는 박제 같은 품격 있는 장식품들이 걸려 있었다. 안쪽에 설치된 난로에서는 조용히 장작이 타는 소리가 들렸다. 입실하자마자 따스한 공기가 차게 식은 글렌의 몸을 부드럽게 감싸주었다.

"응?"

글렌은 이 담화실에 먼저 온 손님들이 있는 것을 눈치챘다.

"……저기, 시스티나. 여기, 모르겠어. ……답, 가르쳐줘."

"안 돼, 리엘. 먼저 스스로 잘 생각해봐야지."

"으…… 심술쟁이."

담화실의 테이블과 소파 쪽에 낯익은 얼굴들이 있었다.

네글리제 차림의 시스티나, 루미아, 리엘이었다.

그녀들은 테이블 위에 노트와 교과서 등을 펼친 채 얼굴을 맞대고 있었다.

"……너희들, 뭐 하냐?"

"아, 선생님. 우, 와아……."

"잠깐만요! 들어올 거면 노크 정돈 하시라구요! 정말이지!"

그러자 루미아와 시스티나가 얼굴을 붉히며 황급히 옆에 둔 상의를 걸쳤다.

""……?""

하지만 글렌과 리엘은 왜 그러는지 몰라 고개를 갸우뚱거릴 뿐이었다.

"그, 그게, 밤에 빈 시간을 이용해서…… 다 같이 가을 방학 과제를 하는 중이었어요."

"여행을 와서까지? ……성실하군."

글렌은 어이가 없는 목소리로 중얼거렸다.

"여행 중에는 그 정도쯤 잊어도 될 텐데."

"……뭐, 어때서요."

시스티나는 언짢은 얼굴로 대답했다.

"뭐, 내일부터 은룡제니까 일찍 자라."

글렌은 자신이 들어온 쪽의 반대쪽 문으로 걸어갔다.

저 문 너머에 있는 계단을 올라간 곳의 맞은편이 그의 방이었다.

그래서 소녀들의 옆을 지나친 순간—.

"아, 맞아. 저기, 시스티. 아까 그거 지금 선생님께 여쭤보는 건 어때?"

글렌은 루미아와 시스티나의 그 대화를 듣고 걸음을 멈추었다.

"왜?"

"아, 그게 말이죠."

그러자 시스티나는 글렌에게 마술 참고서를 내밀었다.

"이 문제의 요 배열이 왜 이렇게 되는 건지 감이 잘 안 와서……."

"호오? 이 글렌 레이더스 대선생님께 한 번 보여줘 보련?"

의기양양한 얼굴로 참고서를 받은 글렌은 거기 적힌 근원소(오리진) 배열식을 보았다.

"아, 이거 말이군. 이 케이스의 배열 변환은 특수 법칙인데…… 으음. ……응?"

그러자 평상시였다면 바로 알기 쉽게 답을 술술 설명해줬을 테지만—.

"어라? 음…… 이게 뭐더라? 아~ 기억이 날 듯 말 듯한데…… 젠장, 안 나네. ……으음, 그러니까……."

오늘은 웬일로 말을 어물거렸다.

"젠장! 미안! 왠지 여기만 갑자기 기억이 안 나. 에잇, 답답하게시리!"

"벼, 별일이네요. 선생님이 이렇게 고전하시다니."

“아하하, 선생님도 이럴 때가 있으셨군요.”

시스티나와 루미아는 눈을 깜빡이며 그런 글렌의 모습을 지켜볼 수밖에 없었다.

“저, 저기…… 선생님? 죄, 죄송해요. 여행 중인데. 그게, 혹시 지금 기억이 안 나신다면 여행이 끝난 후에라도 상관없으니까…….”

시스티나가 배려했지만 그것이 오히려 개미 눈곱만한 교사로서의 자존심을 자극한 모양이었다.

“에잇! 자, 잠시만 기다려 봐!”

글렌은 참고서를 든 채 자리를 뜨려 했다.

“선생님?! 어디 가시려구요?!”

“짜증나지만, 세리카한테 물어보고 오마! 금방 돌아올게!”

“정말이지, 완전 애라니까.”

글렌은 기막혀 하면서도 흐뭇한 눈으로 바라보는 시스티나의 시선을 뒤로하고 빠른 걸음으로 담화실을 나왔다.

“망할! 이 몸이 이런 기초 중의 기초를 깜빡할 줄이야!”

글렌은 이를 갈면서 통로를 성큼성큼 걸었다.

아는 게 당연한 것을 대답해주지 못한 분함 때문에 통로를 지배하는 싸늘한 추위도 전혀 느끼지 못하는 모양이었다.

“으음…… 세리카의 방은 분명 저쪽이었지?”

통로를 지나 계단을 오른 글렌은 이윽고 세리카의 방 문

앞에 도착했다.

"아아~ 틀림없이 바보 취급당하겠지……. 이런 것도 모르냐면서. ……우울해."

하지만 어째선지 제자들에게 대답해주지 못하는 게 훨씬 더 싫었다.

어쩔 수 없이 체념한 글렌이 방문을 노크하려던 그때였다.

갑자기 손이 멈췄다. 안에서 목소리가 들렸기 때문이다.

"……세리카?"

글렌은 무심코 문 너머의 목소리에 귀를 기울였다.

"……적당히 좀 해! 너!"

문에 가로막힌 탓에 잘 들리지는 않았지만 틀림없는 세리카의 목소리였다.

"몇 번을 말해야 알겠어! 난 이제 기억도 나지 않는 사명 따위……!"

늘 남을 깔보는 태도의 세리카가 어지간히 화가 난 건지 분위기가 무척 험악했다.

다만, 대화 상대의 목소리는 아무리 애를 써도 들리지 않았다.

"……알고 있어. 그런 건 나도 안다고! 하지만, 그래도 난……!"

이윽고 세리카의 목소리에 견딜 수 없는 고뇌가 섞이기 시작했다.

당장에라도 머리를 감싸 쥐고 울음을 터트리려는 듯한 분위기였다.

"……그만해. ……그만하라고. ……더 말하지 마. ……제발."

대체 어느 누가 세리카를 이렇게까지 궁지에 몰아넣은 것일까.

그 순간, 글렌의 인내심도 한계점에 도달했다.

"이봐! 너!"

글렌은 반사적으로 문을 걷어차고 안으로 몸을 날렸다.

"글렌?!"

글렌에게 등을 돌리고 소파에 앉아있던 세리카가 놀라서 고개를 돌렸다.

"어디 사는 누군지 모르겠지만, 너 인마. 세리카한테 대체 무슨 용건이야? 아앙?"

하지만 글렌은 개의치 않고 걸음을 옮기더니 세리카를 괴롭힌 증오스러운 상대를 노려보려 했다.

"……어?"

그러나 다음 순간, 아연실색한 얼굴로 굳어버릴 수밖에 없었다.

이 방 안에는 그녀 외에 **아무도 없었기** 때문이다.

"어, 어라? 어떻게 된 거지……? 너, 지금 누구랑 대화를……."

글렌은 등골을 타고 오한이 드는 것을 참으며 세리카를 돌아보았다.

"……."

하지만 세리카는 잠시 침묵했다.

"아…… 하하, 하하하…… 아, 아무래도 걱정을 끼친 모양이군!"

그리고 이윽고 주머니에서 급히 보석형 통신 마도기를 꺼내 글렌에게 보여주었다.

"……잠깐 이걸로 옛 지인과 원거리 통화 중이었어. ……응."

"……."

"그 녀석과는 어떤 일로 계속 다투고 있는데…… 안심해. 이젠 절교했으니까. 덕분에 속이 다 시원하군. 아하하하!"

글렌은 살짝 목이 타는 것을 느끼며 세리카를 바라보았다.

"그보다, 너. 아무리 너랑 나 사이지만, 여자 방에 들어올 때는 노크 정도는 해. 참 나…… 그 나이에 이런 매너도 지키지 못하는 걸 보면 이 엄마도 좀 걱정되거든?"

세리카는 평소와 다름없었다. 다름없는 것처럼 보였다.

하지만…… 어째선지 글렌은 일말의 불안감을 느꼈다.

"그보다…… 저기, 글렌."

세리카는 그런 어중간한 표정의 글렌에게 평소처럼 뭔가를 꾸미고 있는 듯한 장난스러운 얼굴로 웃어 보였다.

"이왕 먼 길을 왔으니 내일부터 실컷 축제를 즐겨보자."

"으, 응……."

글렌은 그저 모호하게 고개를 끄덕일 수밖에 없었다.

제3장 은룡제의 개최

다음날 이른 아침.

은룡제의 개최를 알리는 세레모니가 엄숙한 분위기 속에서 시작되었다.

수많은 관광객이 지켜보는 가운데 화이트타운의 동문, 서문, 남문에서 순백색 로브를 걸친 무녀 역할의 소녀들이 몇 명의 종자를 거느린 채 시내로 진입했다.

그 무녀는 각각 스노리아의 동, 서, 남쪽 방면의 마을을 대표하는 자들이었다.

무녀는 각 마을 화덕의 성화(聖火)를 은세공 랜턴에 담아 높이 들고 있었다.

그리고 그 무녀를 따르는 종자들은 계곡에서 잡은 산천어와 산간에서 잡은 사슴고기의 훈제, 라마의 젖술, 감자 같은 스노리아에서 수확한 음식들을 품에 안고 있었다.

세 그룹의 무녀와 종자들은 경비관들이 엄중히 경비를 선 동, 서, 남쪽의 큰길을, 제각기 엄숙한 분위기 속에서 걸으며 화이트타운 중앙 광장으로 나아갔다.

중앙 광장에는 연극 무대 같은 큰 제단이 설치되어 있었고 관광객들은 그 주위에서 숨을 죽인 채 모여 있었다.

이윽고 제단에 도착한 세 그룹의 무녀와 종자들이 성화와 공물을 봉납하자 대기 중이던 신관이 전통 의례에 따라 의식을 진행했다.

곧이어 제단에서 미리 대기 중이던 네 번째 무녀가 세 개의 성화를 하나로 모으더니 공물을 품에 안은 종자들과 함께 북쪽 큰길을 향해 나아갔다.

성화와 공물을 북쪽 산맥 기슭에 있는 《용의 사당》에 바치기 위해서였다.

"저기, 선생님. 지금 저 의식에 어떤 의미가 있는 걸까요?"

루미아는 북쪽으로 가는 무녀 일행을 지켜보며 질문했다.

"음…… 아무리 나라도 이런 변경의 토착 종교 의식까지는 잘……."

글렌이 머리를 긁적이며 말을 어물거린 순간—.

"흐흥~! 아무래도 제가 나설 차례인 것 같네요!"

시스티나가 자신만만하게 가슴을 폈다.

"이런 민속학, 고고학적인 정보는 저에게 맡겨주세요! 저 의식은……."

"저건 이 스노리아 지방의 수호자(가디언), 백은룡에게 감사를 바치는 의식이야."

하지만 시스티나가 뭔가 말하기도 전에 세리카가 대답하고 말았다.

"……백은룡? 그 토착 지방 종교의 백은룡 신앙이 섬기는 신 말이야?"

글렌은 세리카를 돌아보고 되물었다.

"그래. 과거에 이 스노리아에는 이 일대를 수호하는 백은룡이라는 신이 있었다고 전해지고 있어. 백은룡의 가호 덕분에 풍족한 생활을 누렸다고도 하지. 즉, 이 땅에서 얻은 수확물은 이 일대의 자연을 지배했던 백은룡님의 은혜라는 셈이야."

"뻥치기는. 용 따윈 그냥 마수잖아. 인간에게 해를 끼치는 해로운 짐승."

"글쎄다. 하지만 만약 이 이야기가 실화라면 그 백은룡이라는 건 오랜 세월을 거쳐 인간을 초월하는 지성을 얻은 고대룡(에인션트 드래곤)이었을지도 몰라. 이제 와서는 알 길이 없지만 말이지. 아무튼 지금 이 스노리아 어디에도 용이 존재한다는 사실은 확인되지 않았으니까. 과거에 이 땅에 백은룡이라 불린 용이 있었다는 전설만 전해지고 있을 뿐이지."

"역시. 어차피 전설은 전설일 뿐이잖아? 그런 용이 있을 리 없어."

"그건 또 모르지. 나이를 먹은 용은 인간으로 변신할 수도 있다고 하니까, 그 백은룡님이라는 녀석도 어쩌면 의외로 가까운 곳에 있을지도 몰라."

"하! 바보 같은 소리!"

글렌은 세리카의 말을 웃어넘겼다.

“으그그…… 역시 아르포네아 교수님! 앗, 하지만 선생님! 이 이야기에는 약간 흥미로운 일화가 있는데요! 저 의식은 사실…….”

그러자 시스티나가 뭔가를 말하려 한 순간—.

“그리고 저 의식은 원래 「백은룡에게 산제물을 바치는 의식」이었다는 설도 있어.”

“……으극?!”

이번에도 또 세리카에게 추월당한 시스티나는 머리를 부둥켜안을 수밖에 없었다.

“산제무울? 잠깐, 이야기가 어째 갑자기 흉흉해졌는걸?”

“저 북쪽 사당에 공물을 봉납하러 간 무녀는 자신의 몸을 바쳐서 거칠어진 용의 마음을 다스리는 인신공양의 상징이라고 해. 옛 풍습이 형태를 바꿔서 남은 셈이지.”

“진짜냐…… 무섭구만.”

“마, 맞아요. 그런데 선생님. 제가 생각하기에 그 백은룡…….”

“백은룡이 인간을 수호하는 용이었는지, 아니면 해를 끼치는 악귀였는지. 개인적으로 난 그 양쪽 다가 아니었을까 싶어.”

“……으극! 시, 실은 저도 그렇게 생각하는데…… 그 근거는…….”

“사실 이 은룡제에선 세레모니의 일부로 백은룡에게 바치는 봉납 춤을 추는데, 그 춤 내용이 바로 그런 백은룡의 양면성을 상징하는 듯한 느낌이거든."

"봉납 춤? 그런 것도 있어?"

"응. 이 지방에 전해지는 어떤 민간전승을 춤으로 표현한 거야. 이 은룡제의 메인이벤트 중 하나지."

글렌의 말에 세리카가 고개를 끄덕였다.

시스티나는 바로 그 순간을 노리고 입을 열었다.

"마, 맞아요! 그리고 제 생각에 그 봉납 춤은……."

"나는 그 봉납 춤에서 다루는 전승이 『멜갈리우스의 마법사』의 원전 중 하나라고 보고 있어."

또 노린 것처럼 추월당한 시스티나는 눈 위에 넘어지고 말았다.

이 정도까지 오면 일부러 심술을 부리는 게 아닐까 의심스러울 정도였다.

"뭐어? 왜 여기서 또 『멜갈리우스의 마법사』가 나오는 건데?"

마치 자신들의 행적을 늘 앞서가는 듯한 그 단어가 언급되자 글렌은 질린 표정을 지었다.

동화 『멜갈리우스의 마법사』. 그것은 마도 고고학자이자 동화 작가이기도 했던 롤랑 엘트리아가 쓴 알자노 제국에 널리 알려진 옛날이야기였다.

그리고 제국 각지에 남겨진 전설과 신화와 민간전승에서 공통되는 유사 항목인 정의의 마법사와 마왕의 싸움을 중심으로, 저자 롤랑 엘트리아의 독자적인 해석을 더해 편찬한 고대 신화의 집대성이기도 했다.

"『멜갈리우스의 마법사』 제7장이었던가? 이 은룡제에서 추는 봉납 춤은 지금은 사라진 백은룡을 진혼하기 위한 의식이지만, 그게 아무래도 제7장의 내용과 유사한 점이 많아. 훗…… 아마 롤랑 엘트리아도 과거에 고대사 연구를 위해 이 스노리아의 땅을 방문했을 때, 그 이야기를 듣고 자신의 작품에 도입했던 거겠지."

"흐응~ 그랬구만. 잘 아네. 역시 세리카야."

"으그그그그그그그그극~!"

설명하고 싶었던 부분을 전부 세리카에게 빼앗긴 시스티나는 그저 이를 갈 수밖에 없었다.

"시스티나, 얼굴이 눈투성이야. 이상해."

"어, 어쩔 수 없잖아. 아르포네아 교수님이 계시면 시스티가 나설 차례는……."

리엘은 어리둥절한 얼굴로 고개를 갸웃거렸고 루미아는 울상이 된 시스티나를 달랬다.

'그건 그렇고 『멜갈리우스의 마법사』 제7장이 무슨 이야기였더라……?'

그리고 글렌이 깊은 곳에 잠긴 어린 시절의 기억을 끄집어내려 한 순간이었다.

"야~ 너희들. 이제 세레모니가 거의 다 끝났어. 모처럼이니까 이 화이트타운에서 열리는 각종 이벤트나 구경하러 다니자."

묘하게 들뜬 세리카가 글렌의 오른손을 잡아당기며 냉큼 걸어갔다.

"앗?! 야…… 잠깐, 인마! 잡아당기지 마! 참 나, 다 큰 어른이 고작 축제 따위에 들떠선…… 무슨 애도 아니고."

하지만 글렌은 말투와 달리 내심 싫지는 않은지 세리카가 가자는 대로 따라서 걸어갔다.

"으그그그……."

"아하하, 상상 이상의 강적이셨네. 교수님은."

"으음…… 세리카만 왠지 치사해."

그런 글렌과 세리카의 뒷모습을 시스티나는 분한 표정으로, 루미아는 씁쓸한 미소로, 리엘은 미간을 약간 찌푸린 얼굴로 지켜보았다.

은룡제 개최 세레모니가 끝난 후.

수많은 관광객으로 붐비는 화이트타운에서 본격적인 축제가 시작되었다.

1년에 한 번뿐인 『은룡제』라는 이유로 마치 성야(노엘)처럼 다양한 장식으로 치장한 화이트타운의 정경은 무척 화려했다.

도시 곳곳에서 합주대가 즐겁게 연주했고 종소리가 울렸다. 하늘에서는 끊임없이 터지는 폭죽이 숨 쉴 틈도 없이 거대한 원을 그렸다.

동서남북의 대로에는 뜨거운 벌꿀주와 소시지 같은 간단한 식사를 파는 노점이 빼곡하게 늘어서 있었고, 용을 본뜬 탈과 가면을 쓴 자들이 끊이지 않고 퍼레이드를 이었다.

그 경쾌하고 즐거운 분위기는 비단 도시 안에서만 느낄 수 있는 건 아니었다.

서쪽 문에서 도시 밖으로 나가면 광대한 설원을 무대로 개최된 개썰매 레이스가 대성황을 이루었다.

동남쪽 문 앞에 있는 얼음 호수 위에서는 수많은 관광객이 스케이트를 즐겼고 지역 주민의 즉석 스케이트 강좌도 열렸다.

남쪽에 나무들이 드문드문 자란 잡목림 안에서는 눈 조각상 콘테스트가 개최 중이라 이 날을 위해 만들어진 멋진 조각상들이 구경 나온 자들의 눈을 즐겁게 했다.

글렌 일행은 그렇게 활기찬 화이트타운 안을 다리가 아플 정도로 돌아다니며 즐거운 축제 분위기를 마음껏 즐겼다.

"저기, 글렌! 북서쪽 고지대에 올라가 보지 않을래? 거기서 올려다보는 서쪽의 아이스리아산이 그렇게 절경이라지 뭐야. 너도 보고 싶지? 내 제자야!"

"예, 예. 내키는 대로 가시죠. 동행해드릴 테니까요, 마이 마스터."

"이거 봐, 글렌. 네 몫까지 사왔어. 먹어."

"뭐어?! 왜 하필 이런 더럽게 추운 날씨에 아이스크림 같은 걸 먹으라는 건데?!"

"원래 추울 때는 차가운 음식이 별미거든. 자, 먹어. 아니면 내가 먹여줄까? 자, 아~."

"됐거든?!"

그리고 세리카는 시종일관 즐거워하며 글렌에게 찰싹 달라붙어 있었다.

어떻게든 곁에서 떨어지지 않고 평소보다 자유분방하게 휘두르고 다녔다.

"질 수 없어!"

하지만 이런 세리카의 압도적인 공세에 마침내 시스티나의 인내심이 폭발했다.

"교수님께 선생님이 둘도 없는 가족이라는 건 알아! 하지만 아무리 그래도 이런 식이면 우리가 완전히 방해꾼 같잖아……!"

시스티나는 분한 얼굴로 주먹을 굳세게 쥐었다.

"이대로면 선생님이 이 여행을 통해 우리를 여자로 봐주시기는커녕 우리가 같이 있었다는 사실조차 기억에 남지 않을 거야!"

"맞아. ……이대로 있으면 안 되겠지. 응!"

"난 잘 모르겠지만. ……나도 글렌이랑 더 놀고 싶어. 왠지 세리카만 치사해."

늘 정숙하고 온화한 루미아도 웬일로 표정을 굳혔고, 리엘도 어딘지 모르게 불만스러운 듯 입술을 삐죽 내밀었다.

"어떻게든 우리 페이스로 끌고 와야 해!"

시스티나는 과연 어떻게 해야 좋을지 두뇌를 풀가동했다.

그 순간—.

"그런데…… 아르포네아 교수님, 혹시 무슨 일이 있으신 걸까?"

루미아가 뭔가를 눈치챈 것처럼 갸름한 턱에 손가락을 가져다댔다.

"그게 무슨 소리야? 루미아."

"그게, 확실히 교수님은…… 글렌 선생님과 착 달라붙어서 굉장히 즐거워 보이지만……."

시스티나가 묻자 루미아는 표정을 살짝 굳히며 신중하게 말을 골랐다.

"한편으로는, 왠지 무척 조바심을 느끼고 계신 것 같은……?"

"조바심? 교수님이?"

루미아의 묘한 평가에 시스티나는 글렌과 세리카 쪽을 슬쩍 흘겨보았다.

당사자는 노점에서 글렌과 사격 승부 중이었다.

"예이~! 내 승리~! 꼴 좋다!"

"치사해! 치사하잖아! 너, 마지막에 마술 썼지?! 코르크탄이 도중에 말도 안 되는 각도로 휘었잖아! 야, 너! 내 말 듣고 있어?!"

그런 대화를 나누는 세리카의 옆모습은 이런 극한의 땅에 있는데도 마치 한여름 태양처럼 눈부시게 빛나고 있었다.

솔직히 시스티나는 왜 루미아가 그런 말을 꺼냈는지 이해할 수가 없었다.

"응, 역시 교수님은…… 어딘지 모르게 조바심을 느끼고 계신 것 같아……."

하지만 루미아는 확신하는 듯했다.

"잘 설명하진 못하겠지만…… 마치 이번 기회를 놓치면 이제 두 번 다시 선생님과 즐거운 시간을 보낼 기회가 없을 거라고 생각하시는 느낌이랄까……?"

"으음…… 그래? 지나친 생각이 아닐까?"

"……그럼 다행이겠지만."

루미아는 쓴웃음을 흘리며 대답했다.

기분 탓이라고 생각하고 싶지만 지금까지의 인생 경험상 타인의 감정 변화에 남들보다 민감한 그녀가 그렇게 느꼈다고 하니, 왠지 신경이 쓰이긴 했다.

"하지만 이대로 있으면 안 된다는 건 같은 의견인 거지? 그야 모처럼 같이 여행을 왔으니까……(나도 선생님이랑 좀 더 같이 놀고 싶은데……)."

"……시스티? 끝에 뭐라고 한 거야?"

"어?! 아니, 아무것도 아냐! 아무것도, 아하하……!"

작은 목소리로 흘린 본심을 들킬 뻔한 시스티나는 황급히 손을 저었다.

"그런데 대체 어쩌면 좋을까? 끼어들 틈이 전혀 없어 보이는데……."

그리고 앞에서 나란히 걸어가는 글렌과 세리카의 뒤를 힘없이 걸으면서 한숨을 내쉰…… 순간이었다.

"아아아아아아아아아아아아앗?! 다, 당신들은?!"

"아아아아아아아아아아아아앗?! 너, 너희들은?!"

갑자기 뒤에서 그런 소리가 들리는 바람에 무심코 돌아보았다.

그러자 경악한 얼굴로 서 있는 세 소녀가 눈에 들어왔다.

한 명은 금발 롤빵 머리 스타일의 누가 봐도 양갓집 규수 같은 소녀.

한 명은 검고 긴 머리카락과 날카로운 눈매가 특징적인 드세 보이는 소녀.

그리고 나머지 한 명은 회색 머리카락을 땋아내린 표정이 빈곤해 보이는 소녀였다.

"어, 어라……?"

"너희는……?"

낯이 익은 인물들이었다. 교복이 아니라 방한용품을 걸치고 있어서 한순간 누군지 몰라봤을 뿐.

“프랑신?! 콜레트?! 지니까지?!”

그렇다. 그녀들은 전에 성 릴리 마술여학원에 단기 유학을 갔을 때 만난 문제아 3인조 아가씨였던 것이다.

“시스티나! 루미아! 리엘! 오랜만이야~!”

“설마 이런 곳에서 당신들과 재회할 줄은 꿈에도 몰랐어요!”

콜레트와 프랑신은 환희에 물든 표정으로 달려왔다.

“안녕하세요~. 잘 지내셨나요.”

하지만 지니는 몸은커녕 표정조차 움직이지 않고 힘 빠진 목소리로 인사했다.

“너희가 왜 이런 곳에?!”

“그 이유는 아마 너희들이랑 마찬가지일걸!”

“저희도 가을 방학을 이용해서 스노리아에 여행을 온 거랍니다!”

“하아…… 덕분에 휴가 중에도 바보 아가씨를 돌봐야한다니. 진짜 못 해먹겠네요.”(중얼)

“어? 지, 지니? 지, 지금 뭐라고 했죠……?”

“아뇨, 아무것도. 이 불초 지니, 성심성의껏 프랑신 아가씨에게 봉사하겠습니다. 그것이야말로 아가씨의 시종인 제 기쁨이니까요.”(빠릿)

“지니…… 여, 여전하구나. 아하하…….”

이러니저러니 해서 예상치 못한 재회를 이룬 소녀들은 나란히 걸으며 간단한 근황 보고를 나누었다.

듣자하니 저번 사건 이후로 교내의 2대 파벌이었던 『흰 백합회』와 『검은 백합회』는 완전히 화해했다고 한다. 그리고 표면상의 친교가 아니라 서로 절차탁마하기 위한 적극적인 교류가 이루어지고 있다고도 했다.

이번에는 그 교류의 일환으로 두 파벌에서 희망자를 모아 함께 여행을 온 것이라 한다. 여기에는 없지만, 지금 이 화이트타운에는 마흔 명에 가까운 성 릴리 마술여학원의 학생들이 와 있다는 모양이었다.

"……엘자는? 엘자는 안 왔어?"

리엘이 주위를 두리번거리며 프랑신과 콜레트에게 물었다.

"유감스럽게도 엘자 양은 이번 여행에 참가하지 못했습니다."

그러자 지니가 담담한 목소리로 대답했다.

"지금쯤 엘자 양은 고향의 산에 틀어박혀서 수행을 하고 있을 거예요."

"리엘과 헤어진 뒤로 엘자는 오로지 검 수행만 한 덕분에 몰라볼 정도로 강해졌답니다! 언젠가 리엘과 어깨를 나란히 하고 싶다면서요."

"그 녀석, 아마 이 방학 동안 더 강해지겠지. 요전에는 군에서 스카우트를 하러 온 사람도 말을 걸었던 모양이고……."

"하아…… 이 바보 아가씨만 아니었다면 저도 고향에 돌아가서 할아버지께 단련을 받았을 텐데 말이에요."

"지니…… 다, 당신. 이젠 속마음을 숨길 생각이 전혀 없는 거 아닌가요?!"

"그래. 엘자, 열심히 하고 있구나. ……응, 나도 노력할게."

엘자의 근황을 들은 리엘은 약간 유감스러운 동시에 기쁜 듯 입가에 미소를 지었다.

"물론 엘자 만큼은 아니지만, 우리도 강해졌거든? 너희와 다시 싸워볼 날이 기대돼."

"흥, 나야말로."

콜레트와 시스티나는 동시에 자신만만하게 웃었다.

그리고 예상치 못한 재회에 들뜬 일행의 화제로 거론된 것은 역시…… 그에 관한 것이었다.

"그런데…… 저기, 시스티나? 그게…… 렌 선생님은요?"

"그게, 뭐냐. 너희가 있는데…… 렌 선생님은 안 계신 거야?"

프랑신과 콜레트는 왠지 안절부절못하며 뺨을 붉혔다.

렌은 글렌이 성 릴리 마술여학원의 여강사가 됐을 때의 이름이었다.

어째선지 그녀들은 렌에게 심취한 모양이었다.

"글레…… 렌 선생님이라면, 자. 저기."

시스티나가 손가락으로 가리킨 곳에는 노점 앞에서 장식 공예품을 물색하는 글렌과 세리카가 있었다.

"앗?! 자, 잠깐만 주인장! 이상한 걸 추천하지 마! 나랑 이 녀석은 그런 관계가 아니라고! 우리는……."

"부부랍니다."

글렌은 대뜸 팔짱을 끼고 장난을 치는 세리카에게 쩔쩔매고 있었다.

"응? 렌 선생님도 참, 아직도 남자 모습으로 계시는 건가요?"

"아니, 그보다 저 금발 여자는 누구지? 어째서 저렇게 렌 선생님과 친한 척을……."

"하아…… 번거롭네 진짜. ……뭐부터 설명해줄까?"

시스티나는 귀찮은 상황이 될 것을 예감하며 가벼운 두통을 느꼈다.

잠시 후.

""렌 선생님이 실은 남자아아아아?! 거짓마아아아아알!""

"아니, 보통은 눈치채는 게 당연하잖아요? 대체 얼마나 둔감한 건지 모르겠네."

프랑신과 콜레트와 지니는 예상대로의 반응을 보였다.

"그그그그그, 그런! 선생님이 사실은 남성분이셨다니! 그그그그건 즉, 저와 렌 선생님이 매매맺어질 가능성도도도……!"

"두, 두, 두, 둘 다 여자라 포기했었는데 어, 어, 어?! 이거 진짜 나한테도 기회가 있을지도……!"

프랑신과 콜레트는 얼굴이 빨개졌다 파래졌다 소녀다워졌다 하면서 정신이 없었다.

"……이래서 말해주기 싫었는데."

"아, 아하하……."

시스티나와 루미아는 그저 마음이 복잡할 뿐이었다.

"그런 거라면 더더욱 용납할 수 없어요! 아무리 아르포네아 교수님이 선생님의 스승님이라지만, 제가 사랑하는 선생님을 독점하는 건 언어도단이라구요!"

"그 말대로야! 선생님은 내 거라고!"

"……딱히 당신들 건 아니거든요? 이 발정기의 암고양이들 같으니."

"지니…… 너 독설이 더 날카로워졌네."

게다가 리엘을 뛰어넘는 무표정으로 하는 말이라서 더 무서웠다.

뭐, 그건 그렇고.

"……그런 고로 어쩌면 좋을지 고민하던 참이야."

"모처럼의 여행인데 이대로 가면 아무런 진전도 없을 것 같아서……."

대략적인 사정을 설명한 시스티나와 루미아는 씁쓸한 얼굴로 한숨을 내쉬었다.

"그렇군요. 글렌 선생님의 스승…… 이건 강적이네요!"

"그런 거라면 우리한테 좋은 생각이 있어."

그러자 프랑신과 콜레트가 갑자기 그런 말을 꺼냈다.

"뭐?"

"귀 좀 빌려줘봐. 실은……."

콜레트가 제안한 작전은—.

그것은 마침 정오를 지났을 무렵이었다.

글렌이 세리카의 명령으로 근처의 노점에서 전원이 먹을 점심식사를 사러 떠난 후—.

"저기, 아르포네아 교수님. ……저희랑 승부하지 않으실래요?"

시스티나가 별안간 그런 제안을 꺼냈다.

"응? 갑자기 무슨 소리야? 시스티나. ……승부라니?"

허를 찔린 세리카는 한순간 놀라서 눈을 크게 떴지만 곧 흥미를 느꼈는지 여유 있는 미소를 보이기 시작했다.

그러자 루미아가 길거리에서 받은 한 장의 전단지를 내밀었다.

"이게 뭐지? 『화이트타운 최강 결전 눈싸움 대회』? 장소는 동쪽의 리네 잡목림?"

"예, 꽤 호화로운 상품이 준비된 모양인데 그건 아무래도 상관없어요. 이 대회에서 저희 중에 가장 좋은 성적을 남긴 사람이…… 내, 내일 하루 글렌 선생님과 같이 은룡제를 보러 다닐 권리를 갖는 건 어떨까요?"

"……호오?"

세리카는 눈을 가늘게 뜨며 소녀들을 흘겨보았다.

"저, 전 딱히 아무래도 상관없지만! 그래도 교수님만 선생님을 데리고 다니는 건 이상하다 싶어서……! 에잇, 왠지 말이 엉망진창인 것 같지만 승부하자구요! 승부!"

"죄송해요, 교수님. 저희도 선생님이랑 같이 놀고 싶어서…… 그러니 이 승부를 받아주시면 안 될까요? 부디 저희에게도 기회를 주세요."

"응. 세리카, 승부."

세 소녀는 제각기 세리카의 얼굴을 지그시 응시했다.

쑥스러움과 혼란, 부끄러움과 결의, 잘 모르겠지만 일단 다들 하니까.

그 표정은 제각기 달랐지만 틀림없이 모두 사랑에 빠진 소녀의 눈이었다.

"……."

세리카는 그런 세 소녀를 잠시 진지하게 바라보다가 이윽고 웃음을 터트렸다.

"그런가. 미안, 내가 글렌을 지나치게 독점했었나 보군. 용서해라."

"교수님?"

"실은 난 이렇게 정기적으로 글렌 성분을 보충하지 않으면 죽거든. 진심으로."

"예?!"

진심인지 농담인지 모를 장난스러운 말투에 소녀들은 눈을 깜빡거렸다.

"아무튼 그걸 보충하는 건 오랜만이라…… 나도 모르게 좀 들떴던 모양이야. 큭큭큭……."

그리고 세리카는—.

"……훗, 그렇군. 그 녀석 주위에는 이렇게 아까울 정도로 멋진 아가씨들이 있었지. 이거라면 언젠가 내가, 내가 아니게 되더라도……."

한순간 쓸쓸한 표정으로 그런 말을 중얼거렸다.

"예? 교수님, 방금 무슨 말씀을……."

"알았다. 그 승부, 받아주마."

하지만 다음 순간, 세리카는 자신의 승리를 확신하는 미소를 짓고 선언했다.

조금 전에 보였던 표정이 마치 거짓말 같은 한여름의 해바라기 같은 미소.

그래서 시스티나와 루미아는 더 캐물을 기회를 놓치고 말았다.

"다~만~! 승부라고 했지? 승부라고 한 이상 전력을 다할 거다. 미리 말해두지만, 난 어떤 승부에서든 만만치 않을걸? 명심해. 너희의 전력을 다해. 조력자든, 오랜만에 만난 친구의 힘이든 뭐든 다 동원해서."

"윽……."

어째선지 세리카는 프랑신 일행에 관해 벌써 알고 있었다. 대체 어디서 이쪽의 상황과 정보를 입수한 것일까. 역시 셉텐데는 상식으로 재단할 수 없는 존재였다.

하지만 이렇게 된 이상 더는 물러설 수 없었다.

"하, 하자! 루미아, 리엘."

"응, 알았어. 시스티."

"응, 맡겨줘."

그렇게 해서 시스티나 일행은 세리카를 데리고 의기양양하게 눈싸움 대회장으로 떠났다.

"……이거 좀 너무한 거 아냐?"

그리고 대량의 음식을 양손에 든 글렌이 겨우 돌아와 보니 벤치에서 기다리겠다던 여성진의 모습은 어디론가 사라져 있었다.

"남한테 심부름을 시켜놓고, 뭐야 이게? 신종 괴롭힘? 울어도 돼?"

글렌은 이 어마어마한 양의 음식을 처리할 방법을 고심하며 한숨을 흘릴 수밖에 없었다.

화이트타운의 동쪽에는 침엽수로 이루어진 잡목림이 펼쳐져 있었다.

딱 좋은 간격으로 서 있는 침엽수들은 전부 눈에 덮여 있었고 발밑에는 부드러운 함박눈이 넘어져도 다치지 않을 정도로 충분히 쌓여 있었다.

면적도 제법 넓은 편이라 그야말로 눈싸움 대회를 열기에는 제격인 장소였다.

그리고 그 잡목림 한복판의 탁 트인 공간에는 현재 약 2백 명에 가까운 참가자들이 모여 있었다.

물론 그곳에는 시스티나, 루미아, 리엘, 세리카가 있었고 조금 떨어진 곳에는 프랑신, 콜레트, 지니도 서 있었다.

『여러분, 잘 모여 주셨습니다! 그럼 지금부터 화이트타운 최강 결전 눈싸움 대회를 개최하겠습니다!』

대회 운영자가 수많은 참가자 앞에서 확성기를 들고 외쳤다.

『지금 여러분이 붙이고 계신 번호표는 몸에 눈덩이가 맞으면 착용자의 체중이 점점 무거워지는 마술이 걸린 물건입니다. 최종적으로는 두 다리로 서 있을 수 없게 되겠죠. 물론 번호표를 무단으로 뗀 분은 실격입니다. 따라서 규칙은 간단. 마지막까지 서 계신 분이 우승자입니다. 자신을 제외한 모두가 적인 겁니다.』

이 은룡제에는 원활한 운영을 위해 몇 가지 마술 도구가 도입되어 있었다. 이 마법의 번호표도 그중 하나였다.

이런 일이 가능한 것도 존 시장의 정치적 수완 덕분이리라.

"흐응~ 이게? 신기하네……."

"이게 마술이라는 건가……."

관광객의 대부분을 차지하는 상류계급과 비교적 유복한 자산가들은 일반인에 비해 마술의 존재에 익숙한 편이었다.

귀족도 일반교양의 범주로 마술을 배운 자가 많았기에 마술 도구라는 말이 나와도 딱히 크게 놀라지는 않았다.

『경기장은 이 잡목림 전역. 장외로 나간 분은 실격입니다. 이 경기장은 시간경과에 따라 밧줄로 진입 금지 구역을 점점 좁혀나갈 테니 아무쪼록 주의하시길 바랍니다.』

이건 즉, 도망다니기만 해선 안 된다는 뜻이었다.

『그리고 눈싸움이라고 이름을 붙인 이상 유효 공격 수단은 눈덩이뿐입니다. 그 이외의 수단으로 다른 참가자를 공격한 분도 바로 실격 처리를 할 테니 주의하시길 바랍니다. 이것들만 조심하신다면 결탁이든, 공모든, 협공이든 뭐든 상관없습니다. 요컨대 마지막까지 서 있는 한 사람이 되기만 하면 되는 겁니다. 그럼…….』

대회 진행자의 선언으로 마침내 눈싸움 대회가 시작되었다.

경기 개시 직후.

"그건 그렇고 제법 머리를 썼네! 콜레트!"

일단 세리카로부터 거리를 벌린 시스티나 일행은 비밀리에 콜레트, 프랑신과 합류했다.

그녀들은 잡목림 안을 나란히 달리면서 서로의 얼굴을 바라보았다.

"이 규칙이라면 교수님이 마술의 대가라도 관계없어요! 유효한 공격 수단은 눈덩이뿐이니까요!"

"그치?! 그럼 일시적으로 손을 잡은 우리가 수적으로는 유리해!"

"그리고 저의 글렌 선생님을 홀린 아르포네아 교수님…… 그분을 직접 쓰러트린 사람이 내일 하루 선생님과 함께 은룡제를 보러 다니는 권리를 갖는 거예요. ……나중에 원망하기는 없기예요!"

"하아, 귀찮아. 왜 나까지……?"

콜레트와 프랑신은 의기양양하게 웃었고 지니는 찡그린 얼굴로 한숨을 내쉬었다.

"하아…… 왠지 교수님께는 좀 미안하네. 그리고 선생님을 우리 마음대로 경품 취급하는 것도……."

"하지만 나도 글렌이랑 놀고 싶어."

미안한 표정으로 쓴웃음을 흘리는 루미아에게 리엘이 그렇게 대답했다.

"신경 쓰면 지는 거야, 루미아! 어차피 축제잖아?! 교사와 학생이라는 신분은 잊어! 가끔은 여행지에서 마음의 빗장을 벗어보는 것도 나쁘지 않을 거야!"

"옳소, 옳소! 이런 건 마음가짐이 중요한 거라고!"

"맞아요! 다 같이 날뛰면 두렵지 않은걸요!"

이젠 될 대로 되라는 듯한 시스티나의 논조에 프랑신과 콜레트가 큰 목소리로 동의했다.

"그런 고로 일단은……."

이윽고 일행이 달려가는 앞에 몇 명의 참가자 집단이 보였다.

그 순간, 다들 재빨리 흩어지더니 달리면서 발밑의 눈을 손에 퍼 담고 뭉쳤다.

"……교수님과 싸우기 전에 방해되는 사람들을 전부 정리하겠어!"

그리고 눈덩이를 일제히 맹렬한 기세로 투척했다.

공간을 날카롭게 가로지르는 눈의 유성군.

"저, 적습~?!"

"으, 으아아아아아아아아아아앗?!"

사랑에 빠진 소녀들의 공격에, 가엾은 희생자들의 비명이 잡목림에 메아리쳤다.

——.

눈싸움은 그야말로 대혼란에 빠진 난전 상태였다.

어른도 아이도 관계없었다. 동심으로 돌아간 참가자 전원이 필사적으로 뭉친 눈덩이를 전력을 다해 주고받으며 눈으로 뒤덮였다.

"으으…… 모, 몸이 무거워……. 헉…… 헉……."

"이젠 못 움직이겠어. ……분해. ……하아…… 하아……."

그리고 점점 힘을 잃고 설원에 쓰러지는 탈락자들.

시작한 지 약 1시간 만에 대부분의 참가자가 쓰러졌다.

마치 귀신처럼 강한 여섯 소녀들이 경기장을 완전히 지배하고 있었기 때문이다.

"하아……! 하아……! 다른 참가자들은 대충 다 정리한 것 같아!"

시스티나는 나무 뒤에 등을 기대고 숨으면서 기도하듯 눈덩이를 쥐었다.

방해꾼은 배제했다. 피해도 경미. 몸은 아직 가볍고 잘 움직였다.

하지만 진짜 싸움은 지금부터였다.

"승부는 이제부터야. 설마 그 교수님이 벌써 당하셨을 리는 없겠지만…… 마술 공격이 없다면 나한테도 승산은 있을 터……!"

혼전 중에 일행과 헤어지고 만 시스티나는 나무 기둥에서 얼굴을 반만 내밀고 경기장의 상황을 살폈다. 그리고 세리카의 모습을 확인했다.

'……찾았어!'

잠시 후 늘어선 나무 건너편에서 세리카와 지니가 정면으로 대치한 모습이 눈에 들어왔다.

"세리카 씨. 당신께 원한은 없지만, 아가씨의 명령이니 쓰러져 주셔야겠습니다."

지니는 양 손에 눈덩이를 들고 자세를 잡았다.

"사실 전 동방에서 『닌자』의 기술을 대대로 전승하는 마을 출신이라 투척은 특기 중의 특기 분야입니다. 그 자세를 보아하니 당신도 상당한 실력자인 모양이지만……."

"호오?"

그 말을 들은 세리카는 즐거운 얼굴로 품속에서 어떤 금속 조각을 꺼냈다.

"《죄 깊은 나·봉마(逢魔)의 황혼에 홀로·그대를 그리워하노라》."

그리고 뭔가 주문을 외웠다.

그 순간, 세리카의 분위기가…… 돌변했다.

존재감이, 위압감이 갑작스럽게 압도적으로 팽창한 것이다.

"……앗. 이거, 절대로 싸워선 안 되는 부류의 사람이었네요."

실력자인 만큼, 갑자기 생긴 피아의 절망적인 전력 차를 단숨에 깨달은 지니는 체념한 듯 눈을 가늘게 뜨고 하늘을 올려다보았다.

그런 그녀의 온몸에 세리카가 던진 수많은 눈덩이가 마치 소나기처럼 적중했다.

그 날카로운 코스를 그리는 눈덩이들은 마치 달인의 검기처럼 아름답고 정확무비했다.

"으갸~."

불쌍한 지니는 그대로 정신을 잃은 채 눈 덮인 대지 위로 풀썩 쓰러졌다.

'저, 저 주문은…… 흑마 개량형【로드 익스페리언스】?! 그럼 저 파편은 혹시 엘리에테의 검?!'

상황을 훔쳐본 시스티나는 전율할 수밖에 없었다.

그렇다. 세리카는【로드 익스페리언스】로 검의 파편에 깃든 영웅 엘리에테의 능력과 기술을 자신의 몸에 강림시킨 것이었다.

저런 파편으로는 재현도가 상당히 떨어지겠지만 그래도 제국사상 최강의 검사로 유명한 영웅의 힘이다. 지니를 상대로는 절대적인 힘을 발휘했다.

'자, 자자자, 잠깐! 잠깐! 저건 치사하지 않아?!'

시스티나가 나무 뒤로 숨으며 식은땀을 흘리고 있을 때 세리카는 다시 뭔가 주문을 중얼거리기 시작했다.

"호오? 거기 숨어있었군? 시스티나."

그리고 시스티나가 숨은 나무를 정확하게 흘겨보았다.

'새, 색적 마술……?!'

시스티나는 자신의 인식 부족을 깨달았다.

평범한 눈싸움? 공격 수단은 눈덩이뿐이니 승산이 있다고?

당치도 않았다. 이건 마술전투였다.

공격 주문(어설트 스펠)을 봉인해서 공격 수단을 눈덩이만으로 한정한 마술전투였던 것이다.

자신의 모든 지식과 경험을 동원하지 않으면 즉시 당한다. 당할 수밖에 없는 싸움이었다.

"자, 그럼…… 내 손으로 던지는 것도 슬슬 귀찮아졌군."

세리카는 손가락을 튕겨서 염동 마술을 발동했다. 주위의 눈이 혼자서 단숨에 대량으로 뭉치더니 그녀의 주위로 둥실둥실 떠올랐다.

"그, 그러시는 게 어딨어요오오오오오오오오오~?!"

비명을 지르는 시스티나를 향해 세리카가 손가락을 겨냥한 순간.

눈덩이가 제각기 자유롭게 호선을 그리며 고속으로 일제히 쇄도했다.

"지, 지, 지, 《질풍이여》어어어어어어!"

시스티나는 반사적으로 《질풍각(슈투름)》을 발동했다.

세찬 바람을 두른 채 늘어선 나무들을 발로 박차면서 잡목림 안쪽을 향해 마치 하늘을 나는 것처럼 질주했다.

끈질기게 계속 쫓아오는 눈덩이들로부터 필사적으로 달아났다.

나무들이 격류처럼 뒤로 흘러가는 광경 속에서 시스티나는 고함을 질렀다.

"그, 그, 그래! 마침 좋은 기회야! 지금 우리의 힘이 세계 최강을 상대로 얼마나 통할지…… 시험해주겠어어어어!"

이젠 울상이 돼서 자포자기할 수밖에 없었다.

이미 승부는 완전히 세리카 vs 시스티나 일행의 구도로 변해 있었다.

한없이 최강인 적을 앞에 두고 누가 먼저 세리카를 쓰러트릴지 눈치를 볼 틈도 여유도 없었다.

시스티나 일행은 힘을 합쳐서 세리카와 맞서 싸울 수밖에 없었던 것이다.

간신히 일행과 합류한 시스티나는 다섯이 동시에 공세를 퍼부었다.

"《모여서 희롱하라·눈에서 태어난·하얀 공주들》!"

프랑신이 주문을 영창했다. 소환【콜 스노 화이트】 주문이었다.

이 일대에 존재하는 눈의 요정(스노 화이트)들이 프랑신의 부름에 긴급 소집되었다.

그러자 주위에 얼음의 날개가 달린 손바닥 사이즈의 하얀 소녀들이 무수히 출현했다.

"자, 가주세요!"

그런 눈의 요정들이 눈덩이를 들고 세리카를 향해 날아갔다.

요정들은 하얀 섬광 같은 속도로 그녀의 주위를 날아다니며 에워쌌다.

그리고 눈덩이를 든 채 일제히 전방위 돌진 공격을 감행했다.

"《어설퍼》."

그 순간, 세리카의 연금【형질변화법(폼 알터레이션)】이 한 소절로 발동했다.

대량의 눈이 방울이 울리는 듯한 소리를 내며 얼음의 창으로 변모하더니 주위를 고슴도치처럼 찔렀다.

눈의 요정들은 가엾게도 단 한 마리도 남김없이 창에 찔려서 허무하게 소멸했다.

"에엑~?!"

어마어마한 수의 요정을 단숨에 처리한 것을 본 프랑신은 눈을 부릅떴다.

"이 자시이이이익! 질까 보냐!"

콜레트가 얼음덩어리처럼 딱딱해진 눈덩이를 전력투구했다.

바로 공기를 깨부수는 듯한 투척음이 터졌다. 백마 【피지컬 부스트】로 강화된 신체 능력으로 던진 눈덩이의 구속은 마치 한 줄기 유성과도 같았다.

"《보이지 않는 손이여》!"

그리고 콜레트는 백마 【사이 텔레키네시스】로 세리카의 바로 눈앞에서 눈덩이의 궤도를 바꾸었다.

커브를 그리며 세리카의 사각을 노렸다.

"바~보. 이런 건 빼앗아달라고 부탁하는 거나 다름없거든?"

세리카가 손가락을 가볍게 돌리자 눈덩이의 탄도가 콜레트의 지배를 벗어나 유턴했다.

"히이이이이이이이이익?!"

눈덩이는 반사적으로 머리를 움츠린 콜레트의 뺨을 스치며 탄환처럼 날아갔다.

영창 장악(스펠 인터셉트). 적이 영창한 주문을 역기동해서 제어권을 장악하는 초, 초, 초 고등 마술 기법이었다. 독순술로 상대의 입모양을 읽어서 주문을 미리 간파해야 하지만 위력은 그만큼 절대적이었다.

물론 이런 일이 가능한 것은 아무리 세상이 넓다지만 세리카 정도밖에 없으리라.

"이이이이이야아아아아아아아압!"

그러자 이번에는 옆쪽에서 리엘이 맹렬한 속도로 달려왔다.

그녀는 자기 키의 세 배를 넘는 지름의 초거대 눈덩이를 들고 세리카를 향해 집어던졌다.

직선 궤도를 그리며 엄청난 스피드로 날아오는 특대형 눈덩이. 간소한 통나무집 정도라면 한 번에 박살낼 법한 압도적인 질량과 운동 에너지가 세리카를 엄습했다.

"저건 아무래도 염동으로 막기엔 너무 무겁겠군……."

하지만 세리카는 여유 있는 표정으로 손가락을 튕겼다.

소환【콜 엘리멘탈】. 세리카의 눈앞, 두껍게 쌓인 눈 속에서 출현한 눈의 거인이 거대한 주먹으로 특대형 눈덩이를 완전 분쇄했다.

"자…… 이제 끝인가? ……음?"

그 순간.

세리카는 자신의 발밑이 얼어붙은 것을 눈치챘다.

얼음으로 변한 눈에 갇혀서 발이 움직이지 않았다.

"……죄송해요, 교수님!"

시선을 돌리자 멀리서 루미아가 바닥의 눈에 손을 찔러 넣고 있었다.

"호오? 흑마【프리즈 플로어】?"

설치 부여형 마술 함정(매직 트랩) 주문이었다.

그것을 리엘의 공격에 맞춰서 발동한 것이리라.

"교수님, 각오하세요!"

시스티나가 그 기회를 놓치지 않고 《슈투름》으로 공중을 내달렸다.

주위의 나무들 사이를 삼각 뛰기로 종횡무진 박차며 세리카의 머리 위로 단숨에 날아올랐다.

"이야아아아아압!"

그리고 움직일 수 없는 세리카를 향해 품에 든 눈덩이를 계속 집어던졌다.

"지금이야!"

"예, 협공하죠!"

그러자 세리카를 에워싼 프랑신, 콜레트, 리엘, 루미아도 몰래 모아둔 눈덩이를 일제히 투척했다.

움직임을 멈춘 후 머리 위를 포함한 전방위 탄막 공격.

어느 쪽에서 막아도 반드시 틈이 생길 터.

마침내 이겼다!

전부 작전대로였다.

이 필승의 상황을 만들어내기 위해 지금까지 계속 인내했던 것이다.

시스티나가 회심의 승리를 확신한 순간이었다.

"……뭐, 읽고 있었다만."

철컥!

시계 바늘을 맞추는 스위치 소리와 동시에 세리카의 모습이 사라졌다.

"어?"

눈덩이들은 바로 조금 전까지 세리카가 서 있던 장소를 허무하게 지나갔다.

시스티나 일행은 갑작스러운 사태에 아연실색할 수밖에 없었다.

"하하하! 아깝게 됐군!"

갑자기 머리 위에서 들리는 웃음소리에 조심스럽게 고개를 들자, 근처 나뭇가지 위에 느긋하게 걸터앉은 세리카가 눈에 들어왔다. 그녀는 낡은 회중시계의 체인을 손가락에 건 채 빙글빙글 돌리고 있었다.

"훗……【나의 세계】에 어서 와라."

"시, 시간 정지 마술?! 잠깐만요! 너무 어른스럽지 못하신 거 아니에요?!"

시스티나는 이제 머리를 부둥켜안을 수밖에 없었다.

"아무리 그래도 그건 반칙이잖아요! 이런 곳에서, 이런 놀이에, 귀중한 마술 촉매를 낭비하면서까지 대체 뭘 하시는 거냐구요!"

"말했잖아? 전력을 다하겠다고."

세리카는 한없이 즐거운 표정으로 발을 동동 구르는 시스티나를 내려다보았다.

프랑신과 콜레트는 그런 세리카를 아연실색한 얼굴로 올려다보면서 중얼거렸다.

"시, 시간 정지 마술…… 세리카 아르포네아라고 들었을 때는 설마 했는데……."

"저 금발 여자가…… 정말로 그 전설의 《잿더미의 마녀》 세리카 아르포네아였다니…… 농담이지? 뭐야, 처음부터 승산이 없었잖아."

일단은 사전에 시스티나와 루미아의 설명을 듣긴 했지만 세리카의 정체에 대해선 반신반의한 상태였었다. 그런데 설마 진짜 그 전설의 마녀였다니.

"으음…… 이건 아무래도 이기는 건 무리겠네."

루미아는 쓴웃음을 지었다.

"으…… 분해. 포기 못 해."

지면을 파고든 리엘은 열심히 눈을 모아 큰 눈덩이를 뭉쳤다.

『저, 저기…… 이건…….』

눈싸움 대회 본부에서 그녀들의 싸움을 지켜보던 운영진도 아연실색했다.

일반인과는 차원이 달라도 너무 달랐다. 사회자도 말문이 막힌 모양이었다.

아니, 그보다 이건 이미 눈싸움이 아니었다.

“자, 아직 끝난 게 아니잖아?”

지면에 가볍게 착지한 세리카가 다시 손가락을 튕기자 이번에도 또 대량의 눈덩이가 혼자서 뭉치더니 주위에 둥실둥실 떠올랐다.

“왜 그래? 즐거운 건 이제부터잖아?”

세리카는 절망감에 압도된 소녀들 앞에서 불길하게 웃으며 선언했다.

“숨을 가다듬어. 눈덩이를 만들어. 마력을 가다듬고, 지혜를 쥐어짜 내. 「그대, 바라는 것이 있다면 타인의 소망을 화로에 지펴라」…… 그게 바로 마술사잖아? 큭큭큭…… 자, 너희가 바라는 것을 위해 그 눈덩이를 뭉쳐서 내 목젖을 노려봐. ……날 쓰러트릴 거잖아? 자, 지혜를 쥐어짜 내봐, 마술사! 생명을 불태우라고, 인간! 내가! 《잿더미의 마녀》가! 너희가 타도해야할 적이 여기 있잖아?! 하하하하하하하!”

세리카는 양팔을 펼치고 코트를 나부끼며 소녀들을 흘겨보았다.

소녀들은 경악한 얼굴로 식은땀을 흘리면서 뱀 앞의 개구리가 된 것처럼 위축되었다.

세리카의 그 처절한 웃음은, 압도적인 품격은, 어두운 오라는…… 그야말로 마왕이라 형용하기에 마땅했다.

뭐랄까, 세리카 씨. 아주 신이 나신 모양이었다.

"으, 우오오오오오오오오!"

"아아아아아, 진짜! 이렇게 된 이상 될 대로 되라지!"

"끄, 끝까지 한 번 가보겠어요!"

소녀들은 이 절망적인 적을 상대로 과감히 맞섰다.

오가는 눈덩이. 우렁찬 주문. ……비명.

잡목림 안에서 메아리치는 흉조 같은 세리카의 웃음소리.

고작 눈덩이를 가지고 생명과 영혼을 마모시키는 듯한 사투가 계속되었다.

"뭐, 알고는 있었지만."

"부, 분해……."

시스티나의 체념한 목소리와 콜레트의 울먹이는 목소리가 섞였다.

대체 도중에 어떤 전개가 벌어졌던 것일까.

그곳에는 거대한 눈덩이 속에 머리만 남긴 채 파묻혀서 마치 눈사람 같은 꼴이 된 다섯 소녀들의 모습이 존재했다.

"흐흑…… 예카티나가(家)의 영애인 제가…… 이런 꼴사나운 모습을…….”

“아하하…… 그래도 뭐, 이 정도면 잘 싸운 편 아닐까?”

“응…… 그리고 왠지 이거, 꽤 즐거워.”

리엘은 눈사람이 된 채로 엉뚱한 곳을 향해 데굴데굴 굴러갔다.

“훗. 너희들, 꽤 잘 싸웠지만 아직 멀었다! 글렌을 원한다면 더 단련을 쌓고 와! ……농담이지만.”

그렇게 의기양양해진 세리카의 곁으로 대회 운영 책임자가 다가갔다.

“저기~ 135번…… 세리카 씨?”

“오, 뭐야? 아, 그렇군! 내가 우승한 건가?! 이야~ 이거 참 기쁘군! 상품을 어쩌지~? 글렌한테 선물로 줄까~? 그 녀석, 분명 기뻐…….”

책임자는 축복하는 듯한 미소로 들뜬 세리카의 어깨를 두드리며 말했다.

“당신, 실격.”

“하긴 그렇겠죠~?”

세리카는 혀를 내밀고 자신의 머리를 귀엽게 살짝 두드렸다.

“아니, 그보다 당신들도 전원 실격.”

““““““그렇겠죠~?””””””

눈사람 상태의 소녀들은 성대하게 한숨을 내쉬었다.

이렇게 해서 화이트타운 최강 결정 눈싸움 대회는 장렬한

헛고생으로 막을 내렸다.

참고로 내년부터는 대회 규정에 「모든 마술의 사용 금지」라는 항목이 추가되지만 지금의 그녀들로선 알 도리가 없었다.

제4장 빙은하

이렇게 혼돈과 소란으로 점철된 은룡제 첫날이 끝을 맞이했다.

완전히 해가 저물고 밤이 오자 한층 더 강해진 냉기가 몸속을 파고들기 시작했다.

"이야~ 실컷 놀았네!"

의기양양한 세리카가 선두로 걸어가면서 기지개를 켰다.

"피, 피곤해……. 목욕하고 싶어……."

시스티나는 축 늘어져서 신음을 흘렸다.

대회 종료 후, 다 같이 혼자 쓸쓸하게 있는 글렌을 맞이하러 갔고(이때 글렌 관련으로 시스티나 일행과 프랑신 일행 사이에 한 차례 말썽이 있었다) 그 후 프랑신 일행과 헤어진 일행은 존 시장의 저택으로 돌아갔다.

"……뭐야, 너희들. 나만 내버려두고 즐겁게 놀다니……흥이다."

"아, 아하하…… 죄송해요. 선생님……."

루미아가 미안한 얼굴로 쓴웃음을 짓고 뒤에서 토라진 글렌을 달랬다.

"Zzz……."

리엘은 웬일로 지쳤는지 글렌의 등에 업힌 채 천진난만하게 코를 골고 있었다.

이윽고 글렌 일행은 시장 저택에 도착했다.

현관 홀로 들어가서 저택 안의 따스한 공기가 일행을 맞이한 그때였다.

"……하아, 곤란하게 됐군요."

"《S·D·K》…… 어쩜 이런 짓까지……! 그놈들에겐 부끄러움이란 게 없는 건가……!"

"그건 그렇고 어쩌죠?! 이제 와서 중지할 수는……!"

존 시장, 비서인 밀리아를 필두로 아마 은룡제 운영 관계자인 듯한 몇 명이 얼굴을 맞대고 심각하게 한숨을 내쉬고 있었다.

"……응? 무슨 일이라도 있었어? 시장 씨."

왠지 무시할 수 없는 분위기라서 글렌이 일단 말을 건네 보았다.

"아, 글렌 씨. 어서 오십시오. 실은……."

존 시장은 붙임성 있는 목소리와 씁쓸한 표정으로 사정을 밝혔다.

"……글렌 씨는 은룡제의 은룡 강림 연무를 알고 계십니까?"

"은룡 강림 연무? 아, 분명 축제 사흘째에 하는 백은룡에게 바치는 봉납 춤이었지. 은룡제의 의식 중 하나 아니었나? 춤 제목은 아마 『백은룡과 마법사』…….”

은룡 강림 연무…… 그것은 이 스노리아 지방에 전해 내려오는 어떤 전승을 음악과 춤으로 표현해서, 이 스노리아 어딘가에 잠들었다고 일컬어지는 백은룡에게 공양을 바치는 취지의 전통 봉납 춤이었다.

“그게 왜?”

“예, 사실…… 그 일로 조금 문제가 생겨서요.”

그러자 말꼬리를 흐린 존 시장 대신 밀리아가 설명했다.

“실은 그 봉납 춤의 중심 배역으로는 백은룡역, 마법사역, 마왕역이 있어서 이번에는 유명한 댄서들을 고용하여 연무를 연습시켰습니다만…… 가장 중요한 백은룡역의 댄서가 갑자기 계약을 취소하고 이 스노리아를 떠나고 말았습니다. 거기다 다른 백댄서나 스태프들도 갑자기 빠져나가서…….”

“예……?! 어째서?! 대체 왜 그런 짓을?!”

시스티나가 깜짝 놀라 눈을 부릅떴다.

“아마 《S·D·K》의 짓일 겁니다. 공갈인지, 매수인지…… 아무튼 주역 댄서에 외부인을 고용한 것부터가 실수였던 거겠죠. 이대로는 봉납 춤 의식을 못 하게 될 겁니다.”

밀리아의 담담한 상황 설명에 존 시장과 관계자들이 한숨을 내쉬었다.

“이봐, 괜찮겠어? 사흘째의 봉납 춤은 은룡제 최대의 메인이벤트잖아? 그걸 보려고 온 사람들도…….”

글렌의 질문에 밀리아가 안경을 고쳐 쓰며 유감스러운 목소리로 대답했다.

"그 말씀대로입니다. 올해의 봉납 춤은 은룡제의 메인이벤트답게 연출하려고 특히 더 많은 예산을 할당했었죠. 더 큰 집객 효과를 기대하면서 그 마리 액트레스를 백은룡역으로 초청했던 겁니다만……."

"뭐? 마리 액트레스라면 요즘 제도에서 엄청 유명한 초일류 프로 발레리나잖아! 무대에서 춤을 추기만 해도 세상을 뒤바꾼다는 평가의……."

갑자기 언급된 거물의 이름에 글렌이 화들짝 놀라며 눈을 부릅떴다.

"예. 이번 은룡제를 개최하기 전에 그녀의 출연을 대대적으로 공지했으니, 그녀를 보려고 이 은룡제를 찾아주신 분들도 많을 겁니다. ……하지만 그녀가 계약을 파기하고 돌아가 버렸으니."

"올해 스노리아는 선전을 위해 각 신문사분들도 많이 찾아주셨습니다. 하지만 이대로 핵심 이벤트였던 봉납 춤이 취소됐다고 보도되면 앞으로의 관광업에 이루어 헤아릴 수 없는 피해가 발생할 겁니다. ……참으로 곤란한 노릇이지요."

존 시장의 정리에 다른 관계자들도 저마다 탄식했다.

"아아, 어쩌면 좋지? 훨씬 전부터 준비에 여념이 없었던 봉납 춤을 이런 형태로 망치게 되다니……!"

"젠장, 《S·D·K》놈들…… 그 녀석들은 스노리아를 멸망시키고 싶은 건가……!"

"포기하는 건 이릅니다. 아무튼 부족한 스태프는 이쪽에서 임시로 모집하겠습니다. 그리고 하이네 의장…… 어떻게든 지금부터라도 주연인 마리의 대역을 세울 수 없겠습니까?"

"……솔직히 말해 불가능할 겁니다."

통통한 체형에 콧수염을 기른 중년 남성, 봉납 춤 의식의 책임자인 하이네가 한숨을 내쉬며 고개를 가로저였다.

"솔직히 말해 마리 액트레스는 수십 년에 한 번 있을까말까 한 천재 댄서입니다. 어지간한 댄서와는 격이 다르지요. 추종을 불허하는 압도적인 미모, 타고난 화려함, 그저 서 있기만 해도 느껴지는 대스타다운 분위기…… 그녀의 대역을 세우는 건 무리입니다. 가령 세운다 해도 그녀를 보려고 온 관광객들이 납득할지는……."

무겁고 어두운 분위기가 운영진들 사이에 내려앉았다.

그러자 존 시장은 글렌 일행이 당혹스러워하는 것을 눈치채고 고개를 숙였다.

"아, 죄송합니다. 꼴사나운 모습을 보여드려서……."

"아니, 그게…… 뭐랄까. 고생이 많으시네요……."

"시장님, 아직 내일 하루가 남았습니다. 어떻게든 마리의 대역을 찾아서……."

밀리아가 그렇게 말하려던 순간—.

"마리의 대역……?"

운영진들이 마치 뭔가를 깨달은 눈으로 글렌 일행을 바라보았다.

정확히는 글렌의 뒤에서 눈을 깜빡이는 여성진을.

"추종을 불허하는 압도적인 미모……?"

"타고난 화려함……?"

"그저 서 있기만 해도 느껴지는 대스타다운 분위기……?"

잠시 기묘한 침묵이 그 자리를 지배했다.

"""""여기 있잖아?!"""""

이윽고 운영진은 동시에 그렇게 외쳤다.

"예에에에에에에에에에에에에에에에에에!?"

시스티나는 놀라서 얼빠진 비명을 질렀고, 루미아는 눈을 깜빡였으며, 리엘은 고개를 살짝 갸웃거렸다.

"내, 내가 마리의 대역?! 자, 잠깐만요. 마음의 준비가……?!"

"그, 그게…… 죄송합니다. 전 춤은 도저히……."

"난 잘 모르겠지만…… 쑥스러워."

세 소녀가 놀라서 심장을 두근거리자 운영진은 그런 그녀들의 옆을 슥 지나쳤다.

"부탁입니다! 세리카 씨!"

"마리의 대역을 맡을 수 있는 건 당신뿐이에요!"

……그리고 뒤에 있는 세리카에게 일제히 부탁했다.

"응, 실은 알고 있었어. 그냥 말해본 것뿐이야."

"아하하, 맞아……."

"우으."

시스티나, 루미아, 리엘은 조금 아쉽다는 듯 어깨를 늘어트렸다.

"호오? 내가 봉납 춤을? 왠지 재미있겠는데?"

그리고 세리카는 운영진 사이에서 씨익 웃었다.

"야, 잠깐. 세리카. 너, 춤을 출 줄은 알아? 애초에 내일 하루밖에 안 남았다고? 하루 안에 익힐 수 있을 리가 없잖아."

"뭐? 너, 날 바보 취급하는 거냐? 사전을 대충 한 번 읽기만 해도 처음부터 끝까지 완벽하게 외울 수 있는 나를? 그리고 만약 잘 안 되면 【로드 익스페리언스】가 있잖아. 의상에서 과거에 그 춤을 춘 댄서들의 기억을 읽어들이면 문제없어."

'이 치트 자식!'

글렌은 재능의 차이에 질투가 났다.

"시장님, 충분히 가능성이 있을 겁니다. 그 전설의 셉텐데, 세리카 아르포네아 여사가 대역을 맡는다고 하면 화제성은 결코 마리에게 뒤처지지 않을 거예요!"

"하지만…… 관광객들이 그걸 받아들일까요?"

"물론 모험일 겁니다. 그녀에게는 위대한 용명과 함께 진위를 파악할 수 없는 악명도 있으니까요. 하지만 그리 유명하지도 않은 사람을 마리의 대역으로 세우는 것보단 훨씬 더 나은 방법일 터……!"

"여기선 관광객들의 호기심과 모험심에 걸어봅시다, 시장님!"

아무래도 운영진 사이에서는 결론이 난 것 같았다.

"죄송합니다, 세리카 씨. 방금 들으셨다시피 부디 마리의 대역을…… 맡아주실 수 없겠습니까? 이렇게 부탁드립니다."

"이 도시를 위해…… 제발!"

시장 일행은 깊이 고개를 숙였다.

"좋아."

그러자 세리카는 흥미가 생겼는지 선선히 즉답했다.

"……진심이냐?"

글렌 일행은 그런 모습을 그저 아연실색한 눈으로 바라볼 수밖에 없었다.

"……다만, 조건이 있어."

그리고 세리카는 의기양양하게 추가 조건을 덧붙였다.

"조건이라면?"

"날 그 봉납 춤에 출연시키고 싶다면……."

세리카가 아주 당연한 듯이 내건 조건.

"뭐어어어어어어어어어어어어어?! 우째서?!"

그것을 들은 글렌은 얼빠진 비명을 지를 수밖에 없었다.

그리고 날이 밝고 은룡제의 둘째 날이 시작되었다.

축제 마지막 날인 사흘째에 열리는 일대 메인이벤트인 은룡 강림 연무. 그것은 첫날 세레모니가 열린 중앙 광장의 무대에서 하게 될 예정이었다.

지금 그 무대는 커다란 텐트로 가려져서 밖에서는 안을 볼 수 없는 상태였다.

"후……."

그리고 그런 무대 위에는 춤 지도를 받으면서 템포 좋게 춤을 추는 세리카의 모습이 있었다.

복잡하면서도 거침없는 손동작과 동시에 가볍게 스텝을 밟고 나비가 춤을 추는 것처럼 회전, 그대로 무대를 미끄러지듯 이동하며 결정적인 포즈를 취했다.

우아하고 능란한 세리카의 춤은 그 자리에 모인 모든 자들의 시선을 매료시키고 아연실색하게 했다.

"터, 터무니없는 인재를 데려오셨군요. 하이네 의장……."

"아, 음. 저 여인은 대체 정체가 뭐지? 마리 따윈 비교도 안 되겠어……."

대본을 대충 읽고 적당히 지도를 받은 것뿐인데 세리카는 벌써 지나칠 정도로 완벽한 춤을 추고 있었다. 그야말로 신이 내린 것 같은 존재감과 표현력이었다.

봉납 춤에는 대사가 없었다. 춤과 안무만으로 이야기를 표현해야만 했다.

하지만 세리카의 춤은 그 이야기를 그 누구보다 잘 표현하고 있었다. 마치 그녀가 연기하는 백은룡의 마음과 드라마가, 보는 이의 영혼에 직접 내용을 전달하는 것처럼…….

역사에 남을지도 모르는 신의 댄서가 지금 여기서 화려하게 탄생한 것이다.

"가능해……! 충분히 가능해……! 예상치 못한 트러블이었지만, 오히려 전화위복이 되는 것도 불가능하진 않겠어……!"

하이네 의장은 주먹을 굳게 쥐고 감격한 나머지 눈물을 글썽였다.

"끄아아아아아아아아아아아아?!"

……그 앞에서 발을 삐끗한 글렌이 비명을 지르며 자빠졌다.

"잠깐만요, 글렌 씨?! 당신, 몇 번을 말해야 알아들으실 겁니까! 발 움직임이 전혀 다르다고요! 기본 스텝은……."

즉시 옆에서 지도 역할을 맡은 여자에게 지적을 받았다.

"뜨아아아아아아아아! 이젠 나도 몰라! 아니, 그보다 내가 왜 이딴 짓을 해야 하는 건데에에에에에에!"

글렌은 머리를 쥐어뜯으면서 고함을 질렀다.

그런 연습 풍경을 지켜보던 하이네 의장과 부하는 깊은 한숨을 내쉬었다.

"음…… 오히려 전화위복이 되는 것도 불가능하지는 않을지도……."

"상대가 글렌 씨만 아니라면요……."

백은룡역은 스토리상 히로인역이기도 했다.

그렇다면 「그 히로인의 상대인 주인공, 마법사역을 글렌이 맡을 것」…… 그것이 세리카가 출연을 대가로 건 조건이었다.

"어, 어쩔 수 없지! 세계제일의 명화를 얻으려면 작은 흠에는 눈을 감아줄 수밖에 없는 거다!"

"반대로 생각하죠! 의장님! 오히려 상대가 엉망이면 세계제일의 명화가 상대적으로 더 돋보일지도 모르잖아요?!"

"야! 거기 너희들, 다 들리거든?! 이 망할 자식들아아아!"

글렌은 울상이 돼서 고함을 지를 수밖에 없었다.

"아, 젠장! 빌어먹을……! 익숙한 실프 왈츠라면 모를까 내일까지 본 적도 없었던 변경의 전통 춤을 고작 하루 만에 익힐 수 있을 리가 없잖아……!"

글렌이 투덜거리며 마지못해 안무를 연습하고 있자 세리카가 뒤에서 장난스럽게 끌어안았다.

"자, 글렌. 슬슬 너와 내 듀엣 신을 연습해볼까? 괜찮아, 걱정하지 마. 내가 리드해줄 테니까. 넌 하면 잘하는 애잖아?"

"가까워! 얼굴이 가깝다고! 이상하네?! 이게 이렇게 찰싹 달라붙어서 추는 안무였던가?!

글렌과 세리카는 손을 맞잡고 서로의 눈을 노려보았다.

"야, 의식하지 마. 기껏해야 연기잖아? 연기. 우리의 배역은 비련의 연인이라는 설정이니까 제대로 그걸 연기해야지!"

글렌의 뒤로 돌아가 등을 끌어안은 세리카는 그저 한없이 즐거워 보였다.

"뜨아아아아아아! 에잇, 이거 놔! 젠장할!"

글렌이 바로 떨쳐내려 했지만 세리카는 절묘한 움직임으로 마치 뱀처럼 엉켜서 떨어지지 않았다.

"글렌. 듀엣 신을 연습하자. 응? 괜찮지?"

"웃기지 마! 너, 아까부터 10분마다 이러고 있잖아! 다른 파트 연습이나 해!"

"이미 전부 완벽하게 익혔는데?"

"듀엣도 이미 완벽하잖아아아아아아아아아아!"

글렌은 울상이 돼서 울부짖었다.

"너랑 달리 난 아직 제대로 익힌 부분이 하나도 없다고! 내추럴 치트인 너랑 놀아줄 여유는 없어! 알겠냐?!"

"에이~ 시시해. 뭐, 어때. 다른 파트 따윈 집어치우고 나랑 듀엣 연습이나 하자. 응? 응? 그쪽이 더 즐겁잖아? 너랑 합법적으로 이렇게 착 달라붙을 수 있으니까. 너도 그쪽이 더 기쁘지? 응?"

"넌 그냥 날 가지고 놀고 싶은 것뿐이잖아아아아아아!"

연습장에 글렌의 비통한 비명이 울려 퍼졌다.

"으음…… 이런 느낌일까? ……어때?"

그런 두 사람과 약간 떨어진 곳에서 시스티나가 춤을 연습하고 있었다.

"아~ 꽤 괜찮지 않아?"

"그럼 슬슬 저희도 맞춰보죠!"

콜레트와 프랑신이 짝짝 손뼉을 쳤다.
"그래? 뭐, 나도 이걸로…… 안무는 대충 익힌 것 같네."
그러자 시스티나는 한숨을 내쉬며 그렇게 말했다.
"그건 그렇고 미안. ……둘 다, 모처럼 여행 중인데 이런 일에 말려들게 해서……."
"빠진 스태프들 대신 저희가 보충 요원으로 참가한 것 말인가요?"
"됐어. 신경 쓰지 마. 이것도 좋은 추억이 될 테니까."
갑작스럽게 대량의 스태프가 이탈한 봉납 춤의 인원 부족은 심각했다. 무대 뒤 담당은 물론이고 백댄서도 필요한 인원수를 맞추지 못한 상황이었던 것이다.
그래서 존 시장과 하이네 의장의 부탁을 받은 시스티나는 성 릴리 마술여학원의 학생들에게 참가를 권유해봤다.
그러자 콜레트와 프랑신을 중심으로 스노리아를 방문한 많은 학생들이 자원봉사를 해주기로 결정된 것이었다.
"얏."
부웅!
"으힉?! 리엘 씨, 진심으로 하지 마세요! 죽는다고요!"
다른 쪽에서는 마왕의 부하인 병사역을 맡은 리엘과 지니가 모조 검을 손에 들고 연습 중이었다. 닌자 일족이라 형(型) 연습에는 익숙한 지니와 한 번 본 움직임을 마치 기계처럼 재현할 수 있는 리엘에게는 안성맞춤인 역할이었다.

그 밖의 학생들도 남은 스태프들과 협력해 무대 도구의 준비와 진행에 관한 이야기를 나누면서 벼락치기로 내일 무대를 대비하고 있었다.

"하지만 이건 이것대로 재미있겠는걸? 그나마 아쉬운 건, 좀 더 괜찮은 역할을 맡고 싶었던 것 정도려나!"

"예, 동감이에요! 저에게도 좀 더 어울리는 역할이 있었을 텐데!"

콜레트와 프랑신은 그렇게 말하며 고개를 연신 끄덕였다. 그녀들도 외모는 무척 예쁜 편이라 시스티나와 같이 백댄서로 무대에 오르게 되었다.

"그러게. 확실히 이건 이것대로 좋은 추억이 될 것 같아."

"좋은 추억으로 남기기 위해서라도 하겠다고 정한 이상 최선을 다할 거예요!"

"그래, 글렌 선생님이 맡은 주역이라는 것도 기대되니까! 엉망이 될 것 같긴 하지만!"

세 사람은 쿡쿡 웃음을 흘렸다.

"그런데 루미아 녀석은 어디로 간 거야?"

"예, 그러네요. 슬슬 다 같이 움직임을 맞춰보고 싶은데."

"그러고 보니…… 음, 내가 찾아보고 올게."

그 말을 남긴 시스티나는 일단 연습장을 벗어났다.

"자, 어서 연습장으로 돌아가야지."

그 무렵 루미아는 하이네 의장의 부탁으로 부족한 소도구를 사러 나와 있었다.

방금 용건을 마치고 중앙무대가 있는 텐트를 향해 돌아가던 참이었다.

도중에 주위를 둘러보자 거리는 여전히 축제와 관광객들로 활기가 넘쳤다.

바로 어제까지만 해도 자신들도 저 안에서 축제를 즐기는 입장이었다. 그런데 설마 이렇게 스태프로 일하게 될 줄은…… 아직도 약간 실감이 가지 않았다.

"으음…… 텐트는 저쪽이었지?"

루미아가 눈을 서걱서걱 밟으면서 길모퉁이를 돌려고 한 순간—.

"아, 거기 있는 귀여운 아가씨. 잠시 괜찮을까?"

갑자기 옆에서 누군가가 말을 걸어오는 바람에 문득 걸음을 멈추고 말았다.

시선을 돌리자 길목에 깔개를 깐 뒤, 상자 같은 것을 옆에 두고 앉아 있는 소년의 모습이 눈에 들어왔다.

"내 공연을 보고 가지 않겠어? ……여유가 있다면 말이지만."

나이는 루미아와 같거나 약간 연상. 어딘지 모를 민족적인 문양이 자수된 펑퍼짐한 로브로 온 몸을 가린 소년이었다.

깊게 눌러 쓴 후드와 은발이 소년의 얼굴을 반 이상 가린 탓에 자세한 용모는 알 수 없었지만, 분위기만 봐도 절세의 미소년일 거라는 예상이 갔다.

소년의 옆에 있는 상자 같은 것은 인형극 무대였다.

아마 소년은 노상 인형극으로 장사를 하는 중인 모양이었다.

"그, 그게, 당신은……?"

"내 이름은 펠로드. 펠로드 베리프. ……별 볼일 없는 유랑 공연자야, 루미아."

'어라? 내가 이름을 말해줬던가?'

하지만 어딘지 신비한 분위기를 풍기는 소년, 펠로드 앞에서 루미아의 그런 의문은 서서히 사라져갔다.

"아무래도 요즘 시대에 이런 낡아빠진 인형극 따윈 뒤처진 거겠지. 그래서 아무도 봐주질 않다 보니 약간 풀이 죽었던 참이야."

"저, 저기요……?"

"하지만 모처럼 이 날을 위해 준비한 공연을 이대로 아무에게도 보여주지 못하는 건 슬프잖아? 그러니 네가 봐줬으면 해, 루미아."

소년의 한없이 온화하고 다정한 분위기에 무심코 말려들고 말았다.

굉장히 거절하기 곤란한 분위기였다.

"물론 돈은 필요 없어. ……부디 내 공연을 봐줄 수 없을까?"

"하지만…… 저는…… 그게……."

"제목은 『백은룡과 마법사』."

“『백은룡과 마법사』? 어? 그건 혹시…….”

“맞아. 내일 열리는 봉납 춤과 같은 내용이야. 봉납 춤은 음악과 춤의 안무로 모든 스토리를 표현하지만, 내 인형극은 인형의 움직임에 맞춰서 내레이션과 대사로 스토리를 표현하는 거야. ……그래서 아동틱하다고 어른들에게는 반응이 좋지 않지만.”

펠로드는 구김살 없이 웃었다.

그런 순진하고 천진난만한 소년의 모습에 루미아는 무심코 눈을 깜빡거렸다.

“어때? 같은 전승을 다른 표현 방식으로 보는 건…… 꽤 재미있을 것 같지 않아?”

“아…… 예, 알았어요. ……그럼 잠시만…….”

그러자 결국 거절할 수 없게 된, 혹은 소년의 인형극에 약간 관심이 동하게 된 루미아는 모호하게 웃으며 고개를 끄덕였다.

“고마워. 그럼 바로 시작할게. 다시 말하지만 제목은 『백은룡과 마법사』…… 그럼 이제부터 막을 올리겠습니다.”

그렇게 말한 펠로드라는 소년은 음유시인처럼 말하면서 양손으로 실에 매달린 꼭두각시(마리오네트) 인형을 움직이기 시작했다.

펠로드가 가락을 붙여가며 보여준 인형극은 그저 그런 편이었다.

이 자리에서는 나름 즐겁게 볼 수 있지만 내일이 되면 깔끔하게 기억에서 사라질 정도의 색다를 것 없는 평범한 공연이었다.

하지만 『백은룡과 마법사』라는 공연 내용 자체는 흥미 깊었다. 그것은 이 스노리아 지방의 전설이자 은룡제의 봉납극에서도 다루는 전통 예능인 모양이었다.

"……옛날, 먼 옛날. 어떤 장소에 마음씨 고운 백은룡님이 있었습니다. 그리고 그 지역 일대는 백은룡님의 수호를 받았습니다. 하지만 어느 날 나쁜 마왕이 찾아와서 백은룡님을 쓰러트리고, 그 백은룡님에게 『악의 열쇠』를 꽂았습니다. 그것이 모든 불행의 시작이었던 겁니다……."

심장에 꽂힌 『악의 열쇠』 때문에 백은룡은 선한 마음을 잊고 악한 마음에 지배되었다. 마왕에게 충성을 다하며 온갖 포학한 짓을 벌여댔다.

그런 백은룡을 진정시키기 위해 매년마다 몇 명의 젊은 소녀가 계속 산제물로 바쳐졌다는 모양이었다.

"……그러던 어느 날 나쁜 백은룡에게 시달리던 마을에 한 소년이 나타났습니다. 모든 원흉인 마왕을 퇴치하기 위해, 이 어지러운 세상을 여행하는 마법사였습니다."

그리고 마법사는 그 마을에서 어떤 소녀와 첫눈에 사랑에 빠졌다.

하지만 운명은 참으로 잔혹했다. 그 소녀는 올해 백은룡에게 바쳐질 산제물이었던 것이다.

"……마법사는 그 소녀를 구하기 위해, 그리고 마을을 구하기 위해 북쪽에 있는 성스러운 산에 올라 백은룡과 싸울 것을 결의했습니다."

하지만 백은룡은 강적이었다. 마법사의 마법으로도 쓰러트릴 수 없었다. 더구나 백은룡을 지배하는 마왕도 나타나는 바람에 마법사의 목숨은 이미 바람 앞의 촛불이나 다름없는 상태가 되었다.

그 순간, 마법사 앞에 산제물이 될 예정이었던 소녀가 나타났다.

"소녀는 말했습니다. 마법사님, 부디 저와 계약을 맺어주세요."

사실 그 소녀는 백은룡의 『선한 마음』의 화신이었던 것이다.

사랑하는 마법사를 구하기 위해, 그녀는 수천 년의 세월을 거쳐서 강대한 힘을 얻게 된 자신의 본체를 버릴 각오를 한 것이다.

백은룡의 『선한 마음』과 계약한 마법사는 용의 힘으로 결국 백은룡을 쓰러트렸다.

"백은용을 쓰러트리고 마왕을 물리친 마법사는 백은룡의 『선한 마음』의 화신과 함께 다시 마왕을 쓰러트리기 위한 여행을 시작했습니다. 하지만 이 땅의 사람들은 결코 잊지 않을 겁니다. 자신들을 구해준 마법사의 존재를. 그리고 자신의 몸을 희생해서 그들을 구해준 다정한 용의 존재를. ……이것으로 해피 엔드."

그렇게 펠로드의 인형극은 막을 내렸다.

"어때? 조금은 즐거웠어?"

공연을 마친 펠로드가 방긋 미소 지었다.

"예, 굉장히 흥미 깊은 이야기였어요. 멋진 인형극을 보여주셔서 정말 감사합니다."

루미아도 온화하게 웃으며 대답했다.

"나야말로 고마워. 축제의 여흥으로는 반응이 나빴지만, 그래도 네가 봐줬으니 모처럼 연습한 공연도, 이 날을 위해 만든 인형들도 이걸로 보답 받은 셈이야. 취미로 해본 서투른 공연을 마지막까지 봐줘서 정말 고마웠어."

"아뇨, 그럴 리가요. 왠지 엄청 몰입감이 있었고…… 그리고 이 『백은룡과 마법사』는 『멜갈리우스의 마법사』의 일부죠?"

"어? 잘 아네, 루미아."

소년은 방긋 웃으며 설명했다.

"맞아. 『멜갈리우스의 마법사』 제7장은 이 스노리아 지방의 민간전승인 『백은룡과 마법사』를 차용한 거라고 해. 『백은룡과 마법사』에서 등장하는 「마법사」를 『멜갈리우스의 마법사』의 주인공인 「정의의 마법사」와 동일시한 거겠지. 이

나라 각지에는 「마법사」와 「마왕」이 등장하는 다양한 전승과 일화가 하나의 설화군(사이클)을 형성하고 있어. 롤랑 엘트리아는 그것들을 따로따로 독립된 전승이라 보지 않고, 공통된 한 「정의의 마법사」를 주인공으로 삼아 하나의 이야기로 편찬했어. 그것이 바로 『멜갈리우스의 마법사』야. 그리고 무엇보다 흥미로운 건 롤랑 엘트리아가 편찬한 『멜갈리우스의 마법사』는 기본적으로 모든 장이 해피 엔딩으로 끝나. 이 『백은룡과 마법사』는 그렇다 쳐도 기원이 된 원전 중에는 꽤 비참한 결말을 맞이한 일화도 많거든? 그런데도 어째서 롤랑은 원전을 비틀면서까지 일부러 해피 엔딩으로 결말을 맺은 걸까? 거기에는 아마 본인의 어떤 소망이나 메시지가 담겨있을지도—."

이상할 정도로 말이 많아진 펠로드의 이야기를 듣고 있던 루미아가 무심코 쿡쿡 웃음을 터트렸다.

"아, 미안. 이런 종류의 이야기를 시작하면 무심코 몰두해버리는 게 내 나쁜 버릇이거든. ……혹시 기분 상했어?"

"아뇨, 그게…… 시스티랑 같이 왔으면 좋았겠다 싶었거든요."

"시스티?"

"예, 그런 이야기에 무척 해박하고 좋아하는 애가 있어서요. 이름은 시스티나라고 하는데……."

"시스티나인가. ……네 친구니?"

"예. 걔는 제가 신세를 지는 피벨가의 영애인데…… 이런 과거의 전승이나 고고학을 무척 좋아하니 분명 펠로드 씨와 죽이 잘 맞을 거예요. 시스티라면 펠로드 씨의 인형극도 굉장히 기뻐하면서 봤을걸요?"

"하하하, 그래? 후훗, 그럼 기쁠지도."

그렇게 처음보다 마음을 터놓게 된 두 사람이 온화한 미소를 나눈 순간이었다.

"루미아~!"

멀리서 방금 언급한 본인의 목소리가 들렸다.

"얘도 참~! 얼른 계속 연습해야지~!"

시스티나는 루미아의 모습을 보자마자 이쪽으로 달려왔다.

"앗, 죄송해요. 펠로드 씨. 너무 오래 있었나 봐요. 전 이만……."

루미아는 헤어지기 전에 작별 인사를 하려고 펠로드가 있던 쪽을 돌아보았다.

"어? ……펠로드 씨?"

하지만 그곳에는…… **아무도 없었다.**

바로 조금 전까지 분명히 있었던 인형극 무대도, 전부…….

마치 정말 꿈이나 환상이었던 것처럼 깔끔하게 사라져 있었다.

"……어? 어라? 거짓말…… 분명 조금 전까지는 여기에……."

루미아는 눈을 깜빡이며 멍하니 서 있었다.

지금 자신의 눈앞에서 벌어진 일을 도저히 믿을 수가 없었다.

분명히 자신의 눈으로 봤던, 귀로 들었던 펠로드의 말과 인형극.

그건 정말로 현실이었던 것일까? 아니면 한낮의 백주몽이었던 것일까.

갑자기 현실감각이 모호해지기 시작했다.

"정말이지, 거기서 뭐해? 길모퉁이를 멍하니 바라보기만 하고!"

그러자 기운이 넘치는 모습의 시스티나가 바로 옆까지 달려왔다.

사정을 모르는 그녀는 루미아의 대답을 기다리지도 않고 손을 잡아당겼다.

"자, 가자! 이왕 이렇게 됐으니 성공시켜야지!"

"아, 응……. 그래, 야지……."

루미아는 아직도 꿈에서 깨지 못한 기분으로 시스티나의 손길에 몸을 맡겼다.

이렇게 해서 스노리아에서의 둘째 날도 정신없이 지나갔다.

손님으로서 축제에 참가하는 것도 즐거웠지만 스태프로서 준비에 힘쓰는 것도 나름 즐거움이 있었다.

글렌 일행은 그렇게 분주하면서도 충실한 시간을 보냈다.

그리고 그날 밤—.

"그럼 내일 은룡 강림 연무의 성공을 기원하며…… 건배!"

"""""건배~!"""""

존 시장의 배려로 은룡제 관계자와 봉납 춤에 협력하게 된 글렌 일행, 성 릴리 마술여학원 학생들은 시장 저택에서 열린 입식 형식의 연회에 참가하게 되었다.

홀에 나란히 설치된 긴 테이블 위에는 다양한 음식과 음료가 차려져 있었다.

당연히 아직 축제 도중이라 규모 자체는 간소한 편이었지만, 오늘 하루 준비 작업을 통해 친교가 깊어진 자들이 밝게 담소를 나누는 즐거운 시간이 흘러갔다.

"하하, 정말 덕분에 살았습니다. 세리카 씨. 당신 덕분에……."

"그런 말은 됐어. 아직 끝난 것도 아니잖아? 뭐, 대충 하지는 않을게. 왠지 재미있을 것 같으니까."

"예, 잘 부탁드립니다. 세리카 님."

건너편에서는 존 시장, 밀리아, 하이네 의장, 세리카 등이 환담을 나누고 있었다.

"참 나…… 피곤해……."

글렌은 그런 모습을 멀리서 바라보며 힘없이 투덜거렸다.

"고생하셨어요, 선생님."

루미아가 노고를 위로하듯 글렌이 손에 든 잔에 와인을 따랐다.

그리고 접시에 로스트비프나 피시 앤 칩스 같은, 어째선지 글렌이 좋아하는 음식을 주로 많이 담아온 시스티나가 걱정스러운 얼굴로 물었다.

"그래서요? 결국 어떻게 된 거예요? 저기…… 공연은 정말 괜찮은 건가요?"

"그래. 안무야 뭐, 세리카가 마술로 내 뇌에 강제로 주입해버렸거든."

"우와아…… 세상에……."

"이런 종류의 강제 기억 마술은 정신에 부담이 가니까 당장 디스펠하고 싶다만…… 뭐, 내일 하루만 고생하면 되겠지. 아무튼 그런 고로 움직임은 문제없어. 문제는 내 연기력인데…… 아무리 생각해봐도 학예회 수준이네요. 정말 감사합니다!"

글렌이 그렇게 고개를 푹 떨군 그때였다.

"뭐, 괜찮지 않을까요?"

지니가 무표정으로 담담하게 위로했다.

"까놓고 말해 세리카 씨에 비하면 다들 도토리 키재기잖아요. 아마 관객들의 눈은 전부 세리카 씨에게 못 박힐 테니 어지간히 큰 실수를 하지 않는 이상 나쁜 인상은 주지 않을 거예요."

"……응. 글렌, 힘내. 이거 먹고 기운 내."

그리고 리엘이 큰 접시에 산더미처럼 쌓은 딸기 타르트를 글렌에게 불쑥 내밀었다.
"으, 응……. 고맙다……."
보기만 해도 체할 것 같은 접시에서 시선을 피한 글렌은 그대로 리엘의 머리를 쓰다듬어주었다.
"음. 뭐, 어떻게든 될 거예요!"
"맞아요. 저희도 전력을 다해 선생님을 서포트해드릴 테니까요."
시스티나와 루미아가 내일 무대의 불안감 때문에 홀쭉해진 글렌의 기운을 북돋아주려고 웃는 얼굴로 격려하려 한 순간—.
"글레엔 선셰엥니이임~."
"잘 마시고 있어어어~?"
"우옷?!"
갑자기 두 소녀가 양쪽에서 글렌의 팔에 매달렸다.
프랑신과 콜레트였다.
둘 다 새빨개진 얼굴로 헤실헤실 웃으면서 초점이 맞지 않는 젖은 눈으로 그를 바라보았다.
"너희는 또 왜 그래?! 술 냄새! 앗, 술 마신 거구나! 이 불량아들이!"
"뭐 어때요오오~. 선생니임도오 저희라앙 가치 마시자구요오~."
"내가 술 따라줄게에~."

글렌에게 축 매달린 상태로 프랑신이 잔을, 콜레트가 와인이 든 병을 글렌의 두 뺨에 꾹꾹 눌러댔다.

"냐앙~. 고로롱~."

"선생니임…… 다시 만나서 기뻐어~ 이젠 안 놓을 거야……."

그리고 몽롱한 상태에서 글렌에게 노골적으로 응석을 부렸다.

"자, 잠깐! 너희들, 대체 뭐 하는 거야! 장난이 지나치잖아!"

"후훗, 그렇게 달라붙어 있으면 선생님께 폐가 되잖아? ……그러니까 좀 떨어지자. 응?"

시스티나는 화를 내면서, 루미아는 묘하게 밝은 미소로 프랑신과 콜레트를 떼어내려 했다.

"아야야야야야! 야, 인마! 잡아당기지 마아아아아아아! ……우웁?!"

"먹어."

그리고 리엘은 비명을 지르는 글렌의 입에 딸기 타르트를 쑤셔 박았다.

"……맛있어?"

"우오오우우우압?!(숨 막혀! 날 죽일 셈이야?!)"

"그래. 다행이다. 더 먹어."

"우우우우우우우우웁?!(넣지 마! 제발 그만 좀 넣으라고!)"

"뭐죠? 이 카오스는……."

소녀들에게 둘러싸여서 너덜너덜해진 글렌이 허우적대는 광경을 지니가 관심 없는 눈으로 바라보다가 한숨을 내쉬었다.

그런 소란스럽고도 즐거운 글렌의 모습을—.

"훗……."

온화한 미소를 지은 세리카가 멀리서 사랑하는 아들을 지켜보는 어머니 같은 다정한 눈으로 가만히 바라보고 있었다.

이윽고 그런 소동도 대충 정리된 후.

"참 나, 아직 아무것도 끝나지 않았는데 뭘 저리 들떠선…… 바보 아냐?"

글렌을 일단 연회장을 벗어나서 저택의 테라스로 나왔다.

아무래도 밖이다 보니 지붕에는 눈이 쌓여 있었고 테이블도 비치되어 있었다. 설치된 랜턴의 어렴풋한 조명 덕분에 어둠 속에서도 눈으로 덮인 정원이 한눈에 들어왔다.

눈은 그친 상태였다. 공기는 맑으면서 차가웠고 밤이 돼서 바람이 강해진 탓인지 구름도 전혀 없어서 하늘에는 은가루 같은 별들이 반짝이고 있었다.

당연히 살을 엘 듯한 냉기가 급속도로 체온을 빼앗았지만…… 조금 전까지의 열기를 식히기에는 딱 좋았다.

"흠…… 그만 갈까."

글렌이 심호흡을 하고 다시 저택 안으로 들어가려 한 순간이었다.

"여, 글렌."

어느새 문 앞에 세리카가 서 있었다.

"응? 이런 데서 뭐해?"

"너랑 똑같은 이유야. 나도 바람 좀 쐬려고."

"그러냐. 감기 걸리기 전에 들어와."

가볍게 대답한 글렌이 옆을 지나쳐서 안으로 들어가려 하자 세리카가 손을 살며시 붙들었다.

"……세리카?"

글렌이 의아한 시선을 보냈지만 세리카는 대답하지 않았다. 시선을 돌리지도 않고 그저 손만 잡은 채로 온화한 옆얼굴을 보여주고 있었다.

"……야, 갑자기 왜 이래? 나, 춥거든?"

글렌이 그렇게 말하자 세리카는 살며시 입을 열었다.

"잠시 밖에 나갔다 오지 않을래?"

"뭐?"

눈을 깜빡이는 글렌 앞에서 세리카는 작은 목소리로 주문을 영창했다.

그러자 허공에 작은 문이 생기더니 뭔가가 소환되었다.

빗자루였다. 빗자루 하나가 지면과 수평을 이루며 떠 있었다.

비행 마술용 마도기였다. 요즘은 반지나 신발의 형태가 주류지만 옛날에는 빗자루를 타는 게 마녀들의 유행이었다고 들은 적이 있었다.

세리카는 다리를 오므리고 빗자루에 걸터앉더니 바로 옆을 손으로 툭툭 두드렸다.

아무래도 타라는 뜻인 모양이었다.

"뭐어? 이런 구닥다리 비행 마도기로 대체 어딜 가자는 건데? 제발 좀 참아주라……."

"……."

세리카는 그런 글렌을 평소보다 온화한 표정으로 그저 가만히 바라보기만 할 뿐이었다.

"……참 나, 어디로 가려고?"

그런 평소와 다른 분위기에 항복한 글렌은 마지못해 빗자루를 탔다.

그 순간—.

"꽉 잡아."

두 사람을 태우고 둥실 떠오른 빗자루가 맹렬한 속도로 하늘을 향해 솟구쳤다.

"우오오오오아아아아아아아아아아아아아아앗?!"

갑작스러운 부유감, 살을 엘 듯한 냉기, 끝없이 펼쳐진 별 하늘 너머로 글렌의 절규가 울려 퍼졌다.

글렌과 세리카를 태운 빗자루는 아득히 먼 하늘 위를 날았다.

화이트타운의 상공을 가로지르고, 설산을 하나 넘고, 대

설원을 지나쳤다.

이윽고 두 사람이 땅에 발을 디딘 장소는…… 사방이 눈 덮인 산으로 둘러싸인 분지에 형성된 광대한 호숫가였다.

이 시기의 이 호수, 크리스털 레이크는 완벽한 얼음 호수로 변해 있었다.

시간을 들여서 자연스럽게 성장한 한없이 순수한 얼음기둥들이, 마치 얼음의 요정들이 춤을 추는 것 같은 신비로운 오브제를 형성하여 보는 이를 압도시켰다.

거칠게 부는 찬바람으로 거울처럼 반듯하게 연마된 호수의 표면이 별 하늘을 반사해 현란하게 빛났다. 이 자연의 기적인 얼음의 경면화(鏡面化)는 다양하고 엄격한 조건이 필요한 보기 드문 현상이라 이 시기의 이곳이 아니면 어디서도 볼 수 없는 광경인 모양이었다.

인간의 영혼을 압도하는 그 광경에 붙은 이름은……『빙은하』.

이보다 더 정확한 표현이 존재하지 않는 절경 중의 절경.

극저온의 세계에서 기적처럼 깔린 세계유수의 경승지, 물과 얼음의 예술이었다.

"어때? 굉장하지? 이걸 너에게 보여주고 싶었어."

앉기 딱 좋은 얼음 기둥 위에 앉은 세리카가 옆에 있는 글렌에게 자랑스럽게 웃어 보였다.

"추워어어어어어어어어어어어어어어어어어어어!"

하지만 그런 광경에 고분고분하게 감사할 글렌이 아니었다.
“너무 추워! 냉기가 공조 마술을 완전히 관통했잖아?! 이러다 죽겠어!”
자신의 몸을 부둥켜안고 덜덜 떨면서 시끄럽게 외친 글렌의 한심스러운 비명이 밤의 얼음 호수 위에 메아리쳤다.
“참 나, 시끄러운 녀석이네. 모처럼 데려와줬건만.”
쓴웃음을 짓고 탄식한 세리카는 어디선가 큰 모포를 꺼냈다.
“……이러면 좀 따듯해졌지?”
그리고 글렌에게 가까이 다가와 같이 덮었다.
미리 상당히 강력한 공조 마술을 인챈트한 건지 피부로 느껴지는 세리카의 체온도 더해진 덕분에 추위가 많이 가셨다.
……그 순간.
“호오, 이건 운이 좋군.”
“?!”
희미한 빛을 느끼고 두 사람은 고개를 들었다.
은색 밤하늘. 그것을 부드럽게 감싸듯 거대한 빛의 커튼이 드리워져 있었다.
깃옷처럼 몇 겹으로 포개진 극광이 마치 바람에 흔들리는 것처럼 일렁이며 끊임없이 색채와 음영을 변화시켰다.
적, 청, 녹, 분홍…… 마치 무지개처럼 그라데이션이 들어간 거대한 빛의 커튼. 빙은하를 물과 얼음의 예술이라 평한다면 이것은 그야말로 빛의 예술이었다.

영맥의 위치 관계상 제국에서는 이 지방에서밖에 관측되지 않는 오로라가, 하늘 한 가득 거대한 파노라마를 이루며 펼쳐져 있었다.

빙은하와 오로라의 기적적인 심포니.

얼어붙은 수면 위로 무한하게 펼쳐진 그 광경은 이미 언어로 표현할 단계를 뛰어넘는 상태였다.

진부하긴 하지만 「한없이 환상적이고 신비스럽고 아름다웠다」.

이것 말고는 이 광경을 형용할 말이 떠오르지 않았다.

"굉장해……."

그 섬세함이 제로인 글렌조차 감탄해서 넋을 잃고 바라보았다.

"하하! 이건 진짜 두말할 것도 없이 평생 기억에 남을 광경이네."

"그래. 난 오늘 이렇게 너와 함께 본 이 광경을 절대로 잊지 않을 거다……."

세리카는 어딘지 모르게 만족스러운 얼굴로 글렌의 말에 수긍했다.

"……앞으로 무슨 일이 있어도."

"……."

그런 세리카의 가느다란 읊조림에 글렌은 입을 다물었다.

두 사람은 그렇게 한동안 말없이 그 광경을 만끽했다.

………….

……그리고 얼마나 시간이 지났을까.

"저기, 세리카. ……혹시 무슨 일 있었어?"

글렌이 조용히 옆에 앉은 세리카에게 말을 걸었다.

"응? 질문의 뜻을 모르겠다만."

"바보, 이미 다 들통 났거든?"

글렌은 하얀 입김을 흘리면서 토라진 목소리로 말했다.

"……평소의 너와, 이 여행 도중의 넌 성격이 달라도 너무 다르잖아."

그 순간, 세리카는 입을 다물었다.

"돌이켜 보면 넌 요즘 줄곧 집을 비우기만 했어. ……저번 이면 학원 소동 때도 맥심이 저지른 부정의 증거를 모아오겠다는 것치고는 부자연스럽게 집을 비우는 기간이 길었지. 마치 날 피하는 것처럼."

"……."

"그러더니 이번에는 무슨 바람이 불었는지 갑자기 여행을 가자고 하지 않나, 여행 중에도 이상할 정도로 들뜬 모습…… 이건 무슨 일이 있다고 눈치채지 못하는 쪽이 더 이상하잖아?"

"……."

"……말해봐. 대체 뭘 고민하는 건데? 그게…… 전에도 말했잖아?"

문득 『타움의 천문 신전』의 『별의 회랑』을 지나 도달한 『지하 미궁』 심층부에서, 상처 입은 세리카를 등에 업은 채 마인으로부터 달아날 때의 기억이 떠올랐다.

"우리는…… 가족이라고."

그러자 세리카는 눈을 살짝 크게 떴다가…… 이윽고 시선을 내리깔았다.

"하하, 그 조그마했던 꼬맹이에게 이런 말을 듣게 될 날이 올 줄이야……."

"……얼버무리지 마."

글렌은 불만스럽게 대답했다.

"괜찮아. 걱정하지 마. 아무것도 아니야. 아무것도 아니니까."

하지만 세리카는 온화한 목소리로 부드럽게 거절했다.

그럴 리가 없었다. 아무것도 아닐 리가 없었다.

그런 것조차 눈치채지 못할 정도로 이 두 사람은 얄팍한 관계가 아니었다.

"정말 아무것도 아니야. 난 그저 가족으로서…… 너와 지금 이렇게 있을 수 있다면 그걸로 족해……."

세리카는 한없이 투명한 미소로 옆얼굴을 채웠다.

"……그걸로 충분해."

이런 식으로 단언해버리니 더는 뭐라 할 말이 없었다.

"……."

글렌이 복잡한 심경으로 입을 다물자, 세리카는 마치 꿈을 꾸는 듯한 표정으로 눈앞의 아름다운 광경을 멍하니 바라보았다.

“아름답군. ……정말 아름다워. 마치 꿈이라도 꾸는 것 같아.”

“……그러게.”

“너와 함께 이 스노리아에 오길 정말 잘했어. ……난 그렇게 생각해.”

“……그럴지도.”

“저기, 글렌…… 조금만 더…… 여기서 이렇게 있으면 안 될까?”

“……마음대로 해.”

이렇게 아무도 모르는 머나먼 밤하늘 아래.

두 사람은 싸늘한 얼음의 세계 한복판에서 어깨를 맞댄 채 언제까지고 별 하늘과 빙원을 지켜보았다.

제5장 재앙 강림

그곳은 아비규환의 지옥도였다.

"으아아아아아아아아아아아아아아아아악!"

"히이이이이이이이이이이이이이이이이이이익?!"

이 땅에 예부터 전해 내려오는 비사를 실천하는 자들의 본거지, 《S·D·K》의 본부.

지금 그곳은 고순도의 공포와 절망으로 가득한 지옥의 밑바닥으로 변모해 있었다.

어둠이 지배하는 공간의 한가운데에 우뚝 솟은 사각뿔 형태의 거대한 제단.

그것을 둘러싼 채 밤낮을 가리지 않고 기도를 바쳤던 교단원들이 갑자기 영혼이 부서지는 듯한 고통스러운 절규를 지르기 시작한 것이다.

그와 동시에 웃는 해골처럼 보였던 불길한 마술 법진이 제단을 중심으로 모든 교단원을 칭칭 옭아매는 것처럼 바닥 위에 떠올라 있었다.

그것이 지금 숨겨진 힘을 발휘해 모독적인 힘을 행사하기 시작한 것이다.

"끄아아아아아아아아아아아아아아아아악!"

빨리고 있다. 포식당하고 있다.

생명력, 영혼, 마나. 인간을 인간답게 하고 일개의 생명체로서 살아 숨 쉬게 하는 초자연적인 에너지를 해골 법진이 가차 없이 먹어치우고 있었다.

생명을 흡수당한 교단원은 삽시간에 몸이 쪼그라들었다. 팔다리가 나뭇가지처럼 가늘어지고, 피부가 쭈글쭈글해지고, 머리카락이 빠진 미라로 변해 쓰러졌다.

그곳은 산제물의 피로 가득 채워진 잔이었다.

탐욕스러운 사신이 모든 이의 생명을 모조리 거두려 하는 것이다.

"이게 대체 어떻게 된 거지?! 엘레노아 고오오옹!"

서서히 미라로 변하고 있는 에르네스트가 이 참극 속에서도 태연하게 서 있는 엘레노아를 향해 기어갔다.

"다, 당신은…… 우리를 배신한 건가?! 속인 거냐?!"

"……딱히 속인 건 아니랍니다."

엘레노아는 냉혹한 미소로 그런 에르네스트를 내려다보았다.

"이걸로 당신들의 비원은 달성될 거라구요? 당신들이 섬기는 위대한 주인이 이 현세에 눈을 뜰 거예요. ……예, 당신들의 피와 생명을 대가로."

"……?!"

"오히려 기뻐할 일 아닌가요? 자신들이 섬기는 신의 피와 살이 되는 거니까요. 이 모든 것은 당신들의 비원이자…… 당신들이 믿는 대장로님이 바라던 일이랍니다."

"거짓말…… 믿을 수 없어! 우리의 위대한 지도자…… 대장로님이…… 정말로 이런 일을 바라셨을 리가……! 우리를 버리면서까지……!"

에르네스트는 제단을 올려다보았다.

그 꼭대기에는 이번 계획의 실행을 진행한 대장로가 서서 현세에 강림한 지옥을 내려다보고 있었다. 이 엘레노아와 협력할 것을 결정한 대장로가…….

"어째섭니까, 대장로님……. 대체 왜 이런 짓을……?!"

에르네스트는 서서히 미라로 변하는 몸을 간신히 끌고 계단을 기어 올라갔다.

"대체, 어째서냐고요오오오오오오오오!"

그리고 대장로의 발밑에 매달리듯 쓰러지면서 로브를 움켜잡았다.

그러자 로브가 찢어지며 그 아래에 있었던 것이 드러났다.

고르지 못한 치열, 변색된 채 노출된 근육, 어둠을 머금고 움푹 패인 눈구멍.

살이 흘러내린 썩은 시체만이 존재했다. 이미 예전에 죽은 시체임을 한눈에 알 수 있었다.

"뭐, 뭐야 이건……! 그, 그럼 오늘까지 우리를 이끌어준 대장로님은……?!"

"……어머, 들켰나요? 남성분을 사인형(死人形)으로 만드는 건 취향이 아니라 방부 술식 처리가 조잡했나?"

엘레노아는 장난스럽게 쿡 웃으며 뭔가를 중얼거렸다.

그러자 대장로였던 시체에서 썩은 살이 줄줄 흘러내리더니 곧 백골로 변해 무너졌다.

"「진실로 그렇게 되기를(파란) 바라노라」."

엘레노아는 오른손으로 십자가를 긋고 성구를 읊었다.

대장로의 백골 옆에서 완전히 미라가 된 에르네스트는 이미 숨이 끊어진 상태였다.

"……자, 이제 곧이네요."

엘레노아는 다시 제단 꼭대기로 시선을 돌렸다.

거대한 얼음덩어리.

그 안에는 여전히 기도하는 것처럼 손을 맞잡은 소녀가 잠들어 있었다.

얼음덩어리 밑에도 역시 법진이 그려져 있었고 그것은 산제물을 바치는 거대한 법진과 직결되어 있었다.

그것을 통해 얼음덩어리로 흘러가는 생명, 생명, 희생자들이 남긴 대량의 생명.

이윽고 결코 녹거나 부서질 리 없는 영구빙정의 표면에 금이 갔다.

—두근!

정체를 알 수 없는 불온한 마력이 공간에 태동하기 시작했다.

두근, 두근, 두근.

얼음덩어리 속에서 잠든 소녀에게 이변이 발생했다.

소녀의 피부에서 소리를 내며 생긴 비늘이 온몸을 덮기 시작했다.

소녀의 손톱과 발톱이 소리를 내며 날붙이처럼 길어졌다.

소녀의 몸이 소리 내며 근육질로 팽창했다.

그렇게 마력이 태동할 때마다 소녀는 점점 이형의 모습으로 변모했다.

이윽고 불멸의 영구빙정이 내부에 갇힌 소녀의 변모를 견디지 못하고 산산이 부서졌다.

하지만 제단 위에 쓰러진 소녀는 멈추지 않고 계속 변태를 거듭했다.

마치 산처럼 거대해지는 강철 같은 체구.

등을 찢고 거대하게 성장하는 날개. 온몸은 이미 완전히 은색 비늘로 뒤덮여 있었고 아름다웠던 얼굴은 유선형의 곡선을 그리는 도마뱀에 가까운 이형으로 변모했다.

이윽고 굳게 닫혀 있었던 눈꺼풀이 들렸다. 얼음 같은 푸른 눈동자가 어둠을 가르며 존재감을 드러냈다.

그리고 그 거대한 이형은 하늘을 향해 거대한 턱을 벌렸고— 실바노스 산맥의 협곡에 무시무시한 짐승의 포효가 메아리쳤다.

그날, 해가 저문 저녁.

화이트타운의 한가운데에 있는 중앙 광장.

첫날에 세레모니를 개최했던 장소는 지금 수많은 관광객들로 붐비고 있었다.

그들의 시선이 향하는 곳은 즉석 암막을 친 무대 위였다.

어둑어둑한 암흑의 베일에 감싸인 가운데, 쭉 늘어선 랜턴이 빛을 밝히는 세계.

거기서 시작될 봉납 춤의 공연을 관객들은 들뜬 기분으로 기다리고 있었다.

"저기, 사모님. 그 이야기 들으셨어요?"

"예, 그 마리 님이 출연을 사퇴하셨다고……."

무대를 에워싼 관객석에서는 끊임없이 소곤거리는 목소리가 새어나오고 있었다.

"하아…… 올해는 그 마리 님이 주연을 맡았다고 해서 온 건데……."

"듣자하니 마리 님의 대역을 그 세리카 아르포네아가 맡았다던데요?"

"아, 그러고 보니 시의 은룡제 실행 위원회가 갑자기 대대적으로 공지했었지……."

"세리카 아르포네아? 그 《잿더미의 마녀》? 살아있는 전설이라 불리는?"

"저희를 바보로 보는 건가요?! 그녀는 배우도 댄서도 아닌 마술사에 불과하잖아요! 분야가 다른 것도 정도가 있지!"

"하아~ 올해는 은룡제가 시작된 이래 최악의 해가 되겠군요……."

메인이벤트라 일단 모이기는 했지만 관객석에서는 실망하는 기척이 노골적으로 드러났다. 처음부터 이런 상태라면 아마 봉납 춤이 시작되는 즉시 자리를 뜨기 시작하리라.

"결국 진심으로 우리를 쓰겠다는 건가……. 만에 하나의 일이 생겨도 책임은 못 진다고?"

무대 뒤에서 관객석을 훔쳐보던 글렌이 뺨을 실룩거리며 투덜거렸다.

그런 글렌은 민족적인 문양이 자수된 파란 로브를 걸치고 있었다.

전승 『백은룡과 마법사』의 주역인 마법사역의 의상이었다.

"집에 가고 싶어……. 그만 페지테로 돌아가고 싶어……. 도대체 왜 일이 이렇게 된 거지……?"

"선생님도 참…… 아직도 투덜거리시는 거예요? 여기까지 온 이상 이젠 해볼 수밖에 없잖아요."

"아하하, 힘내보죠. 선생님."

백댄서 의상을 입은 시스티나와 루미아가 글렌을 달랬다.

"글렌 씨, 너무 부담감을 느끼진 마십시오. 설령 봉납 춤이 실패해도 저희는 결코 여러분을 책망하지 않을 테니까요."

"예, 처음부터 궁지에 몰린 상태였으니까요. 이렇게 개최한 것만 해도 다행이죠."

바쁜 와중에 응원하러 달려와 준 존 시장과 밀리아가 엉거주춤한 태도로 격려했다.

"뭐, 글렌 군. 솔직히 자네의 춤은 급조한 것치고는 그리 나쁜 편은 아니었다네."

하이네 의장도 고개를 끄덕였다.

"하아…… 이젠 그냥 될 대로 되라는 거군요."

"응."

마왕의 부하역이라 검은 의상을 걸친 지니와 리엘이 고개를 끄덕였다.

"어떻게든 될 거야! 선생님이라면 분명 괜찮을 거라고!"

"맞아요! 당신은 역경에 강한 분이신걸요!"

콜레트와 프랑신은 여전히 긴장 따윈 눈곱만큼도 하지 않는 속 편한 태도였다. 그러고 보니 어제도 마찬가지였다. 전에 성 릴리 마술여학원에서 일어난 소동 때도 그랬지만, 정말 터프한 데다 신경도 굵은 아가씨들이었다.

"그건 그렇고…… 세리카는 어디 있지? 슬슬 나갈 차례 아냐?"

"그게, 의상을 입는 데 시간이 좀 걸리는 모양이라……."

시스티나가 글렌의 질문에 대답한 순간이었다.

"기다렸지."

무대 뒤에 백은룡역의 의상을 입은 세리카가 나타났다.
"참 나…… 엄청 번거로운 의상이네……."
"……?!"
그 순간, 글렌은 눈을 부릅떴다.
세리카가 입은 건 흰색을 바탕으로 한 펑퍼짐한 로브에 가까운 의상이었다.
전체적으로 용을 연상케 하는 디자인이었다. 등에는 용의 날개를 본뜬 장식천이 걸려 있었고 넉넉한 소매는 발톱을 본뜬 건지 삐죽삐죽하게 갈라져 있었다. 군데군데 들어간 현란한 무늬의 자수는 마치 비늘처럼 보였다.
지금은 뒤로 넘긴 삼각형의 하얀 후드를 깊이 눌러쓰면 뿔을 본뜬 두세 개의 장식이 드러나서 보는 이에게 용의 머리를 떠올리게 하리라. 전체적으로 두꺼운 편이긴 했지만 그녀의 우아하고 아름다운 신체곡선을 최대한 강조하는 기적적인 디자인이었다.
그런 북방민족의 것에 가까운 분위기의 신비한 의상을 수많은 은세공 장식이 현란하면서도 독특한 아름다움으로 승화시켰다.
신부로도, 신성한 용의 무녀로도 보이는 그 모습은 그저 신비롭고 아름다웠다.
"왜 그래? 글렌. 내 얼굴이 뭐라도 묻었어?"
"아니…… 그게, 뭐랄까."

상대가 세리카라서 솔직하게 칭찬이 나오지 않았다.
애초에 어젯밤에 있었던 일 때문에 세리카의 얼굴을 도무지 직시할 수가 없었다.
"그게…… 힘내라."
그래서 글렌은 시선을 피하며 퉁명스럽게 격려했다.
"……그래."
세리카는 그런 글렌에게 기쁜 미소로 답한 후 상쾌하게 등을 돌렸다.
"자, 그럼 난 슬슬 나가야 하니 정위치로 가마. 너도 제대로 잘해."
한걸음 내디딜 때마다 방울이 울리는 듯한 소리를 내면서 세리카는 우아하게 사라졌다.
""""""……""""""
시스티나도, 루미아도, 리엘도, 프랑신도, 콜레트도, 지니도…….
그 차원이 다른 아름다움과 존재감에 그 뒷모습에서 시선을 뗄 수가 없었다.
"세리카, 엄청 예뻤어. 좋겠다."
"너무 강적이야……! 대체 뭘 어떻게 해야 여자로서 저걸 이길 수 있는 거지……?!"
"아, 아하하…… 우리도 좀 더 자신을 갈고 닦아야……겠네."
리엘은 눈을 동그랗게 떴고, 시스티나는 머리를 부둥켜안으며 무릎을 꿇었고, 루미아는 쓴웃음을 흘렸다.

밤이 깊어지는 동시에 어둠과 추위가 강해졌다.

무대 주위에 모인 관객들의 술렁임이 점점 가라앉았다.

수많은 화톳불의 형형한 빛의 일렁임만이 무대를 어둠 속에서 밝히고 있었다.

그런 엄숙한 분위기 속에서 상황을 보던 무용 합주대가 종을 울렸다.

그 맑은 소리가 공연의 시작을 알린 것이다.

관객석의 중앙을 가로지르는, 같은 간격으로 횃불이 세워진 무대로 이르는 길을 한 여성이 엄숙하게 나아가고 있었다.

세리카였다.

흰 후드를 깊이 눌러써서 얼굴을 가리고, 양손으로 옷자락을 가볍게 든 채 날개 같은 베일을 끌며…… 투명한 종소리에 맞춰 조용히 걸음을 옮겼다.

"호오……? 저게 마리의 대역인……?"

"그 소문의 세리카 아르포네아……?"

솔직히 관객들은 이번 공연을 전혀 기대하지 않고 있었다.

아무튼 다들 원래는 마리의 공연을 보러 왔던 것이었으므로…….

그래서 그 대역을 맡았다는 악명 높은 마녀가 과연 자신의 전공과 다른 분야에서 어떤 추태를 보일지 기대하면서 한껏 비웃어주자고 모인 것에 불과했다.

하지만—.

챙.

세리카가 종소리에 맞춰 천천히 걸음을 내디딜 때마다 서서히 동요와 당혹스러움이 퍼지기 시작했다.

"……뭐, 뭐지……? 이 외경스러운 분위기는……?"

"마, 마치 분위기에 집어삼켜지는 것 같아……."

아직 아무것도 시작되지 않았는데도—.

세리카는 그저 춤의 보법에 따라 조용히 걷기만 할 뿐인데도—.

그 동작, 안무, 몸짓, 모습, 팔놀림, 발놀림, 호흡…… 횃불에 비친 세리카의 온몸에서 배어나오는 품격, 존재감, 신비함…… 그런 언어로 표현할 수 없는 기운 같은 것이 관객들을 집어삼키며 압도하기 시작한 것이었다.

챙.

"……."

세리카는 백은룡을 본뜬 의상을 입은 인간 여성에 불과했다.

하지만 틀림없는 백은룡 그 자체인 듯한…… 그런 강대한 존재감이 흘러나오고 있었다.

이윽고 관객들이 마른침을 삼키고 그녀를 지켜보는 가운데 합주대가 얼음으로 된 종, 아이스 벨을 울렸다. 거기에 맞춰서 뿔피리를 모아 만든 라마 호른을, 침엽수로 만든 스노리시 플루트를 불기 시작했다.

산에서 부는 겨울바람 같은 신비하고 청명한 음색이 맑은 종소리와 동조했다.

이윽고 눈 단풍이라 불리는 나무로 만든 메이플 하프, 스노리아 지방 특유의 전통 악기인 스노리시 부주키 — 기타와 흡사한 현악기 — 등이 장엄하게 현을 타며 주선율을 연주하기 시작했다.

어느새 관객들은 말없이, 넋을 잃은 채 세리카를 눈으로 좇고 있었다.

주위를 감싸는 스노리아 전통악주와 관객들의 시선에 떠밀리듯 계단을 오른 세리카는 무대 한가운데에 서서 관객석을 돌아보았다.

그리고 무용식에 따라 머리 위에서 손을 크게 교차하며 깊이 눌러쓴 후드를 부드럽게 내렸다.

그 얼굴이 드러난 순간.

—오오오오오오오오오…….

감탄의 충격이 관객석을 해일처럼 전파했다.

그 가려진 얼굴이 드러난 순간, 세리카의 존재감이 더는 얼버무릴 수 없을 정도로 관객들을 압도하며 그들의 영혼을 송두리째 앗아간 것이다.

세리카의 눈은 먼 곳을 보는 것처럼 공허했다. 숭고한 무언가가 몸에 내린 것 같았다. 그 절세의 미모에 더불어 모든 시선이, 마음이 그녀에게 빨려들어 갔다.

하늘이 떨어진 듯한 충격에서 시작된 봉납 춤 공연.

이윽고 곡조가 변했다.

세리카는 연무식에 따라 하늘하늘 춤추기 시작했다.

우아하게 휘두르는 팔, 미끄러지듯 움직이는 다리.

날개처럼 펼쳐진 의상. 그 모든 것이 아름답게 꿈 같은 궤적을 그렸다.

이미 관객들은 그녀의 존재에 완벽히 매료되어 있었다.

"하아…… 일단 도입부는 실수 없이 잘 된 것 같군……."

글렌은 안도의 한숨을 내쉬며 무대 뒤에서 무대를 바라보았다.

그곳에서는 화톳불을 조명으로 편안하면서도 신비한 선율을 타고 세리카가 춤을 추는 중이었다.

때로는 흐르는 물처럼, 때로는 하늘을 나는 것처럼 무대 전체의 공간을 써서 춤으로 백은룡을 표현했다.

무대 위에 정말로 위대한 전설의 용이 현현한 것 같은 착각이 들 정도였다.

"그건 그렇고…… 내가 저거의 상대역을 맡아야 하는 거야? 진짜로? 농담이지……?"

너무나도 높은 허들의 존재를 다시 자각한 글렌은 새파랗게 질린 얼굴을 부둥켜안고 몸을 움츠렸다.

뭐랄까, 1광년을 달려도 닿을 수 없을 것 같았다.

"야, 하얀 고양이. 도망치면 안 될까? 나, 진짜 도망치면 안 돼?"

"시, 심정은 충분히 이해하지만! 안 돼요!"

그제야 세리카의 춤에 영혼을 빼앗겼던 시스티나가 제정신을 차리고 사납게 글렌을 나무랐다.

"자, 정신 똑바로 차리세요! 지금은 제1악장 『용의 강림』이에요! 이 스노리아의 대지에 백은룡님이 처음으로 강림하셔서 이 땅의 인간들에게 은혜를 베풀었을 때를 표현한 장이라구요!"

"다음 제2악장 『용과 마왕』에서 백은룡과 마왕의 처절한 싸움이 표현되는 거지?"

"예, 저와 리엘 양이 나갈 차례죠."

루미아의 중얼거림에 지니가 대답하고 리엘이 고개를 끄덕였다.

"여기서 일단 아르포네아 교수님이 의상을 고치고 제3악장 『마법사와 무녀』…… 선생님의 차례는 그때부터예요! 기합을 넣어주세요!"

"아아…… 사형집행 시간이 시시각각 다가오는구나……. 싫어싫어싫어……."

글렌의 그 꼴사나운 모습을 본 모두가 한숨을 내쉬었다.

그런 글렌의 갈등과 상관없이 세리카의 춤은 관객들의 영혼을 송두리째 사로잡은 상태로 계속되었다.

악곡이 춤을 움직이는 것일까. 아니면 그녀의 춤이 악곡을 견인하는 것일까.

꿈인지 현실인지 모를 시간과 공간을 연출하면서 신비적인 여운을 남기고 제1악장에서 제2악장으로 넘어갔다.

이제부터는 스노리아에 쳐들어온 마왕과 스노리아를 지키는 백은룡의 싸움을 표현하는 공연이 시작되는 것이다.

무대에 마왕의 의상을 걸친 마왕역 댄서가 나타났다.

사악한 마왕이 백은룡이 수호하는 스노리아에 침공한 것이다.

그리고 마왕이 이끄는 군세의 첨병인 리엘과 지니도 마왕역을 따라 나타났다.

마왕역이 검은색 검을 휘두르며 잔혹한 움직임으로 검무를 추었다.

이윽고 마왕역의 댄서와 백은룡역의 세리카가 춤의 흐름대로 몇 번이나 교차하기 시작했다. 격렬한 스텝과 안무로 춤을 추면서…….

그 순간, 배경으로 연주되던 곡조가 거칠게 고조되었다.

마침내 백은룡과 마왕의 싸움이 시작된 것이다.

백댄서들이 거칠게 부는 극한의 눈보라를 연출했고 리엘과 지니는 마왕역과 함께 검무를 추며 세리카를 몰아붙였다.

그런 사악한 자들에게 홀로 맞서는 백은룡.

"……아니, 그보다 진짜 뭐냐고. 저 녀석. 지금 장난하는 거야?"

글렌은 이제 신음밖에 나오지 않았다.

역시 세리카의 연무 앞에서는 모두가 빛바래 보였다.

마왕역을 맡은 사람도 프로의 긍지를 보였고 리엘과 지니도 애쓰고 있었다.

하지만 아무리 그래봤자 세리카가 연기하는 백은룡이 모든 것을 압도하고 있었다.

공연의 스토리상 여기선 백은룡이 마왕에게 굴복하는 씬이지만 이건 아무리 봐도 완전히 이긴 싸움이었다.

그만큼 세리카의 연무는 차원이 다른 영역에 존재했다.

"끈질기겠지만, 다시 말해도 될까? 내가 진짜 저거의 상대역을 해야 해? 지금부터 마지막 신까지? 정말로? 농담이지? 저기 나가서 창피를 당하라고?"

"시, 심정은 충분히 이해하지만, 슬슬 각오를 굳히시라구요!"

시스티나도 겉으로는 화를 냈지만 표정에서는 동정과 연민이 노골적으로 묻어나오고 있었다.

"괴, 굉장해…… 진짜 굉장해! 저것이 세리카 아르포네아……?!"

"올해 봉납 춤은 과거 최고…… 아니, 미래영겁 최고의 완성도 아니야?!"

그리고 관객들은 기대감을 고조시키며 이번 봉납 춤의 대성공을 확신하기 시작했다.

"……이젠 틀렸어. 다 끝장이야……."

반대로 글렌은 자신의 서투른 연무 때문에 이번 공연이 대실패로 끝날 것을 확신하면서 머리를 부둥켜안았다.

그런 다양한 생각이 교차하며 공연은 계속 진행되었다.

그리고…….

그 일은 갑자기 일어났다.

그때까지 완전무결한 춤을 추고 있었던 세리카의 움직임이 멈춘 것이다.

마치 갑자기 자신이 춰야 할 춤을 전부 잊어버린 것처럼.

웅성, 웅성, 웅성, 웅성…….

그 갑작스러운 사태에 동요가 퍼지기 시작했다.

연주가 멈추고, 세리카의 움직임에 맞춰서 움직이던 마왕역 댄서와 리엘과 지니도 춤을 중단할 수밖에 없었다.

"어, 어라……? 세리카, 왜……?"

글렌도 동요를 감추지 못하고 무대 뒤에서 세리카의 등을 훔쳐보며 말을 걸었다.

"……."

하지만 세리카는 움직이지 않았다.

석상처럼 완전히 굳어버린 것이다.

——.

—자화자찬처럼 들리겠지만 세리카는 자신의 연기가 완벽하다고 생각했다.

자신이 지닌 마도 고고학의 지식과 대조해보면 알 수 있었다. 이 봉납 춤은 남원의 유목민족이 예부터 계승한 정령무용과 같은 원류에서 나온 것이었다. 그 동작 하나하나에 전부 암호적인 의미를 내포했다.

이 춤으로 이야기와 대사와 심정을 남김없이 표현하고 있는 것이다.

이 봉납 춤은 대사가 붙은 촌극 따위는 비교조차 할 수 없는 다양한 정보를 보는 이에게 발신하는 주술적인 춤이었다. 아무도 묻지 않아서 가르쳐주지는 않았지만…….

'마리? 흥. 어디 사는 누군지 모르겠지만, 그런 계집 따윈 내 상대가 못 돼. 이 춤이 지닌 의미를 나보다 잘 이해하고 능숙하게 출 수 있는 인간은 이 세상에 존재하지 않아.'

세리카의 예지(叡智)는 이 자리의 모든 것을 간파했다.

모든 것을 손에 쥘 듯 알 수 있었다. 춤이 그 모든 것을 알려주고 있었다.

백은룡이 얼마나 사람들을 지키고 싶었는지. 사람들을 사랑했는지.

마왕이 얼마나 세계를 증오했는지. 이 백은룡에게 살의를 품었는지.

춤에 숨겨진 모든 의미를 알 수 있었기에 세리카는 그 누구보다 깊이 춤에 몰두해서 관객의 영혼을 사로잡을 수가 있었다.

이 정도쯤은 《세계》의 세리카 아르포네아에게는 대수롭지 않은 일이었다.

'이런 것도, 제법, 즐거운걸.'

가끔은 이런 여흥도 나쁘지 않았다.

이런 여흥에 그 녀석(글렌)을 말려들게 하는 것도…….

분명 글렌에게는 민폐겠지만 그의 약간 난처하고 민폐스러워 하는 표정을 보는 것을 세리카는 정말 좋아했다.

'아아, 이것도 분명 좋은 추억이 되겠지…….'

한없이 춤에 몰두하는 겉모습과는 반대로 속으로는 히죽히죽 웃고 있었던 세리카는…… 문득 눈치챘다. 눈치채고 말았다.

검은 로브를 걸친 마왕역의 댄서.

백은룡역인 자신과 지금 처절한 사투를 연기하는 상대.

그 댄서가 연기하는 마왕역이―.

―어느새 자신(세리카)의 얼굴을 하고 있음을.

"……어?"

동요. 경직. 무심코 다리가 멈추고 말았다.

치익……. 그 순간, 의식에 노이즈가 생겼다.

치, 치치치익…… 그 순간, 세상이…… 바뀌었다.

——.

휘우우우우우우우우우우우!

"뭐, 뭐지?!"

폭음이 고막을 두드렸다.

갑자기 주위에 맹렬한 눈보라가 휘몰아치더니 극한의 냉기에 피부가 마비되었다.

압도적인 흰색 노이즈가 시야를 뒤덮고 몸이 떠오르려 했다.

여긴 고지대, 혹은 산 정상이 아닐까.

주위를 둘러보자 눈보라, 빙괴, 빙원, 연봉 외에는 아무것도 없었다.

축제로 떠들썩한 화이트타운의 모습은 두 눈을 씻고 봐도 어디에도 없었다.

세상이 얼어붙은 정적과 죽음이 지배하는 빙결지옥으로 변모한 것이다.

"이게 무슨 노릇이지?! 여긴 어디야! 난 분명 봉납 춤을 추고 있었을 텐데……!"

의미를 알 수 없는 갑작스러운 사태에 세리카는 그저 당황할 수밖에 없었다.

그런 그녀의 정면에는 온 몸을 검은 로브로 감싼 한 여자가 서 있었다.

후드에서 흘러내린 호화스러운 금발이 낯이 익었다.

그 금발 사이에서 드러난, 피처럼 붉고 불길하게 빛나는 두 눈도 낯이 익었다.

……늘 거울로 보고 있으니까.

"칫(쉿)…… 이 몸에게 반항하다니(두 토 보 살레), 이 썩을 용이(웨이즈 드레이고)."

그 낯선 언어로 말하는 목소리도 귀에 익었다.

……늘 듣고 있으니까.

"얼른 뒈지라고, 백은룡(다 다 킷키리 슬리바 드레이고). 나는 ■■를 처죽여야만 한다고(이 헤이브 토 투 키르 ■■)……."

그 말에 담긴 증오와 분노와 원념은 마치 세상 전체를 불사를 듯한 기세였다.

그리고 당혹스러워 하는 세리카의 뒤, 아득히 먼 하늘 위에서 거친 눈보라를 두 쪽으로 가르며 압도적인 파워가 엄습했다.

하늘을 뒤덮을 정도로 거대한 날개를 날갯짓하면서 산처럼 거대한 몸을 지닌 백은색의 무언가가, 영혼을 뒤흔드는 포효와 동시에 모든 것을 압살하려는 듯한 기세로 내려왔다.

그러자 검은 여자의 흉악한 시선이 그 무언가를 향했다.

"《■■■■■■》……."

그리고 검은 여자는 뭔가 주문을 영창했다. 증오와 분노를 담아 주문을 영창했다.

그 여자의 손에 나타난 압도적인 열량으로 붉게 빛나는 창. 세리카가 늘 쓰는 군용 어설트 스펠 같은 건 비교조차 할 수 없는 위력을 지닌 불꽃의 창.

그 검은 여자는 그것을 머리 위에서 짓쳐드는 무언가를 향해 투척했다.

진홍의 유성이 하늘로 질주하며 날카롭게 육박했다.

그것을 바로 눈앞에서 보고 있었던 세리카는—.

"—세리카?! 야, 왜 그래?! 정신 차려! 세리카!"

글렌은 무릎을 꿇은 자세로 넋을 잃은 세리카의 몸을 거칠게 흔들었다.

"……?!"

그러자 잠시 후 마침내 그녀의 눈에 빛이 돌아왔다.

"……그, 글렌……? 여, 여기는……?!"

정신을 차린 세리카가 주위를 세차게 둘러보았다.

이미 이곳은 그 죽음과 정적이 지배하는 빙결지옥이 아니었다.

화이트타운의…… 중앙 무대 위였다.

자세히 보니 관객석은 완전히 정적에 잠겨 있었다.

그리고 무대 위에 모인 스태프들도 걱정스러운 얼굴로 자신을 에워싸고 있었다.

'지금…… 내가 백주몽을 꾼 건가……?'

세리카는 머리를 흔들며 숨을 내쉬었다. 온 몸이 식은 땀투성이라 찝찝했다.

'하지만…… 그건 대체 뭐였지? 꿈치고는 묘하게 박진감이 넘쳤는데…….'

세리카가 동요와 혼란을 수습하지 못하고 입을 다물자, 글렌은 그런 그녀의 두 어깨에 부드럽게 손을 얹고 위로했다.

"……역시 너, 지친 거야. 이래서 무리하지 말랬는데……."

"아……."

그러자 세리카는 완전히 흥이 식은 회장의 분위기를 눈치챘다.

굳이 말로 표현할 필요도 없으리라.

공연은…… 실패한 것이다. ……자신 때문에.

"……그게…… 미안. 나 때문에……."

"신경 쓰지 마, 바보. 애초에 하루 전날 아마추어에게 무책임하게 주역을 맡긴 쪽이 문제지. 우리는 아~무것도 잘못한 거 없거든요~?"

글렌은 여전히 뻔뻔했다. 나름대로 자신을 위로하려는 모양이었다.

"자, 주역인 네가 이런 상태인 이상 봉납 춤은 중지야. 일단 넌 돌아가서 쉬어. 뒷일은 나에게 맡기고."

글렌은 완전히 힘이 빠진 세리카를 부축하며 일으켜 세우려 했다.

'……그건 정말로 꿈이었던 건가……?'

정신이 꿈과 현실 사이를 헤매는 세리카는 그대로 글렌에게 몸을 맡겼다.

그 순간.

—하늘을 가르고 땅을 뒤흔드는 무시무시한 포효가 주변 일대에 울려 퍼졌다.

그것은 아득히 먼 하늘 위에서 화이트타운을 향해 쏟아졌다.

마치 도시 하나가 그대로 완전히 짓뭉개질 듯한 포효였다.

그것을 들은 관객들은 공황 상태에 빠졌다.

"잠깐, 방금 이 소리는 뭐야?! 하늘에서 곰이라도 내려오는 거야?!"

"아, 아무리 생각해도 이건 곰의 울음소리가 아니잖아요! 훨씬 더 두려운……!"

글렌과 시스티나는 당황하면서 주위를 경계했다.

하지만 이미 늦었다. 변화는 눈치채지 못한 사이에 분명히 일어났다.

추웠다. 이 순간에도 기온이 급속도로 떨어지고 있었다.

원래 영하였던 무대의 온도가 한층 더 떨어졌다.

공기 중의 수분이 단숨에 결정화해서 빛나는 이것은 다이아몬드 더스트 현상이다.

보기 드물게 구름 한 점 없는 별 하늘.

그것이 갑자기 발생한 두꺼운 구름에 덮여서 음울한 압박감을 연출했다.

그리고 별안간 눈보라가 불기 시작했다.

기온의 저하에 따라 살을 엘 듯한 바람이 불기 시작하더니 점점 기세를 더했다. 거기에 가시 같은 눈도 섞였고, 그 적설량도 시간의 흐름에 따라 점점 증가해서 세상을 삽시간에 하얗게 물들였다.

"자, 잠깐! 뭐야 이건?! 왜 갑자기?! 추워!"

명백한 이상기후였다.

극한이라 표현하기에도 부족한 극저온, 수 미트라 앞도 보이지 않는 사나운 눈보라.

그리고 하늘에서 내려오는 무언가의 압도적인 존재감.

다시 장렬한 짐승의 포효가 화이트타운을 내리치자 대기가 떨리며 비명을 질렀다.

"글렌…… 뭔가가, 와."

시선을 돌리자 리엘이 대검을 연성한 채 고개를 들고 전투태세를 취하고 있었다.

"뭐야! 대체 뭐가 어떻게 된 거냐고!"

압도적인 질량을 지닌 거대한 괴물의 접근을 피부로 느낀 글렌도 황급히 고개를 들고 전투태세를 취했다.

"《비추어라 등불·내 손끝에·빛 있으라》!"

하다못해 어둠 속에서 시야라도 확보하기 위해 시스티나가 흑마 【토치 라이트】를 영창해서 조명을 하늘로 쏘아 올렸다.

그리고 하늘로 날아간 작은 빛이 섬광을 터트렸다.

그 녀석은 거칠게 부는 눈보라를 반으로 가르며 글렌 일행의 눈앞으로 내려왔다.

그 순간, 장렬한 충격이, 강렬한 풍압이 대지를, 세계를 뒤흔들었다.

"아……!"

시야에 들어온 그 이형의 존재에 글렌은 경악할 수밖에 없었다.

모습을 드러낸 **그 녀석**은 산처럼 거대한 몸을 백은색으로 빛내고 있었다.

두꺼운 통나무 같은 팔다리는 형언할 수 없는 폭력을 상징했다.

하늘로 펼친 날개는 날카로웠고 하늘을 뒤덮을 정도로 거대했다.

이 어둠 속에서 이 얼어붙을 듯한 냉기보다 더 차갑고 날카롭게 빛나는 푸른 눈동자.

태어난 시점부터 인간의 상위에 군림한 절대적인 강자. 먹이사슬의 정점에 존재하는 폭군.

―용(드래곤).

백은색으로 희미하게 빛나는 마수의 제왕. 백은의 용. 이 스노리아에서…….

모두가 그런 단어를 머릿속에서 조합한 순간 떠오른 것은―.

“““““백은룡?!”””””

그렇게 밖에 생각할 수가 없었다.

그 전설의 백은룡이 현재 글렌 일행의 앞에 강림한 것이다.

“어?! 진짜?! 저게 진짜 그 백은룡이야?! 거짓말이지?!”

“애애애, 애당초 왜 느닷없이 백은룡이 나타난 거냐구요!”

백은룡은 당황한 일행을 완전히 무시하고 무대 위에 착륙했다.

당연히 그 체중을 버티지 못한 바닥이 소리를 내며 부서지고 용의 팔다리가 파고들었다.

아연실색한 얼굴로 올려다보는 글렌 일행의 앞에서, 그 산처럼 거대한 백은룡은 고개를 쳐들더니 하늘을 향해 턱을 벌렸다.

“아앗?! 다들, 정신 방어를 펼쳐!”

글렌이 주위의 학생들에게 경고한 순간이었다.

용의 포효가 다시 주위로 울려 퍼졌다.

그 목은 거대한 활. 소리는 유성. 대기를 뒤흔든 그것은 인간의 영혼과 정신에 직접적으로 충격을 주었다.

그 순간, 그 포효에 노출된 관객들의 과반수가 바로 실신했고 나머지도 사고가 새하얗게 표백된 백치로 변했다. 순수한 공포라는 이름의 사슬에 얽매인 몸은 완전히 마비됐고, 공포가 일시적으로 시력, 청력, 촉감 등의 오감을 상실케 했다.

용의 포효(드래곤즈 샤우트) 【스턴 슬로터】.

용언어(드래기시) 마법의 일종이었다.

"으아아아아아아아아! 빌어먹으으으으으을!"

"으아아아아아아아아아아아앗!"

글렌과 리엘은 의지와 기백으로 용의 포효의 정신 간섭을 아슬아슬하게 막아냈다.

"하아! 하아! 하아! 하아!"

반사적으로 백마 【마인드 업】을 영창해서 정신을 방어한 시스티나도 새파랗게 질린 얼굴로 당장에라도 쓰러질 것처럼 숨을 몰아쉬면서 간신히 의식을 유지했다.

"이, 이건……?! 대체 무슨 일이……?"!

한편, 루미아는 멀쩡했다.

"""""……"""""

하지만 프랑신과 콜레트와 지니는 정신 저항에 실패. 실신은 피했지만 완전히 망연자실한 상태였다.

그리고 고작 포효 한 번으로 이 자리의 9할 이상이 행동

불능 상태가 된 이 암담한 상황 속에서 용은 글렌과 세리카를, 특히 세리카를 똑바로 내려다보았다.

그리고 용언어로 말했다.

『오랜만이군. 공허(세리카)여…….』

"……?!"

"……뭐?"

그 말뜻을 이해하지 못한 세리카가 망연자실한 얼굴로 눈을 부릅떴고 글렌은 입을 떡 벌렸다.

"잠깐, 기다려…… 네가 어떻게 세리카의 이름을 아는 거지……?"

하지만 백은룡은 그런 혼잣말에 가까운 글렌의 질문에 대답하지 않고 말을 계속했다.

『자, 네놈이 내게 새긴 죄를 청산할 때가 온 거다! 네놈 때문에 마의 존재로 전락한 내 몸, 내 오랜 증오를, 후회를 지금 이 자리에서 풀 때가 온 거다!』

"우, 웃기지 마! 난 너 같은 용 따윈 모른다고!"

『모른다면…… 잊었다면 다시 한 번 그 몸과 영혼에 새겨라.』

그리고 용은 날개를 활짝 펼치면서 선언했다.

『내 이름은 르 실바! ……백은룡장(白銀竜將) 르 실바다!』

"백은룡장……이라고?!"

백은룡장 르 실바.

용이 그렇게 밝히자 전신에서 어둠의 오라가 흘러 넘쳤다.

『결판을 내자, 세리카! 나는 약속의 땅에서 당신을 기다릴 테니!』

그리고 용은 날갯짓했다.

회오리 같은 폭풍으로 그 자리의 인간들을 추풍낙엽처럼 날려버리며 하늘로 날아올랐다.

"기다려! 넌 대체 뭐야! 넌 대체 내 무엇을 알고 있는 거지?!"

거대한 용은 세리카의 물음에 답하지 않고 어둠과 눈보라로 뒤덮인 하늘 너머로 사라졌다.

"젠장…… 대체 뭐냐고……!"

세리카는 허리를 굽히고 주먹으로 눈을 내리쳤다.

"저 용은 뭐야……! 그리고 난 대체……?!"

눈이 쏟아지는 극한의 폭풍 속에서—.

"난 대체 뭐냐고오오오오오오오오오오오오오!"

세리카의 공허한 자문자답이 주위로 흩어졌다.

제6장 새하얗게 멸망해가는 스노리아

그 후로 아무도 잠들지 못하는 밤이 지났지만 상황은 더없이 심각한 최악의 상태였다.

수수께끼의 용(드래곤)이 모습을 드러내는 것과 동시에 스노리아에 명백한 이상 기후가 찾아온 것이다.

평범한 자연 현상치고는 이런 북쪽의 고지대에서도 결코 경험할 수 없는 극한의 추위와 맹렬한 눈보라.

과거의 기록적인 한파의 기온을 압도적으로 추월한 빙결지옥.

화이트타운의 하늘은 두꺼운 구름과 모든 것을 하얗게 덧칠하는 눈보라에 뒤덮여, 이제 새벽인데도 마치 한밤중처럼 차디찬 어둠이 지배하고 있었다.

자칫하면 시내에 조난자와 동사자가 발생해도 전혀 이상하지 않은 절망적이고 긴박한 상황.

화이트타운의 주민과 관광객들은 집안에 틀어박혀 추위에 떨면서 이 이상기후가 한시라도 빨리 끝나기를 간절히 기원할 수밖에 없었다.

하지만 그런 인간들의 기원을 비웃는 것처럼 추위와 눈보라는 시간을 거듭할수록 한없이 강해지기만 했다.

날씨가 회복될 전조 같은 건 눈을 씻고도 찾아볼 수 없었다.

지금 스노리아는 멸망의 위기 앞에 놓여 있었다.

"……지금 상황은 더없이 최악이라 볼 수 있을 겁니다."

화이트타운의 행정청사인 대회의실에서 급히 만들어진 재해 대책 본부.

존 시장은 직원과 시의회원과 경라서 관계자들 앞에서 괴로운 표정으로 상황을 정리했다.

"이 역사상 유래를 찾아볼 수 없는 기록적인 대한파 때문에 현재 스노리아 주민들의 목숨은 풍전등화라 해도 과언이 아닙니다. 그중에서도 무엇보다 위험한 건 이 전대미문의 추위인데…… 밀리아."

"예."

존의 재촉에 비서 밀리아가 이 자리에 모인 일동에게 보고했다.

"이 미증유의 추위에 시의회는 특A급 긴급 자연재해 대책 조치법을 발령했습니다. 계엄령 하에 시에서 비축한 연료를 시민들에게 전부 풀고 추위를 버티기 위해서입니다. 일반적으로 이 비축 연료는 중앙의 구조지원을 기대할 수 있는 일주일 동안 시민들이 버티기에 충분한 양이었습니다만…… 문제는 추위가 지나치게 강한 점입니다. 아마 이 속도로 연료가 소비된다면…… 내일 하루도 버티지 못하겠죠. 중앙의 지원은 제시간에 맞출 수 없을 겁니다."

"그, 그럴 수가……!"

화이트타운 경라서의 상부, 시의 행정청 직원, 시의회원들이 머리를 감싸쥐었다.

"탈출합시다, 시장! 이제는 전 시민, 전 관광객들을 순서대로 철도 열차에 태워서 이 화이트타운을 탈출하는 수밖에 없습니다!"

"유감스럽지만, 그것도 불가능한 상황입니다."

밀리아는 안타까운 표정으로 경라서 서장의 의견에 대답했다.

"일반적으로 이 한랭지의 철도 노선은 열석이라 불리는 소재로 선로의 동결을 방지하고 있습니다만…… 이 상식을 벗어난 추위에 그 열석조차 얼어붙고 말았습니다. 지금 노선은 완전히 눈과 얼음으로 뒤덮여서 사용 불가능. 추가로 증기 기관도 완전히 얼어붙어서 기능이 정지했다는 보고를 받았습니다."

"그, 그건…… 즉……?"

"예. 저희는 사방이 실바노스 산맥으로 에워싸인 이 스노리아에 완전히 갇힌 겁니다. 이 맹렬한 눈보라 속에서 인간의 다리로 저 극한의 실바노스 산맥을 넘는 건 불가능하니까요. 따라서 저희는…… 연료 고갈로 얼어 죽는 것을 기다릴 수밖에 없는 상황인 겁니다."

모두가 절망하는 가운데 존 시장은 필사적으로 질타했다.

"이 시의 행정을 맡은 우리가 포기해선 안 됩니다! 필요한 건 시간입니다! 시간만 번다면 중앙의 구조는 반드시 올 겁니다! 그때까지 저희는 무슨 수를 써서라도 이 추위에서 버텨야만 합니다!"

그리고 자신이 생각할 수 있는 최선의 방책을 각 관계자에게 전달했다.

"행정청의 여러분은 비축 연료의 총량과 배분 페이스를 다시 한 번 계산해주십시오. 하루라도, 단 한 시간이라도 길게 유지할 수 있도록! 그리고 경라서의 여러분, 화이트타운의 남서쪽은 분명 구시가지의 폐기 구역이었을 터. 그곳에는 아직 처분되지 않은 옛 연료 창고와 장작을 쌓아놓은 오두막이 몇 개나 남아있을 겁니다. 서둘러서 그것들을 가져와 주십시오. 그리고 태울 수 있는 폐건물은 해체해서 연료로 쓰는 겁니다. 여러분, 지금이 가장 중요한 시기입니다. 아무쪼록 힘내 주십시오!"

""""""예!""""""

강한 리더십을 발휘하는 시장의 지시에 따라 직원들이 일제히 움직이기 시작했다.

"……추워. ……우리, 어떻게 되는 걸까……?"

의자에 앉은 시스티나가 불안한 목소리로 하얀 입김을 내뿜었다.

이곳은 시장 저택의 담화실이었다. 난로가 새빨간 불꽃을 태우고 석탄 스토브에서도 열심히 연료를 태우는 소리가 들리는데도…… 정말 제대로 작동하는 건지 의심이 들 정도로 추웠다.

하다못해 마술을 쓴다면 조금쯤 나아지겠지만 앞으로 무슨 일이 생길지 모르는 이상 마력은 온존해둘 필요가 있었다.

"젠장…… 진짜 터무니없는 상황이 됐구만."

글렌은 코트의 앞섶을 채우며 주위를 돌아보았다.

불안한 표정을 하고 있는 건 시스티나뿐만이 아니었다.

여기 모인 루미아, 리엘, 프랑신, 콜레트, 지니도 같은 표정으로 입을 굳게 다물고 새하얀 입김을 내쉬고 있었다.

그리고 지금 무엇보다 신경이 쓰이는 것은—.

'세리카…….'

그녀는 현재 기분이 좋지 않다는 이유로 이 시장 저택의 위층에 있는 방에서 쉬고 있었다.

'그 용…… 용언이었지만, 분명히 세리카의 이름을 불렀어. 그리고 이렇게 말했지. 자신의 정체가…… 백은룡장 르 실바라고.'

백은룡장 르 실바. 그것은 글렌도 아는 이름이었다.

동화『멜갈리우스의 마법사』제7장. 어느 지방을 수호하던 백은룡이 마왕과의 싸움 끝에 패배한 후, 《용의 열쇠》에 찔려서 마왕의 부하로 전락했을 때의 이름이었다.

그렇다. 그 녀석은 용인 동시에 마왕 직속의 마장성(魔將星) 중 하나였던 것이다.

'이제 와서 왜 옛날이야기 속의 마장성이 현실에 나타난 거지? ……하긴 그런 생각을 하고 있을 때가 아닌가. 슬슬 이 패턴에도 질렸어. 마황인장 아르 칸, 염마제장 비아 돌의 《불꽃의 검》, 철기강장 아세로 이엘로의 《불꽃의 배》, 그리고 이번에는 백은룡장 르 실바…….'

이만한 상황 증거가 어떤 사실을 엄연하게 가리켰다.

'……아마 『멜갈리우스의 마법사』는 평범한 동화가 아니었던 거겠지. 초 마법문명이라 일컬어지는 고대문명에 관한 진실의 일부를 묘사한 기록이었던 거야. 마장성은 실존했고…… 놈들을 거느렸던, 혹은 지배했던 마왕도 역시 실존 인물이었다는 건가…….'

하지만 거기서 한 가지 의문이 떠올랐다.

'그런데 놈들은…… 마장성들은 어떻게 세리카를 알고 있는 거지?'

그것만큼은 도저히 이해할 수가 없었다.

'미왕이 실존 인물이었고, 부하였던 마장성도 실존했다 치더라도…… 지금으로부터 약 4천 년에서 6천 년 전 시대의 인물들이었잖아? 그런데 어떻게 놈들이 현대의 세리카를 알고 있는 거지?"

확실히 세리카는 출신을 알 수 없는 이모탈리스트에 4백 년 전의 기억이 없었다.

하지만 그래봤자 고작 4백 년의 이야기인 것이다.

'아무리 그래도 시대가 너무 다르잖아? 기억이 없어도, 이모탈리스트라도 세리카는 현재를 살아가는 인간이야. 놈들이 세리카를 알 리 없다고!'

아니면 이모탈리스트인 세리카가 실은 6천 년의 고대부터 살아온 인물이었다면?

……그것도 성립할 수 없는 가정이었다.

세리카는 4백 년 전에 처음으로 눈을 뜬 이후로 자신의 흔적을 찾아 온 나라를 샅샅이 돌아다녔다고 한다. 그런데도 그 시점보다 전에 그녀가 어딘가에서 살았던 흔적과 지인은 전혀 발견되지 않았다고 한다.

6천 년이나 살아왔다면 이 제국 안에 어떤 식으로든 흔적이 남았을 터. 따라서 세리카가 6천 년부터 이 세상에서 살아왔다는 가정은 절대로 성립할 수 없는 이야기였다.

'아니, 지금은 세리카의 정체가 중요한 게 아니야. 문제는 그 백은룡…… 마장성, 백은룡장 르 실바겠지.'

글렌의 예상이 옳다면 아마 이 이상 기후의 원인은…….

그렇게 생각을 정리하고 있던 때였다.

"……실례합니다."

실내에 눈으로 덮인 존 시장과 밀리아가 들어왔다.

"시장. ……돌아온 건가."

"예. 일단 자료를 가지러요. 글렌 씨…… 세리카 씨는 지금 어떠시죠?"

"……위에서 자고 있어. 여러모로 상태가 안 좋은 모양이라."

"그렇습니까……."

얼굴을 침통하게 흐렸던 존 시장은 곧 직설적으로 물었다.

"한 가지 묻고 싶은 게 있습니다. 이번 봉납 춤 공연 때 저희 앞에 백은룡이 나타난 건 사실이었던 겁니까?"

"……그걸 기억하는 거야?"

글렌은 놀랐다.

아까 백은룡이 출현했던 건 여기 있는 일행을 제외하곤 기억하는 사람이 거의 없었기 때문이다. 그 당시를 전후로 한 공연 자체를 잊어버린 자들이 태반이었다.

그 용의 포효로 일시적이나마 정신이 파괴됐기 때문이다.

그래서 많은 이가 백은룡의 출현을 환각이나 백주몽 정도로 인식하고 있었다.

어떻게든 의식을 유지한 프랑신 일행조차 글렌 일행이 사실을 전해주지 않았다면 꿈이라고 치부했을 정도로 용의 포효에 의한 정신 파괴는 강렬했다.

따라서 지금은 그저 백은룡이 강림했다는 소문만이 시내에 그럴 듯하게 퍼지고 있을 뿐이었다.

"저도 확실히 기억하는 건 아닙니다. 그저 몽롱한 의식 속에서 백은룡을 본 것 같은 기분이 들었는데…… 정신을 차리고 나니 이런 이상 기후가 발생했더군요."

"그런가……."

"그리고 이 이상 기후의 원인은…… 아마 그 백은룡이겠지요?"

존 시장의 날카로운 지적에 글렌은 한숨을 내쉬었다.

"그래. 수천 년의 세월을 거쳐서 자아와 지혜를 획득한 에인션트 드래곤은…… 자신의 영역 일대의 자연현상과 천지지변을 지배할 수 있다고 하지. 그러니 이 이상 기후는 틀림없이 그 백은룡이 저지른 짓일 거다. ……아니면 이런 부자연스러운 현상이 일어날 리 없어."

"……그렇습니까."

존 시장은 안타깝게 눈을 감았다.

사실 이 자리의 모두가 어렴풋이 눈치채고 있었다. 이 상황을 해결할 수 있는 유일한 방법을…….

"왜 그 백은룡이 갑자기 우리 앞에 모습을 드러낸 건지는 몰라. 요즘 묘한 움직임을 보인 《S·D·K》가 무슨 짓을 저지른 건지…… 아니면 다른 사악한 의도가 움직인 건지…… 이제 와서는 알 수 없는 노릇이고, 아무래도 상관없어. 그저 확실한 것은……."

그래서 아무도 굳이 언급하려 하지 않은 사실을 글렌이

대변했다.

"그 백은룡을 토벌하지 않는 한…… 우리, 아니. 스노리아에 사는 모든 인간과 생물은 전멸할 수밖에 없다는 거다."

무거운 침묵이 찾아왔다.

용 퇴치(드래곤 헌팅). 그것은 본디 군에서 치밀한 준비 끝에 이루어지는 초 대규모 군사 행동이었다.

하지만 이런 상황에서는 제도의 원군을 바랄 수 없으리라.

즉, 지금 이 스노리아에 있는 자들의 힘만으로 드래곤 헌팅을 달성해야만 한다는 뜻이었다.

"……선생님."

그런 글렌의 심중을 헤아린 시스티나가 살며시 입을 열었다.

"동화 『멜갈리우스의 마법사』에서 정의의 마법사는 「수많은 산 중 가장 하늘에 가까운 정상」에서 마왕에게 지배당한 백은룡…… 백은룡장 르 실바와 대결했다고 해요."

"거기까지 부호가 일치했던 거냐. 무섭네. 롤랑 엘트리아란 놈은 대체 정체가 뭐야? ……뭐, 아무튼…… 시장. 이 주위에서 가장 표고가 높은 산은 어디지?"

시스티나의 의도를 바로 눈치챈 글렌이 그렇게 물었다.

"……? 대체 왜 그런 질문을……?"

"실바노스 산맥 제8봉…… 아베스타예요."

당혹스러워하는 시장 대신 밀리아가 대답하자 글렌은 단언했다.

"그런가. 그럼 백은룡 자식은 거기 있겠군."

"어째서 그렇게까지 단언하실 수 있는 건지 모르겠습니다만…… 여러분은 짚이는 데가 있으신 거군요?"

그러자 존 시장은 밀리아에게 고개를 끄덕인 후 지시를 내렸다.

"밀리아. 당장 자경단과 경비대에 연락을. 토벌대를 편성……."

"그건 안 돼!"

글렌의 고함에 일동의 시선이 모였다.

"용을 상대로 「물량」으로 부딪혀봤자 소용없어! 필요한 건 오로지 「질」뿐이야! 더 정확히 말하자면 이 한파 속에서 얼어 죽지 않고 산 정상에 올라서 전투까지 할 수 있는 건 마술사뿐이지. 다시 말해……."

글렌은 굳은 표정으로 학생들을 둘러보며 말했다.

"……우리가 싸울 거다. 다른 마술사가 없다면 그럴 수밖에 없잖아?"

그 결의에 찬 목소리에 시스티나와 루미아는 퍼뜩 놀라 그를 바라보았다.

"늘 이런 결과가 돼서 진심으로 미안하다만…… 하얀 고양이, 루미아, 리엘. 힘을 빌려다오. 너희의 힘이 필요해. ……알잖아?"

그 순간—.

"예, 맡겨주세요!"

"예! 열심히 해볼게요!"

"응. 난 글렌의 검."

글렌이 자신들을 의지해주자 시스티나와 루미아와 리엘은 기쁜 얼굴로 고개를 끄덕였다.

"잠깐만요, 글렌 선생님!"

"맞아! 우리도 싸울 수 있거든?!"

"하아…… 귀찮아."

프랑신과 콜레트와 지니도 자리에서 일어났다.

"자……잠시만요, 글렌 씨! 아무리 그래도 이런 아이들에게……!"

그러자 존 시장이 거품을 물고 제지했다.

"걱정하지 마, 시장."

하지만 글렌은 의기양양하게 웃어 보였다.

"이 녀석들도 마술사야. 까놓고 말해 마술사로서의 수준만 놓고 보면 이미 날 뛰어넘었지. 그리고 선두에 서서 용을 퇴치할 건 이 녀석들이 아니야. 당연히 나와……."

"……!"

"……마침 여기 있잖아? 세계최강의 마술사님이."

글렌의 말에 존 시장과 밀리아는 퍼뜩 놀라 숨을 삼켰다.

그렇다. 지금 이 스노리아에는 세계최강의 마술사가 존재했다.

세리카 아르포네아. 그녀라면, 어쩌면 전설의 백은룡조차…….

"이런 행운이……!"
"그렇군. 세리카 씨……! 그녀라면……!"
"모처럼의 공연을 망쳤으니…… 그걸로 갚아줄게."
그 말을 끝으로 글렌은 세리카에게 의견을 타진하기 위해 방을 나섰다.

"……그건 그렇고…… 그 녀석, 몸 상태가 나빠 보였으니…… 좀 내키지 않는걸."
글렌은 세리카의 방으로 걸어가는 중이었다.
확실히 그녀는 세계최강의 마술사, 셉텐데였다.
군의 지원을 바랄 수 없는 이 상황에서 백은룡 토벌이 가능한 인물은 그녀밖에 없었다. 이 미증유의 위기를 벗어나려면 그녀의 힘이 반드시 필요했다.
다만, 너무 무리하게 할 수도 없었다. 사실 그녀는 예전에 타움의 천문 신전에서 입은 상처 때문에 힘을 상당히 제한당한 상태였기 때문이다.
"그걸 위해 우리가 같이 가는 거야. 그 녀석에게 최대한 부담을 주지 않도록 노력하면서 어떻게든 백은룡이 있는 산 정상까지 데려다주는 거지. 그리고 도착한 후에는 전력을 다해 전투 지원…… 단순하지만 이 방법밖에 없어."
문제는 과연 세리카가 이 제안에 수긍하느냐였다.
"……거절하지 마라? 제발, 진심으로 거절하지 마. 이런 상황에서도 내키지 않는다고 제멋대로 구는 건 제발 좀 참아달라고. 우린 이대로 얼어 죽는 건 싫거든……?"

자신이 한 말이지만, 어쩌면 정말 그렇게 나올 수도 있는 전개를 상상한 글렌은 전전긍긍하면서 세리카가 쉬고 있는 방의 문 앞에 멈춰 섰다.

그리고 노크하려고 손을 든 순간이었다.

"응?"

글렌은 그 문 너머에서 세찬 바람소리가 들리는 것을 눈치챘다.

창문이 열린 것일까?

"……응? 창문이 열렸어? ……바람?"

이상했다. 한랭지에 있는 이 저택의 창문은 고정형의 2중 창문일 터.

창문을 여닫는 건 불가능한 게 당연했다.

"……?!"

맹렬하게 불길한 예감이 든 글렌은 노크하는 것도 잊고 문을 걷어찼다.

그 순간, 새하얀 바람과 세상이 글렌의 시야를 두들겼다.

"세리카?!"

글렌은 거칠게 눈보라가 휘몰아치는 방안으로 난폭하게 발을 내디뎠다.

그러자 창문이 안쪽에서 밖을 향해 파괴된 모습이 눈에

들어왔다.
극한의 눈보라에 노출된 방 안에는 당연히 눈이 새하얗게 쌓여있었고 석탄 스토브도 완전히 얼어붙어 있었다.
……그리고 예상대로 세리카의 모습은 어디에도 찾아볼 수 없었다.

"아르포네아 교수님이 안 계신다구요?! 세상에! 어째서요?!"
허겁지겁 돌아온 글렌의 보고에 시스티나가 새파랗게 질린 얼굴로 캐물었다.
"나도 몰라! 그 녀석, 이럴 때 대체 어딜 간 거야?!"
불길한 예감이 들었다. 맹렬히 불길한 예감이 들었다.
전에도 이런 일이 있었다. 그때는 분명 세리카가 혼자서…….
글렌이 그런 초조함에 속을 태운 순간.
쿠웅!
갑작스러운 땅울림이 화이트타운을 뒤흔들었다.
"뭐지?! 설마 또 백은룡이 쳐들어 온 건가?!"
글렌을 선두로 이 자리의 모두가 벌떡 일어나 저택 밖으로 달려나갔다.

시장 저택의 앞마당으로 나오자 당연히 맹렬한 눈보라와 추위가 글렌 일행을 맞이했다.

가차 없이 체온을 빼앗겼다. 하지만 시간을 지체할 때가 아니었다.

글렌 일행이 땅울림의 정체를 파악하려고 주위를 살폈다.

"선생님, 저건?!"

"아……!"

시스티나가 가리킨 방향을 본 글렌은 눈을 부릅떴다.

이 시장 저택은 비교적 고지대에 세워진 덕분에 주위를 멀리까지 조망할 수 있었다.

그래서 아득히 먼 저쪽에서 홍련의 불꽃이 어둠 속을 작게 밝히는 것을 볼 수 있었다.

"저 방향은…… 아베스타 산봉의 기슭이겠네요. 저기에 대체 무슨 일이……?"

마찬가지로 작은 불꽃을 본 밀리아가 의문스럽게 고개를 갸웃거렸다.

하지만 이런 극한의 빙결지옥 속에서 저만한 화력을 발휘할 수 있는 인물은 한정되어 있었다.

"세리카의 어설트 스펠이야! 뭐지?! 대체 뭐랑 싸우고 있는 거야!"

그 추측을 증명하듯 다시 땅울림이 도시를 뒤흔들었고, 글렌 일행의 시선 앞에서 몇 개의 불꽃이 연속으로 피어올랐다.

이제는 의심할 여지가 없었다. 세리카가 저곳에서 싸우고 있는 것이다.

전투 대상은 백은룡일까? 아니면 다른 적일까.

어찌 됐든 이런 악천후 속에서 저토록 성대하게 싸울 수 있는 건 세리카밖에 없으리라.

"설마 아르포네아 교수님은……?"

"그래, 아마 그 예상이 맞을 거다."

시스티나의 중얼거림에 글렌은 주먹을 굳게 쥐고 이를 악물었다.

그 순간, 글렌의 머릿속에 백은룡이 세리카에게 했던 말이 떠올랐다.

—결판을 내자, 세리카! 나는 약속의 땅에서 당신을 기다릴 테니……!

"저 바보 녀석…… 혼자서 상황을 정리하러 간 거야……!"

이유는 알 수 없었다. 왜 혼자서 저런 무모한 행동을 저지른 것인지.

하지만 상황증거가 그 추측이 사실이라는 것을 분명하게 뒷받침하고 있었다.

"어쩌죠?! 선생님!"

"어쩌고 자시고……."

글렌이 빨리 준비를 마치고 뒤를 쫓자고 지시를 내리려

한 그때—.

"크, 큰일입니다아아아아아아아아아아아아아아!"

이런 눈보라 속에서도 몇 명의 집단이 시장 저택을 향해 달려왔다.

화이트타운의 경비관과 자경단원들이었다. 저마다 손에 사브르나 경봉 등을 든 채 크게 당황한 모습이었다.

"아, 진짜! 이번에는 또 뭐야?!"

"시장님, 큰일입니다! 이대로는 도시가…… 도시가……!"

"진정하십시오, 여러분. 대체 무슨 일이 일어난 거죠?"

"괴, 괴물이……! 아베스타 쪽에서 괴물들이 무리를 짓고……!"

"뭐라고요?!"

그 소식을 계기로 상황은 한층 더 악화일로를 걷게 되었다.

화이트타운시의 북쪽 현관이라고도 할 수 있는 북 시가지.

그곳에서는 현재 악몽 같은 광경이 펼쳐져 있었다.

그야말로 지옥의 사도나 다를 바 없는 모습의 존재들이 대량으로 밀려와 주위를 배회하고 있었던 것이다.

"뭐, 뭐야?! 저것들은!"

대광장에서 진열을 짜고 대기 중이던 경비관들 앞에 나타난 것은 한 마디로 묘사하자면 「얼음으로 만들어진 해골」이었다. 얼음의 해골들이 턱을 딱딱 부딪치면서 얼음으로 된

팔을 내밀고 얼음으로 된 다리로 경비관들을 향해 다가오고 있었다.

하지만 그들은 이래 봬도 시민들을 지키기 위해 늘 혹독한 훈련을 받은 경비관들이었다. 이 정도의 괴물들에게 겁먹지 않고 사브르와 경봉, 권총 등을 손에 든 채 필사적으로 응전을 거듭했다.

"트, 틀렸습니다! 대장! 역시 찔러도 두들겨 패도 꿈쩍도 하지 않아요!"

"크?!"

하지만 몇 번을 공격하고 얼음으로 된 몸이 산산이 흩어져도…… 얼음 해골들은 금세 원 상태로 복원되더니 자리에서 일어나 다시 공격해왔다.

그리고 북쪽에서 밀려오는 적의 수도 계속 늘어나기만 하고 있었다. ……이젠 더 이상 손쓸 수가 없는 상태였다.

"히익?! 여, 여기선 일단 후퇴하죠! 대장!"

"안 돼! 이 놈들은 창문과 현관을 파괴하고 집 안으로 침입해 주민들을 습격하고 있다! 주민들이 전부 퇴거할 때까지 우린 여기서 막고 있어야만 해!"

"하지만 저희 장비로는 해치울 수가 없다고요! 이대로는……!"

경비관들 사이에 서서히 동요와 절망이 퍼지기 시작한 순간—.

"우오오오오오오오오오오오오오오오오오오오오오!"

누군가가 눈보라를 헤치며 맹렬한 속도로 돌진해왔다.

"뒈져!"

마력을 인챈트한 글렌의 권격이―.

"이이이이이야아아아아아아아아아아아압!"

마찬가지로 마력을 인챈트한 리엘의 대검이―.

경비관들을 몰아붙이던 얼음 해골 무리의 선봉을 날려버리고, 분쇄했다.

"《홍련의 사자여·**올바른 분노에 몸을 맡기고**·사납게 울부짖어라》!"

이어서 시스티나의 흑마 **개량형**【세이크리드 버스트】의 정화의 불꽃이―.

"《성스러운 송별의 불이여·그들을 황천으로 인도하고·그 여로를 비추어라》!"

루미아의 백마【세인트 파이어】의 성스러운 불꽃이―.

압도적인 화력으로 응집해 소용돌이를 그리더니 얼음 해골들을 단숨에 집어삼켰다.

글렌과 리엘에게 파괴된 해골과 시스티나와 루미아가 펼친 정화의 불꽃으로 타버린 해골들은 그대로 두 번 다시 부활하지 않았다.

"허어! 설마…… 해치운 건가?!"

"경비관 여러분! 이 얼음 해골들은 백은룡장의 권속이에요!"

시스티나의 외침에 경비관들을 당황한 표정으로 서로의 얼굴을 마주보았다.

"백은룡장의…… 권속?"

그렇다. 사실 이 얼음 해골들에 관한 것도 【멜갈리우스의 마법사】에 기록되어 있었던 것이다.

"저들은 과거에 백은룡장에게 살해당한 후, 저 설산에 얼어붙은 채 사로잡힌 영혼의 망령들이에요! 저들에게 평범한 무기는 통하지 않아요! 그러니 여러분은 퇴각해주세요!"

시스티나는 사나운 눈보라 속에서 자신이 추측한 정보를 전달하기 위해 필사적으로 소리를 질렀다.

"경비관 여러분, 들으셨습니까?! 당신들은 주민과 관광객들의 피난 유도를! 남쪽 시가지로 서둘러 주십시오! 지금 그 경계에 바리케이드를 만드는 중이니까요!"

이어서 존 시장도 숨을 몰아쉬면서 필사적으로 지시를 내렸다.

"……아, 알겠습니다! 저희는 이대로 피난 유도를 시작하겠습니다!"

그렇게 공황 상태에 빠졌던 경비관들은 간신히 정신을 수습하고 움직이기 시작했다.

"그건 그렇고…… 어쩌지?!"

글렌은 정권지르기로 얼음 해골들을 박살내며 이를 악물었다.

"이러면 아무리 시간이 지나도 세리카를 도우러 갈 수가 없잖아!"

마술로 시야를 강화해서 멀리까지 확인하자, 아무래도 이 얼음의 망령들은 아베스타 산기슭에서 끊임없이 흘러나오고 있는 모양이었다.

"하, 하지만 저희가 여기서 막고 있지 않으면 화이트타운의 사람들이……!"

시스티나도 이브에게 배운 화염 주문을 퍼부으면서 초조한 기색을 내비쳤다.

"하지만 백은룡을 해치우지 않으면 끝이 없을 거라고! 이대로 있어봤자 상황은 계속 악화……!"

세리카를 도와서 백은룡을 해치워야만 한다.

하지만 이곳을 방치하면 화이트타운이 위험해질 터.

이런 도저히 손쓸 방법이 없는 상황 속에서 글렌 일행은 극심한 조바심을 느끼고 있었다.

그리고 도시의 비축 연료가 바닥나는 타임리미트 또한 시시각각 다가오는 상황.

'젠장……! 어쩌지?! 무슨 좋은 방법이……!'

글렌이 이를 악문 순간이었다.

"훗! 여기는……."

"저희에게……."

"……맡겨주세요."

세 소녀가 앞으로 뛰쳐나와 얼음의 망령들에게 돌진했다.

"하아아아아아아아아아아아아앗!"

두 주먹에 깃든 폭염— 마투술(블랙 아츠)(魔闘術)을 구사해서 적들을 분쇄하는 콜레트.

"야앗!"

이어서 지니가 파사(破邪)의 룬을 새긴 쿠나이를 양손으로 계속 투척해서 망령들을 차례차례로 정확하게 꿰뚫었다.

그리고 다음 순간, 얼음의 망령들 사이를 하얀 그림자가 고속으로 돌파했다.

"《거울을 들여다보는 나·비치는 것은 그대·우리는 표리일체로·진리를 목표로 삼은 자》."

소환【콜 에고 어드벤트】. 프랑신이 소환한 하얀 천사(말라흐)였다.

그녀 자신의 영혼의 형태를 빼닮은 마술적인 종자인 말라흐가 날개를 펼치고 비상하더니, 가녀린 팔로 휘두른 날카로운 레이피어가 망령들을 잘라서 가루로 만들었다.

"오오! 가, 강해!"

주변의 상황이 단숨에 정리되자 경비관들은 눈을 크게 뜨고 놀랐다.

"호오? 이건……."

"……제, 제법이잖아……."

글렌과 시스티나도 무심코 감탄했다.

"어때? 선생님."

“저희도 제법 잘 싸우지 않나요?”

“그날 이후로 저희도 필사적으로 수행을 거듭했거든요. ……진짜가 되기 위해서.”

콜레트, 프랑신, 지니는 의기양양한 얼굴로 글렌을 돌아보았다.

“여러분, 프랑신 양의 뒤를 따르세요!”

“여러분, 콜레트 언니를 지원하죠!”

그리고 그런 세 사람의 뒤를 이어서 이 스노리아를 방문한 성 릴리 마술여학원의 학생들이 얼음의 망령들을 향해 마술을 날리기 시작했다.

총 약 마흔 명. 전원이 맹렬한 기세로 활약하며 망령들을 물리쳤다.

“선생님! 아르포네아 교수님을 도와주러 가!”

그런 혼전 속에서 콜레트가 불꽃이 깃든 주먹으로 적을 때려눕히며 외쳤다.

“맞아요! 여긴 저희에게 맡겨주시고요!”

“뭐, 같이 목숨을 걸고 눈싸움을 한 사이니까요! 죽기라도 하면 잠자리가 사나워질 테니.”

그런 개성 넘치는 아가씨 트리오도 발군의 연계를 보이며 망령들을 처리했다.

그 광경을 본 글렌은 안심하고 이 자리를 맡길 수 있겠다고 확신했다.

“……선생님.”

“그래, 나도 알아!”

자신을 부르는 루미아의 목소리에 글렌은 힘차게 고개를 끄덕였다.

“너희들! 여기는 맡기마! 가자! 하얀 고양이, 루미아, 리엘!”

“““““““예!”””””””

글렌의 말에 소녀들은 일제히 대답했다.

그리고 글렌은 세 제자들을 데리고 그 자리를 뒤로했다.

“경비관! 부대 일부를 나눠서 여기서 싸우는 학생들을 지원해주십시오! 적을 해치울 수 없어도 막는 것 정도는 가능할 테니까요! 그럼 잘 부탁드립니다!”

“예! 시장님!”

존 시장의 부탁에 지휘관들도 고개를 끄덕이며 여학생들을 지원하기 시작했다.

눈보라 속의 스노리아 공방전이 막을 올린 순간이었다.

제7장 아베스타 산봉의 싸움

개썰매를 타고 완만한 구릉지로 이루어진 설원을 질풍처럼 달리던 글렌 일행은 곧 실바노스 산맥의 산기슭에 도착했다.

"여기가 아베스타 산봉으로 이어지는 등산로의 입구인가……."

글렌은 사납게 부는 눈보라에 나부끼는 옷자락을 누르면서, 존 시장이 서둘러 마련해준 최소한의 물자와 장비를 짊어지고 전방을 올려다보았다.

한층 더 높게 우뚝 선 거봉(巨峰).

침엽수가 드문드문 자라 있고 이 어둠 속에서도 산의 암벽이 두꺼운 얼음과 눈으로 뒤덮여서 빛을 발하는 아름다운 설산이었다.

아무래도 지형이 복잡하게 꼬여있는 모양인지 이 위치에서 산 정상은 보이지 않았다.

기류를 전혀 읽을 수 없는 이런 지독한 악천후 속에서 비행 마술을 쓰는 건 불가능했다.

따라서 정상으로 가려면 자신의 발로 오를 수밖에 없었다.

글렌은 하얀 입김을 불며 이 일대의 지도를 펼쳤다.

지도에 따르면 산기슭에서 정상으로 이어지는 능선에는 몇 개나 되는 분기점이 있는 데다, 저습지와 계곡으로 분단까지 된 모양이었다. 일직선으로 정상까지 주파하는 건 무리였다.

정상까지는 몇 개의 절벽을 우회하고 언덕을 넘어야 하는 한 가지 루트밖에 없었다. 아무리 세리카라도 인간인 이상 비행 마술을 쓸 수는 없었을 테니 틀림없이 이 길로 이동했을 터였다.

다만, 루트의 복잡함과 악천후와 극저온이라는 환경 조건을 제외하면 등산 난이도 자체는 그리 높을 것 같지는 않았다.

그래도 방심은 금물이다.

글렌은 휴대용 컴퍼스로 신중히 방향을 확인하면서 지도 위에 연필로 자북선(磁北線)을 그었다.

"너희들, 준비는 됐냐?"

그리고 뒤를 돌아보았다.

두꺼운 방한용품을 든든히 갖추고 배낭을 짊어진 시스티나와 루미아와 리엘이 조용히 고개를 끄덕였다.

"【에어 컨디셔닝】은 끊지 마. 하지만 너무 강하게 써도 안 돼. 금세 마력이 고갈될 테니까. ……하지만 다행히도 이 주변은 윤택한 영맥이 흐르는 영봉이라 대기의 마나 농도는 굉장히 진해. 그러니까 호흡법으로 마나를 신중히 흡수할 것. 이 환경이라면 지금의 너희는 그리 쉽게 마력이 고갈되진 않을 거다. ……그래도 신중히 해. 조바심을 내다가 숨을 크게 들이켜면 폐가 얼어붙을 테니까."

"아, 예……."

"내가 선두, 리엘이 후위를 맡는다. 루미아, 힐러인 넌 최대한 마력을 온존해둬. 하얀 고양이, 넌 흑마 【스페셜 퍼셉션】…… 공간 파악 마술로 늘 주위의 지형을 확인할 것. 아무리 작은 크레바스나 설비(雪庇)라도 놓치지 마. ……네가 우리의 생명줄이다."

"마, 맡겨주세요……."

"예."

"응."

"설산은 우리 같은 마술사에게는 그리 두려운 곳이 아니야. 악의적으로 설치한 함정이나 장치가 없는 만큼 차라리 고대유적의 던전이 더 위험하지. 좋아……. 그럼 가자."

그렇게 말하고 소녀들이 고개를 끄덕인 것을 확인한 글렌은, 설산의 정상을 향해 걷기 시작했다.

오른다.

……오른다.

…………또 오른다.

올라도 올라도 끝이 없는 새하얀 죽음의 은세계.

글렌 일행은 점점 각도가 가팔라지는 설산의 경사면을 말없이 올랐다.

항상 거칠게 소리를 내며 부는 바람을 등으로 짊어지고 한결같이…….

"하아…… 하아……."

"……후우."

그저 음울한 숨소리만이 같은 간격으로 울려 퍼졌다.

다행히 길을 헤맬 일은 없었다.

도중에 마치 이정표처럼 얼음 망령들의 잔해가 흩어져 있었기 때문이다.

"……선생님, 또……."

루미아는 발밑에 있는 망령들의 파편을 애처롭게 바라보며 중얼거렸다.

"그래, 세리카 짓이야. 그 녀석이 싸운 거겠지."

주위를 둘러보자 명백히 지형이 바뀐 파괴 흔적이 눈에 들어왔다.

"여전히 화려하게 싸우시네요……."

시스티나는 기가 막힌 목소리로 중얼거렸다.

"참 나, 이러다 눈사태가 일어나면 어쩌려고……."

글렌은 한숨을 내쉬었다. 이런 식으로 파괴 주문을 설산 여기저기에 퍼부으면 언제 눈사태가 일어나도 이상하지 않았다. 도시까지는 제법 거리가 있으니 그쪽에 피해는 없겠지만 그래도 조심해서 나쁠 건 없었다.

“그래도 뭐, 교수님 덕분에 저희는 싸우지도 않고 순조롭게 오르고 있지만요.”

“그건 그렇지. 도중에 있던 망령은 그 녀석이 거의 다 처리한 것 같으니…….”

하지만 신경이 쓰이는 건 조금 전부터 전투음이 완전히 사라진 것이었다.

에너지를 절약하려는 것일까. 아니면…….

‘……지금 고민해봤자 어쩌겠어.’

글렌은 거품처럼 떠오르는 불안과 불길한 예감을 떨쳐내며 다시 산을 오르기 시작했다.

오른다.

……오른다.

…………또 오른다.

올라도 올라도 끝이 없는 새하얀 죽음의 은세계.

이윽고 급경사면을 올라 능선으로 진입한 글렌 일행은 그나마 완만해진 길을 걷기 시작했다.

곧 절벽이 눈앞에 나타났기에 눈보라를 피하려고 붙어서 동쪽으로 우회. 그리고 계곡을 건넌 후에는 다시 경사면을 올랐다.

부드럽게 쌓인 눈은 발을 내디딜 때마다 깊이 파고들어서 체력을 빼앗았다.

올라도 올라도 정상이 보이지 않았다.

세리카의 모습도 없었다.

"흐읍……!"

"이이이야아아아아압!"

그리고 때때로 출몰하는 망령을 글렌의 주먹이, 리엘의 대검이 분쇄했다.

"괜찮으세요? 선생님! 리엘!"

루미아가 걱정스러운 얼굴로 전투를 마친 글렌과 리엘의 곁으로 달려갔다.

"하아…… 하아……. 그래, 괜찮아……."

"응. 여유."

등산을 개시하고 이것으로 벌써 다섯 번째 전투가 아니었을까.

이곳이 백은룡의 영역인 설산인 이상 이곳에 사로잡힌 망령이 대량으로 배회하고 있을 터였다.

하지만 세리카가 먼저 쓸어버려준 덕분인지 예상보다 전투 수는 적었다.

그럼에도 이런 극단적인 환경에서의 전투는 소모가 극심했다.

글렌은 잠시 눈 위에 무릎을 꿇고 숨을 가다듬은 후에야 비틀거리며 일어났다.

"……좋아. 가자."

그리고 다시 선두에 서서 앞길을 재촉했다.

"잠깐만요, 선생님."

하지만 무슨 생각인지 루미아가 앞길을 가로막았다.

그리고 오른손의 장갑을 벗어서 눈보라 속에 노출시켰다.

"뭐, 뭐하는 거야?! 루미아! 그러다 동상 걸려!"

"전 괜찮아요. 그보다……."

루미아는 그 오른손을 내밀어서 글렌의 뺨을 만졌다.

그 순간—.

"……?!"

갑자기 온 몸의 마력이 활성화되었다.

"감응 증폭…… 아니, 왕의 법(아르스 마그나)이라고 했던가?"

"예. 아주 조금이지만…… 지금 힘을 썼어요."

루미아는 글렌을 배려하며 미소 지었다.

"이 바보야! 힘을 거둬! 네 부담이……."

"선생님, 아직 앞길이 멀어요. ……그러니 제발 무리하지 마세요."

그 진지한 시선에 글렌은 말문이 막히고 말았다.

아무래도 눈치챈 모양이었다.

"칫……."

이 한파와 눈보라 속에서 이런 설산을 오르려면 마술의 힘이 필요했다.

체온을 유지하는 【에어 컨디셔닝】. 신체능력을 강화하는 【피지컬 부스트】. 그밖에도 온갖 지원 주문(서포트 스펠)를 걸어두는 것이 필수였다.

이런 종류의 지속 주문(딜레이션)은 단위 시간당 소모되는 마력양으로 위력이 정해지므로 인챈트 효과를 계속 발휘하려면 지속적인 마력 소모가 필요했다.

시스티나, 루미아, 리엘은 막대한 캐퍼시티의 소유자다. 동년배의 평균을 크게 웃도는 데다 시스티나에 이르러선 거의 규격이 다를 정도였다. 그리고 이 영봉이 마나로 충만한 공간이기도 한 덕분에 딜레이션을 오랫동안 지속할 수 있었다.

하지만 글렌의 캐퍼시티는 평범하거나 그 이하였다. 타고난 마력 조작 능력도 엉망인 탓에 호흡법에 의한 마나 흡수 효율도 나빴다.

요컨대, 이 일행 중 글렌의 마력 소모가 가장 심하다는 뜻이다.

얼굴에는 드러내지 않았지만 이미 상당히 괴로운 상태임에는 불 보듯 뻔했다.

"전투할 때 외에는 제가 이렇게 아르스 마그나로 선생님의 딜레이션을 보조할게요. 아니, 제발 하게 해주세요. 전, 선생님의 힘이 되고 싶다구요……."

"……."

글렌은 잠시 자신을 똑바로 바라보는 루미아의 눈을 응시했다.

이 한없이 진지한 눈동자 앞에서는 고집도, 허세도 의미가 없었다.

글렌은 체념한 듯 탄식한 후 왼손의 장갑을 벗고 루미아의 오른손을 잡았다.

그리고 동상을 방지하기 위해 그 위에 머플러를 둘둘 감았다.

"미안하다……. 부탁할게."

"예."

글렌이 솔직하게 의지해주자 루미아는 태양처럼 환하게 웃었다.

그렇게 두 사람은 글렌의 마력이 회복될 때까지 손을 잡고 계속 걸었다.

오른다.

……오른다.

…………또 오른다.

올라도 올라도 끝이 없는 새하얀 죽음의 은세계.

산등성이가 계속 이어져서 급경사와 절벽이 많은, 기복이 심한 지형이었다.

글렌 일행은 그런 복잡한 길을 높이를 유지하면서 횡축 방향으로 이동했다.

칼로 찌르는 것처럼 차가운 바람이 항상 귓가를 울리며 뒤로 스쳐 지나갔다.

대체 얼마나 온 것일까. 올라도 올라도 정상이 보이지 않았다.

세리카의 모습도 없었다.

이윽고 옆으로 길이 끊긴 탁 트인 공간이 펼쳐졌다.

"……꽤 많이 올라왔군."

글렌은 이마의 땀을 훔치고 어깨를 들썩이며 지도를 보고 있었다.

하지만 아직 앞길이 멀었다. 그런 우울한 사실을 확인한 글렌이 짜증을 느낀 순간이었다.

누군가가 뒤에서 옷을 꾹꾹 잡아당겼다.

고개를 돌려보니 리엘이었다.

"왜?"

"잘 봐."

리엘이 옆을 가리켰다.

"우왓?!"

어느새 그곳에는 이글루가 생겨 있었다.

"뭐야 이게?! 조금 전까진 아무것도 없었는데!"

"방금 내가 만들었어. 연금술로."

"……연금술은 참 편리하구만."

글렌은 기가 막힌 얼굴로 탄식했다.

"그래서? 이게 뭐? 지금 눈 가지고 놀 때가 아니거든?"

"글렌, 쉬자."

리엘이 졸린 듯한 무표정으로 갑작스러운 제안을 하자, 글렌은 눈살을 찌푸렸다.

"뭐어? ……너, 혹시 지친 거야? 체력 괴물인 네가?"

"아니. 나랑 시스티나랑 루미아는 아마도 괜찮아. ……글렌이 쉬어야 해. 글렌은 선두에서 길을 뚫었으니…… 아마, 가장 많이 지쳤을 거야."

자신을 가만히 올려다보면서 한 그 말을 글렌은 완고하게 거절했다.

"멍청아. 나 같은 건 신경 쓰지 않아도 돼. 너희가 아직 괜찮다면……."

그 순간—.

"글렌은 쉬어야 해."

리엘이 글렌을 이글루 안으로 밀쳐 넣었다.

"뜨아?! 아니, 야! 이게 뭐하는 짓이야!"

리엘은 글렌이 화를 내도 개의치 않고 부랴부랴 이글루 안으로 들어왔다.

그리고 그 안에서 주저앉은 글렌의 옆에 가만히 앉았다.

"너, 사람 말 좀……."

"괜찮아."

묘하게 힘이 담긴 리엘의 목소리에 글렌은 무심코 입을

다물었다.
"난…… 그게…… 머리가 나쁘니까 말로는 잘 표현하지 못하겠지만…… 응. 세리카라면 분명 괜찮을 거야."
"……."
"하지만 지금의 글렌은 괜찮지 않아. 왠지 이대로 가면…… 지쳐서 죽을 것처럼 보여."
"……."
"만약 글렌에게 무슨 일이 생긴다면…… 세리카도 아마, 슬퍼할 거야. ……그리고."
"……."
"그게, 잘 모르겠지만……. 나도…… 왠지, 싫어."
글렌은 눈을 깜빡이며 리엘을 쳐다보았다.
여전히 졸린 듯한 무표정이라 무슨 생각을 하는지 파악할 수가 없었다.
"글렌이 없어지는 건, 싫어."
하지만 그 눈은 그녀 나름대로 뭔가를 호소하고 있었다.
그렇게 글렌이 바라보는 앞에서 리엘은 갑자기 품속을 뒤지더니 뭔가를 꺼냈다.
먹다 만 딸기 타르트였다.
"응. 쉬자. ……먹어."
"……나 원 참, 이 응석쟁이 녀석. ……아무래도 아직 너한테는 내가 필요한가 보구나."

글렌은 쓴웃음을 지으면서 자신에게 내밀어진 타르트를 받았다.

"그래도, 고맙다. ……그래, 일단 좀 쉴까. 마력은 그렇다쳐도 체력은 좀 회복시켜야 할 것 같으니까. ……하얀 고양이, 루미아. 너희도 들어와. 일단 휴식이다."

그러자 그런 두 사람의 모습을 옆에서 흐뭇하게 지켜보던 시스티나와 루미아가 서로의 얼굴을 마주보며 가볍게 웃음을 흘렸다.

그리고 살금살금 이글루 안으로 들어왔다.

내부는 의외로 따듯했다. 눈과 바람을 막은 것뿐인데 밖과는 전혀 달랐다.

시스티나가 휴대용 난로로 눈을 녹여서 홍차를 끓이기 시작했고 그렇게 일행은 한동안 부드러운 분위기에 잠겼다.

오른다.

……오른다.

…………또 오른다.

올라도 올라도 끝이 없는 새하얀 죽음의 은세계.

세리카의 모습은 없었다.

칼날처럼 날카로운 능선을 넘은 일행은 마침내 주위가 잘 보이는 고지대에 도착했다.

주위는 여전히 맹렬한 눈보라가 휘몰아치고 있었다. 벌써 정오를 한참 넘었을 텐데도 하늘을 뒤덮은 구름과 눈보라 때문에 주위는 여전히 어두웠다.

글렌은 낭떠러지 근처에 서서 마술적인 시각으로 지형을 확인하며 생각에 잠겼다.

'……늦지는 않을까?'

갑자기 맹렬한 불안감이 엄습했다.

'내가 세리카를 구할 수 있을까? 세리카를 구하고 그 백은룡을 해치울 수 있을까?'

그렇게 한 번 불안을 느끼자 도저히 걷잡을 수가 없었다.

'또 저 녀석들(학생들)을 의지해버리다니…… 정말 이래도 괜찮았던 걸까? 그냥 세리카와 스노리아를 버리고 저 녀석들만이라도 데리고…… 스노리아를 탈출하는…… 그런 방법을 생각해야 할 단계가 아니었을까? 하지만 난…….'

글렌이 그렇게 눈보라에 몸을 맡기고 고뇌하고 있을 때였다.

"……선생님께서 그런 얼굴을 하실 때는."

어느새 시스티나가 옆에 서 있었다.

"늘 쓸데없는 생각으로 고민하고 계신 거겠죠. ……정말 사랑이 무겁다고 해야 할지, 정이 깊다고 해야 할지."

"……하얀 고양이?"

시스티나는 글렌을 돌아보지 않고 머리카락을 손으로 누른 채 먼 곳을 바라보았다.

"선생님은 쓸데없는 생각은 하지 않으셔도 돼요."

그 말에 글렌은 무심코 눈을 깜빡이며 그녀의 옆얼굴을 응시했다.

"평소처럼 본인이 옳다고 생각한 일에…… 본인이 해야만 한다고 생각한 일에 전력으로 달리시면 돼요. 제가 평소와 같이 선생님이 달리기 편하도록 길을 다져놓을 테니까요."

"……."

"애초에 망설이는 건 선생님답지 않잖아요? ……뭐예요. 역시 이런 눈보라 때문에 마음이 좀 약해지신 거예요?"

"칫. 젠장…… 멘탈 최약인 너한테 이런 소릴 다 듣다니, 굴욕이군."

정곡을 찔려서 부끄러워진 글렌이 여느 때처럼 독설을 내뱉었다.

이제 곧 반격이 오리라 예상하고 기다렸다.

"맞아요. 하지만 선생님이 계시면 저도…… 강해질 것 같은 기분이 드는걸요."

하지만 꼭 이럴 때만 고분고분해지는 그녀의 태도에 글렌은 한 방 맞은 것 같은 기분이 들고 말았다.

"자, 마술로 주변 지형의 파악은 이걸로 끝. 선생님! 가요!"

그리고 시스티나는 글렌의 손을 잡고 걷기 시작했다.

"어, 어이!"

"저희가 반드시 구하는 거예요! 아르포네아 교수님도! 스노리아도!"

글렌을 돌아본 시스티나는 평소보다 드세고 자신만만하게 웃고 있었다.

"그리고 다 같이 살아 돌아가는 거예요!"

그런 한없이 긍정적인 모습이 너무나도 눈부시고 숭고해서 글렌의 가슴 속을 파고들던 불안도 단숨에 사라졌다.

오른다.

……오른다.

…………또 오른다.

올라도 올라도 끝이 없는 새하얀 죽음의 은세계.

그것은…… 갑작스러운 일이었다.

쿵…….

뭔가 큰 땅울림이 느껴진 것이다.

틀림없이 마술이 작렬한 소리였다.

"서, 선생님……?"

"세리카군. 가까운걸. ……주위를 살펴줘."

글렌은 경고한 후 걸음을 멈추었다.

눈앞의 작은 능선 너머에서 땅을 울리며 폭염이 터지는 것이 보였다.

"선생님, 저쪽이에요!"

"칫! 간다!"

글렌 일행은 눈을 박차며 경사면을 뛰어올랐다.

이윽고 그 정상에 오른 글렌이 아래를 둘러보았다.

그러자 분지 같은 넓은 골짜기와 산 정상으로 이어지는 급경사면이 눈에 들어왔다.

"……있다!"

그런 어두운 눈보라 속에서도 반짝이는 긴 금발.

아래쪽 공간 한가운데에 세리카의 작은 뒷모습이 보였다.

"……어? 뭐야, 저건?!"

글렌이 얼빠진 비명을 질렀다.

세리카의 앞에 마치 거인처럼 거대한 얼음 망령이 서 있었기 때문이다.

"얼음 망령……?! 커! 아무리 그래도 너무 크잖아!"

"선생님! 저건 분명 집합령이에요! 아르포네아 교수님을 막으려고 이 주변 일대의 망령들이 모여서 거대화한 거예요!"

"그런……! 아무리 아르포네아 교수님이라도 저런 거대한 괴물을 상대로는……!"

"응. 글렌, 구하러 가자."

루미아가 고위 정화 주문의 발동 촉매인 향유를 꺼냈고 리엘은 대검을 들었다.

"그래! 가자, 짜식들아……!"

그리고 글렌은 세리카를 지원하기 위해 단숨에 경사면을 뛰어 내려갔다.

"《뒈져》어어어어어어어어어어어어어어!"

세리카가 뭔가 주문을 외쳤다.

설원 위를 홍련의 불꽃이 선을 그리며 질주했다.

그리고 거인의 발밑을 에워싸더니 한층 더 종횡무진 바닥을 누비고 다녔다.

이윽고 진홍의 선은 복잡하게 문자를 그리고 오망성을 구성한 후 거대한 불꽃의 마술법진을 형성했다.

다음 순간, 그 법진에서 지옥의 업화가 하늘을 찌를 듯한 기세로 솟구쳤다.

그 불기둥은 이미 불꽃이 아니라 플라스마에 가까웠다. 진홍의 프로미넌스였다.

—키샤아아아아아아아아아아아아아아아아아아아!

당연히 그런 프로미넌스에 온몸이 집어삼켜진 얼음 거인은 눈 깜짝할 사이에 소멸했다.

강적처럼 보였던 외견과 반대로 전투는 싱겁게 막을 내렸다.

"거짓말~ 진짜로?"

그 황당한 광경에 넋을 잃은 글렌은 바닥에 머리부터 처박혀서 경사면을 미끄러져 내려왔다.

"저, 전부 자기 힘으로……."

"역시 아르포네아 교수님……."

"응. 세리카. 너무 강해."

시스티나와 루미아도 쓴웃음을 흘렸고 리엘도 미묘한 표정을 지었다.

"참 나, 역시 저 녀석은 규격 외라니까…… 제길."

할 일이 없어진 글렌은 눈 위에 턱을 괴고 엎드린 자세로 세리카의 믿음직한 등을 바라보았다.

"어라? 혹시…… 저 녀석, 이대로 혼자 여유 있게 백은룡도 퇴치할 수 있는 거 아닌가? 우리의 힘 따윈 필요 없었다는 결말? 걱정해서 손해 본 거야?"

글렌이 토라진 얼굴로 한숨을 내쉰…… 순간.

멀리서 세리카의 몸이 갑자기 기울더니 그 자리에 실이 끊어진 인형처럼 쓰러지고 말았다.

"……?! 세리카?!"

"교수님?!"

글렌은 황급히 일어나더니 단숨에 경사면을 타고 세리카에게 달려갔다.

"야, 세리카! 갑자기 왜 그래! 정신 차려! 세리카!"

그리고 짜증스럽게 눈을 헤치며 세리카에게 다가가 그녀의 몸을 안아들었다.

"세리……."

세리카의 몸에 닿은 글렌은 무심코 경악했다.

의식을 잃은 세리카의 안색이 새파랗게 질렸을 뿐만 아니라 몸도 매우 차가웠기 때문이다.

"……마나 결핍증?! 역시 너…… 무리했잖아!"

사실 현재 세리카의 캐퍼시티는 예전만큼 절대적인 수준

이 아니었다.

마황인장 아르 칸과의 전투에서 영혼에 타격을 받은 후로 대폭 격감했기 때문이다. 마력 농도 자체는 여전히 세계 최고봉인 덕분에 마술의 위력은 변함없었지만…… 그래도 지금 상태로 장기전은 무리였다.

아마 그녀는 여기 오기까지 수없이 많은 전투를 거쳤을 것이다. 하물며 여긴 가만히 서 있기만 해도 마력이 소모되는 극저온의 세계다. 그러니 세리카가 쓰러진 것은 지극히 당연한 결과였다.

"괘, 괜찮으실까요?!"

"아니, 위험해! 이 녀석, 【에어 컨디셔닝】을 유지하는 것도 곤란할 정도로 마력이 바닥을 드러냈어. ……마력 결핍증과 저체온증의 합병증이야! 지금 당장 어떻게 하지 않으면 진짜 목숨이 위험할지도 몰라!"

"아, 알겠어요! 아무튼 제가 불을 지필게요!"

"그럼 전 법의 주문(힐러 스펠)으로 생명 유지를 시도할게요!"

"응! 난, 이글루 만들게!"

세 소녀도 세리카를 구하기 위해 분주히 움직이기 시작했다.

하지만 그 순간.

낮은 땅울림이 고막을 두드렸다.

"뭐, 뭐죠? 이 소리는……?"

"설마 백은룡이……?"

시스티나와 루미아는 불안한 얼굴로 주위를 살폈다.
리엘도 대검을 들고 빈틈없이 자세를 낮추었다.
그러나 글렌은 아연실색한 얼굴로 산 정상으로 이어지는 급경사면을 올려다볼 수밖에 없었다.
"잠깐, 진짜야……? 농담이지……?!"
그리고 새파랗게 질린 얼굴로 뺨을 실룩이며 신음을 흘렸다.
"선생님? 대체 왜 그러세요?"
시스티나도 따라서 그쪽을 올려다본 순간, 산 정상으로 이어지는 경사면 위쪽에서 하얀 연기 같은 것이 보였다.
게다가 점점 기세를 더하며 이쪽으로 다가오는 것 같았다.
낮은 땅울림도 점차 강해졌고 마침내 모두가 저것의 정체를 확실히 인식했다.
홍수처럼 밀려오는 대량의 눈이었다. 그것이 경사면을 타고 흘러내리는 것이었다.
"설마…… 눈사태?!"
그제야 시스티나의 얼굴도 새파랗게 질렸다.
"이 멍청이가 생각 없이 마술을 마구 갈겨댔기 때문이지! 젠장할!"
장난스럽게 투덜대는 글렌의 표정에도 전혀 여유가 없었다.
이러는 사이에도 눈사태는 시시각각 눈앞으로 밀려오고 있었다.
"위험해! 여긴 저 눈사태의 직격 코스야! 망할!"

주위를 날카롭게 살핀 글렌은 머릿속의 지식을 고속으로 확인했다.

저 눈사태의 규모, 특성, 주위의 지형. 거기서 고려할 수 있는 안전지대는…….

"하얀 고양이! 루미아를 짊어지고 《슈투름》을 써! 그리고 저쪽 능선 위로 올라가! 거기라면 눈사태를 피할 수 있을 거다!"

요행으로 발견한 글렌은 이쪽보다 한층 더 높은 능선을 가리키며 지시를 내렸다.

"지금의 너라면 한 사람 정도는 데리고 갈 수 있을 거야! 리엘! 하얀 고양이가 만에 하나라도 실수할 때를 대비해서 보조해! 네 신체능력이라면 가능할 테니…… 부탁한다!"

"서, 선생님은 어쩌시려구요!"

"나는…… 세리카를 어떻게든 해보마!"

글렌은 축 늘어진 세리카의 몸을 업고 일어났다.

"그, 그치만……."

"시끄러! 아무튼 서둘러! 남 걱정할 때가 아니라고! 어서 안전지대로 올라가! 이대로 가면 전멸이라고……!"

그런 글렌의 긴박한 외침에 등을 떠밀린 시스티나, 루미아, 리엘은 그가 가리킨 방향으로 달려갔다.

"하앗!"

시스티나는 루미아를 부축한 상태로 《슈투름》을 써서 경사면을 뛰어 올라갔다.

원래 다른 사람의 무게를 짊어질 때는 정밀도와 속도가 극단적으로 떨어지기 쉬운 마술이었지만, 시스티나의 생존 본능이 그것을 간신히 제어해냈다.

몇 번이나 공중에서 균형을 잃을 뻔했지만 아슬아슬한 선을 유지했다.

만에 하나 속도를 잃더라도 뒤에서 따라오는 리엘이라면 어떻게든 해줄 거라는 안심 속에서 마술을 유지한 시스티나는 무사히 글렌이 가리킨 능선의 정상에 착지했다.

"하아……! 하아……! 서, 성공했어……! 기적이야……!"

"고, 고마워. 시스티……."

긴장 때문에 온몸이 땀으로 흠뻑 젖은 시스티나가 바닥에 엎드리자 루미아가 옆에서 감사를 표했다.

"응. 여유."

이어서 리엘도 가벼운 발소리를 내며 시스티나 옆에 도착했다. 그녀의 탁월한 체술은 이 설산에서도 건재했는지 마치 토끼처럼 재빠른 몸놀림으로 눈 위를 주파한 것이다.

"선생님은?!"

"아직 밑에……!"

시스티나가 뒤를 돌아보자 글렌은 아직 훨씬 아래쪽에 있었다.

"아직도 저기에?! 서, 선생님! 서두르세요, 선생님!"

"제, 젠장……!"

하지만 세리카를 업은 글렌은 그 자리에서 무릎을 꿇고 말았다.

【피지컬 부스트】에 마력을 완전히 쏟아 부어 단숨에 올라갈 생각이었는데 몸이 뜻대로 움직이지 않았다.

'이거 곤란한데……. 역시 나도 한계였어……!'

아무리 캐퍼시티에 차이가 있다지만 교사인 자신이 학생 앞에서 이런 꼴사나운 모습을 보이게 될 줄이야.

무력함에 이를 악물 수밖에 없었다. 몸이 무거웠다. 다리가 움직이지 않았다. 숨이 막혔다. 마음은 급한데 몸이 전혀 움직여주지 않았다. 완전히 기진맥진한 상태였다.

'이거 참…… 하다못해 군 시절의 나였다면……. 나도 슬슬 단련을 다시 시작해야겠구만…….'

멍하니 그런 생각을 하는 글렌을 향해 눈의 홍수가 무자비하고 맹렬하게 짓쳐들었다.

"선생님……?!"

시스티나는 참다못해 《슈투름》으로 글렌에게 달려가려 했다.

"오지 마! 이미 늦었어! 애초에 네 힘으로 두 사람을 짊어지는 건 무리잖아?!"

하지만 글렌은 상황을 냉정히 판단하며 그런 그녀를 제지했다.

"그, 그런……! 이런 건……!"

"선생님……!"

"글렌…… 농담이지……?"

"괜찮아! 내가 이 정도로 죽을 것 같아?!"

글렌은 얼굴이 창백하게 질린 소녀들을 향해 힘차게 웃으며 외쳤다.

"하지만……! 하지만……!"

"안심해! 날 믿어!"

글렌은 목을 쥐어짜 내며 큰 소리로 외쳤다.

"리엘! 하얀 고양이와 루미아를 부탁한다! 어디 안전한 곳에서 구멍을 파고 야영이나 하고 있어! 나중에 반드시 너희를 데리러……!"

그 말을 마지막으로 글렌과 세리카는 무자비한 질량에 휩쓸려 모습을 감추고 말았다.

"서, 선생니이이이이이이이이이이이이이이이임!"

시스티나의 비통한 절규가 산간에 메아리쳤다.

그리고 그 순간, 하얀 거산이 통곡했다.

한층 더 기세를 더한 눈보라에 농밀한 안개가 섞이기 시작했다.

화이트아웃 현상.

폭력적으로 도래한 눈과 가스가 소녀들의 시야를 흰색으로 완전히 덧칠하며 세상의 윤곽조차 지워버리고 말았다.

제8장 눈의 유적

"하아아아아아아아아아앗!"

콜레트의 이글거리는 불꽃을 두른 상단 뒤돌려차기가 얼음 망령의 머리를 분쇄했다.

"자, 갑니다……!"

프랑신이 보낸 하얀 천사의 레이피어가 얼음 망령을 벌집으로 만들었다.

"후읏!"

지니가 휘두른 쌍검이 X자를 그리면서 얼음 망령을 4분할로 찢어버렸다.

그리고 세 사람은 눈을 밟고 서로의 등을 맞댄 자세로 모여 주위를 경계했다.

"헉, 헉…… 이번에는 이 정도인가?!"

눈보라가 거칠게 휘몰아치는 가운데 콜레트가 하얀 입김을 흘리며 권투자세로 주먹을 들었다.

"그런 것 같네요. ……언제 다음 공세가 올지 모르지만요……."

프랑신은 일단 주위에서 움직이는 망령이 사라진 것을 확인한 후 천사를 돌려보냈다.

근처에서 싸운 성 릴리 마술여학원의 학생들도 일단 숨을 내쉬고 전투태세를 해제했다.

"……한 번 진지로 돌아가죠, 아가씨. 적의 공세도 산발적으로 바뀌었고 수도 줄어들었지만…… 아직 습격이 더 있을 거라고 보는 편이 타당할 테니까요."

"예. ……오늘은 긴 밤이 될 것 같네요."

지니의 담담한 목소리에 프랑신은 고개를 끄덕였다.

"자네들, 다친 데는 없나?!"

그러자 경비대의 대장이 몇 명의 부하를 데리고 세 사람을 향해 달려왔다.

"이번에도 수고 많았다! 자, 얼른 이쪽으로 와! 따듯한 음료를 준비했으니까!"

얼음 망령들의 공세에는 간격이 있었다. 아무래도 북쪽에서 집단을 이루고 산발적으로 내려오는 모양이었다.

그래서 프랑신 일행과 경비대는 화이트타운 북쪽 시가지에 바리케이드와 진을 치고, 습격이 있을 때마다 그쪽을 서둘러 대처하는 요격 방식을 취하는 중이었다.

하루 동안 그런 식으로 싸움을 거듭했고 벌써 저녁.

밤이 가까워질수록 추위도 강해졌고 원래 어두웠던 세상도 한층 더 짙은 어둠에 감싸였다.

"그건 그렇고 지금은 간신히 버티고 있지만…… 자네들에게도 한계가 있겠지?"

대장은 걱정스러운 눈으로 프랑신 일행을 바라보았다. 딱히 큰 부상은 없었으나 거듭된 전투로 소녀들의 단정한 얼굴에는 짙은 피로가 드러나 있었다.

물론 지친 건 그녀들뿐만이 아니었다. 경비관과 자경단원들도 망령을 막고 시민들을 필사적으로 피난시키느라 완전히 너덜너덜해진 상태였다.

"정말로 이 화이트타운은…… 스노리아는 멸망을 벗어날 수 있을까?"

이런 앞이 보이지 않는 불안한 상황 속에서 대장이 무심코 약한 소리를 한 순간이었다.

"괜찮아!"

"괜찮아요!"

"……뭐, 아마 괜찮을 겁니다."

콜레트, 프랑신, 지니가 동시에 외쳤다.

"어, 어째서 그렇게 단언할 수 있는 거지? 자네들도 봤지 않은가. 그 백은룡을……."

사실 대장도 가까스로 백은룡의 존재를 기억한 소수의 인간 중 하나였다.

그 백은룡을 해치우지 않으면 스노리아가 멸망한다는 것을 알고 있기에, 그 용을 봤을 때의 절망감이 되살아날 때마다 나쁜 상상이 떠오르는 것을 억누를 수가 없었다.

"그리고…… 조금 전에 아베스타 산봉 중턱에서 눈사태가 관측됐다는 소식도 들었을 테지? 어쩌면 토벌대는 그 눈사태로 전멸했을지도 몰라. ……그런데도 어째서 자네들은 그렇게까지 강하게 단언할 수 있는 거지……?"

최전선에서 싸우는 아이들에게 어른이 할 말은 아니라는 것은 알고 있지만, 이것은 현재 이 도시를 필사적으로 지키며 싸우는 이들의 마음속을 대변한 말이기도 했다.

이 극한 상태와 피로가 자연스럽게 마음을 약하게 만들었기 때문이다.

그러나—.

"선생님이 있으니까! 우리 선생님은 저런 하찮은 도마뱀한테 질 사람이 아니라고!"

"맞아요! 그 분은 반드시 저희를 구해주실 거예요! 그 분은 지혜와 용기로 자신의 운명과 미래를 헤쳐 나가는 「진정한 마술사」이신 걸요!"

콜레트와 프랑신은 그 글렌 선생이라는 사람에 대한 무한한 신뢰가 깃든 눈으로 힘차게 단언할 뿐이었다.

"거 참, 어른인 우리가 똑바로 정신 차려도 모자랄 상황인데 설마 학생인 자네들에게 격려를 받을 줄은……."

대장이 쓴웃음을 지으며 반성한 그때였다.

"카이트 대장님! 놈들이 또 왔습니다! 이번에는 3번가 방면입니다! 수는 열넷!"

전령 역할을 맡은 경비관이 숨을 헐떡이며 달려왔다.

"그런가! ……미안하군. 쉬기 전에 한 번 더 부탁해도 되겠나?"

"맡겨만 줘!"

"맡겨주세요!"

"……하~ 귀찮아라."

그렇게 기운차게 대답한 세 사람은 다음 전장을 향해 눈을 박차며 달려갔다. 그리고 성 릴리 마술여학원의 학생들도 바로 그 뒤를 따랐다.

대장은 그런 소녀들의 뒷모습을 바라보면서 생각에 잠겼다.

'믿음직하군. ……하지만 저 아이들에게도 한계가 있는 건 사실……'

프랑신 일행은 지금까지 계속 멋진 활약을 보여줬지만 역시 처음에 비하면 많이 지친 것은 일목요연했다.

'새벽까지 결판이 나면 좋겠는데……'

대장과 다른 경비관들은 아베스타로 향한 글렌 일행을 떠올리며 다시 몸과 마음에 기합을 넣었다.

——.

"……푸핫!"

눈에 파묻혔던 글렌이 눈 속에서 얼굴을 드러냈다.

"……칫. ……이거 참, 난처하게 됐는걸……."

그리고 애써 눈 위로 기어 나온 후, 마찬가지로 눈 속에 파묻혔던 세리카의 겨드랑이 밑에 팔을 두르고 밖으로 끄집어냈다.

"뼈가 부러진 데는 없군……. 어떻게 살긴 살았나……."

생존 비결은 흑마 【그래비티 컨트롤】로 체중을 줄이고 백마 【워터 브리징】으로 호흡을 확보한 덕분이었다. 물론 오른손으로 입가를 가려서 공기 주머니를 만드는 눈사태 대책의 기본도 잊지 않았다.

이렇게 하면 눈사태에 휘말려도 깊이 파묻히지 않고, 기절만 하지 않는다면 주문도 영창할 수 있었다. 마술만 쓸 수 있으면 그다음은 어떻게든 해결할 수 있기 마련이다.

뭐, 그래도 거의 도박에 가까웠지만 성공한 모양이었다.

"그건 그렇고…… 여전히 위기는 위기인가……."

글렌은 아직도 의식이 없는 세리카를 옆으로 안아들고 주위를 둘러보았다.

아무래도 이곳은 산 사이에 생긴 좁은 계곡 아래인 것 같았다.

주변 일대에 쌓인 눈과 휘몰아치는 눈보라도 변함없었고, 눈사태에 휩쓸린 탓에 정규 루트에서도 많이 벗어난 듯했다.

눈사태만 아니었다면 절대로 발을 들일 리 없는 장소였을 터.

'뭐, 그 녀석들은 괜찮겠지. 아무튼 제국 궁정 마도사단에서도 손꼽히는 서바이벌의 달인인 리엘이 붙어있으니까. 역

시 문제는 이쪽이야. ……아니, 세리카겠지.'

글렌은 품속의 세리카를 내려다보았다.

동사 일보 직전이다. 한시라도 빨리 조치를 취하지 않으면 정말로 목숨이 위험하리라.

'젠장…… 죽지 마! ……죽지 말라고!'

글렌은 이 극저온 속에서도 속이 타들어갈 것만 같았다.

'하지만 어쩌면 좋지? 이 극한의 눈보라 속에서 이 녀석이 안전하게 쉬게 할 만한 장소를 쉽게 찾을 수 있을 리가…….'

글렌이 지푸라기에 매달리는 심정으로 주위를 살피자 기적이 일어났다.

몇 미트라만 더 떨어져 있었어도 눈보라에 가려서 보이지 않았으리라.

날카롭게 깎인 절벽의 바위 표면에 반쯤 눈으로 뒤덮인 동굴 입구가 눈에 들어온 것이다.

"세, 세상에……! 살았다! 땡큐, 신님!"

세리카를 안아 든 글렌은 마치 불속으로 뛰어드는 부나방처럼 비틀거리며 동굴로 이동했다.

"……젠장……."

세리카를 끌어 안은 채 눈을 쓸고 간신히 동굴 안으로 들어왔다.

여긴 원래 갱도였던 모양인지 천연 동굴이라고 보기에는

인간의 손을 탄 흔적이 많이 남아 있었고 사람 키 정도 크기의 구멍이 안쪽으로 길게 이어져 있었다.

"헉…… 헉……."

동굴 안의 눈이 닿지 않는 곳까지 온 글렌은 세리카의 몸을 살며시 바닥에 눕혔다.

그리고 곱아서 떨리는 손으로 나이프를 꺼내고 주위의 바위와 바닥에 룬을 새겨서 외부의 냉기를 차단하는 결계를 펼쳤다.

"……아직이야. ……버텨라, 내 마력…… 의식아……!"

글렌은 마력 결핍증이 오는 것을 느끼며 작업을 계속했다.

주문을 중얼거리면서 나이프로 바닥에 작은 마술법진을 새겼다. 그것이 새겨진 선을 따라 붉게 달아오르기 시작하자, 글렌은 품속에서 홍연석(紅燃石)이라 불리는 마정석을 몇 개 꺼내어 올려놓았다.

펑!

그러자 돌이 소리를 내며 세차게 타오르더니 모닥불로 변모했다.

어두운 동굴이 밝아지고 하늘의 축복 같은 열기가 글렌의 뺨을 그을렸다.

생명의 불꽃이다. 힘차고 눈부신 그 빛에 무심코 웃음이 나왔고 눈시울에 눈물이 고였다.

"하하…… 해냈다고 망할…… 콜록! 후우…… 좋아……!"

그리고 마지막 힘을 쥐어짜서 세리카를 모닥불 옆에 눕혔다.

"남은 건……."

한시라도 빨리 세리카의 얼어붙은 몸을 덥히는 것이었다. 하지만 이런 작은 모닥불로는 얼마나 시간이 걸릴지 알 수 없었다.

게다가 글렌 자신도 한계였다. 이제 마술을 쓰면 목숨이 위험할지도 몰랐다.

"……뭐, 약속된 전개지만 그걸 할 수밖에 없나."

바로 결심한 글렌은 세리카의 옷을 벗기기 시작했다.

앞섶을 풀고, 단추를 풀고, 젖어서 무거워진 방한용품과 스웨터를 벗기고, 차갑게 젖어서 투명해진 블라우스를 벗기고, 내의와 브래지어를 팔 사이로 슬쩍 빼냈다.

양어머니나 다름없었던 여성의 옷을 벗기는 행위에서 배덕감이 등을 타고 스멀스멀 기어 올랐지만 지금은 이를 악물고 참았다.

이윽고 세리카의 미의 여신처럼 새하얗고 요염한 나신이 작은 불꽃 앞에서 흐릿하게 모습을 드러냈다.

"용서해라."

글렌도 옷을 벗어서 상체를 드러낸 속옷 차림이 되었다.

그리고 자신의 방한용품과 코트를 바닥에 깔고 배낭에서 큰 모포를 꺼내 두른 후 세리카를 끌어안았다. 그녀의 부드러운 어깨와 등에 손을 두르고 잘록한 허리를 당겨서 몸을 밀착시킨 채 바닥에 누웠다.

마치 얼음덩어리를 안고 있는 것처럼 차가운 세리카의 몸. 세리카의 피부가 닿는 곳마다 저릿거리는 듯한 통증에 시달렸다.

바로 체온을 빼앗겨서 식어가는 자신의 몸.

하지만 그래도 글렌은 세리카를 놓지 않았다. 자신의 체온을 그녀의 몸에 새겼다. 마치 생명을 나누어주려는 것처럼…….

'죽지 마라…… 제발……! 이런 데서 죽지 말라고……!'

필사적으로 기도하듯 세리카의 몸을 계속 강하게 끌어안았다.

그저 일렁이는 불꽃의 그림자와 탁탁 튀는 불소리만이 이 공간을 계속 지배하고 있었다.

——.

—그렇게 얼마나 시간이 흘렀을까.

"……으……응……?"

조용히 불똥이 튀는 소리가 어둠에 파묻혀 있었던 의식의 틈바구니를 찔렀다.

기분 좋은 열기가 자신의 바로 가까이에 있는 것이 느껴졌다.

진창 속의 거품이 천천히 떠오르는 것처럼 세리카의 의식이 각성하고, 이윽고 무거운 눈꺼풀이 들렸다.

"……여, 여긴……?"

"정신 차렸어? 세리카."

자신을 부르는 목소리에 시선을 돌리자 바로 옆에서 상체를 드러낸 글렌이 몸을 일으킨 채 고개를 돌리고 있는 것이 보였다.

"……글렌……?"

세리카는 신음을 흘렸다. 몸이 터무니없이 노곤했다.

아직 의식이 흐릿한 그녀는 천천히 자신의 기억을 더듬기 시작했다.

그리고 동시에 자신이 처한 상황을 인식했다. 자신과 글렌이 한 모포를 덮고 동침 중이라는 것을 눈치챘다.

"~~~~?!"

이윽고 자신이 알몸이라는 것을 깨달은 세리카는 새빨개진 얼굴로 황급히 가슴을 가렸다.

"아, 아앗?! 야, 글렌! 너, 아무래도 이건……!"

그런 상상을 해버린 세리카는 한동안 입을 금붕어처럼 뻐끔거리며 말을 잇지 못했다.

하지만 곧 타고난 총명함으로 자신들이 이런 상황에 처한 이유를 짐작하고 한숨을 내쉬었다. 그래도 역시 부끄러운지 뺨을 붉히고 시선을 피하고 말했다.

"……그렇군. ……네가 와준 거였어."

"……뭐, 그렇지."

글렌의 태도는 퉁명스러웠다.

잠시 어색한 침묵이 감돌았다.

조용히 타오르는 모닥불 소리와 일렁이는 그림자만이 이 공간에 변화를 주고 있었다.

이윽고 그런 침묵을 견디다 못한 세리카가 조용히 입을 열었다.

"……화난 거야?"

"당연하지."

글렌은 즉답했다.

"저기…… 그렇게 내가 미덥지 못해?"

세리카는 글렌의 책망하는 시선을 피하듯 고개를 돌렸다.

"네가 또 뭘 고민하는지는 몰라. 뭘 짊어지고 있는지도 몰라. 하지만 난 그런 너를…… 가족으로서 곁에서 힘이 되어주고 싶다고…… 생각해."

"……."

"……하지만 나로는 안 되는 거야? 나로는 네 힘이 되어줄 수 없는 거야? 약한 데다 보잘 것 없는 존재인 나로는…… 네 옆을 걸을 수조차 없는 거냐고."

글렌이 분한 목소리로 속마음을 털어놓은 순간—.

"……아니야……. 그런 게 아니야, 글렌……."

세리카는 당장에라도 눈물을 흘릴 듯한 표정으로 대답했다.

"난…… 기억을 떠올렸어. ……그래서 소중한 가족인 너를…… 말려들게 할 수 없었던 거야……."

"그게 대체 무슨……?"

"들어봐, 글렌. 백은룡을 저렇게 만든 건…… 아마도 나야."

글렌은 보기 드문 진지한 표정으로 세리카의 눈을 들여다보았다.

거짓말이나 농담은 아닌 듯했다.

"……자잘한 것까지는 아직 기억나지 않아. 하지만 백은룡을, 인간에게 죽음을 내리는 저런 악귀로 만든 건…… 나야. 지금 이 스노리아가 멸망의 위기에 처한 건…… 널 위기로 내몬 건…… 바로 나였다고……!"

그렇게 단언한 세리카는 원통하게 눈을 감았다.

글렌은 그녀의 말뜻을 전혀 이해할 수 없었다. 하지만 세리카가 그렇게 확신한 이상 뭐라 해도 소용없으리라.

무엇보다 저 백은룡이 한 말을 옆에서 들은 글렌 자신도 틀림없이 세리카와 백은룡 사이에는 뭔가가 있으리라고 생각했기에…….

"저기, 글렌. 앞으로 얼마나 남았을까? 내가 너와 이렇게 가족으로 있을 수 있는 건."

그런 말을 중얼거리는 세리카에게 글렌은 아무것도 대답할 수 없었다.

"나는 네 덕분에 내 『이모탈리스트』 체질을 받아들일 수 있었어. 내 정체가 뭐든 가족이라고 말해준 네 덕분에 구원받았지. 이제 기억나지도 않는 사명 따윈 아무래도 상관없다고…… 그렇게 생각했었지."

"……."

"하지만…… 역시 무리였어……!"

갑자기 고뇌에 찬 표정으로 그렇게 외친 세리카는 글렌의 팔을 강하게 움켜잡았다.

"요즘 내 안에서 속삭이는 《내면의 목소리》가 점점 커지고 있어! 넌 여기에 있어야 할 존재가 아니라고! 사명을 다하라고! 있어야 할 곳으로 돌아가라고! 지난 달 소동에서 《철기강장》과 《불꽃의 배》를 봤을 때부터야! 내 안에 잠든, 내가 모르는 누군가가 점점 눈을 뜨고 있어. 그리고 그 백은룡도……. 이젠 얼버무릴 방법이 없잖아……."

"……세리카."

글렌은 자신의 팔에 매달린 그녀의 이름을 중얼거렸다.

"아마도 내가 아직도 떠올리지 못한 이 사명은「저주」인 거겠지. 절대로 벗어날 수 없는 숙명인 거야. 남루스가 그러더군. ……난 언젠가 반드시 사명을 떠올리고 정체를 되찾아서 사명을 다할 거라고. 분명 그건…… 확정된 미래인 거야."

"……."

"요즘 자주 꿈을 꿔. 아마 그건 내가 잃어버린 과거의 단편…… 그 꿈속에서의 나는 낯선 장소에서 기묘한 옷을 입고 이 세계에 대한 광기어린 증오와 분노를 불태우면서 처참한 살육을 반복하고 있었어. ……요 4백 년 동안 꽤 거칠어진 시기는 있었지만…… 그런 건 비교조차 되지 않을 정도로.”

“…….”

“난 알아. 그 살육이 내 잃어버린 사명과 관계가 있는 거겠지. ……글렌. 그런 죄를 범하면서까지 이뤄야만 하는 사명이라는 게…… 대체 뭘까?”

—어차피 꿈은 꿈이잖아? 그게 사실인지는 알 수 없어.

하지만 정신적으로 궁지에 몰린 세리카에게 그런 값싼 위로를 할 수는 없었다.

그렇게 망설이는 글렌 앞에서 세리카는 자신의 머리를 감싸 쥐었다.

“글렌. 가까운 시일 내에 내가 내 정체를 떠올리고, 잃어버린 과거를 되찾아서…… 그 「사명」과 마주했을 때…… 과연 내가 나로 존재할 수 있을까? 네 곁에 있을 수 있을까?”

세리카는 고개를 들고 글렌을 올려다보았다.

평소의 눈부실 정도로 오만불손하고 자신감이 넘치는 표정은 어디에도 찾아볼 수 없는 얼굴로…….

“두려워……. 두려워서 견딜 수가 없어, 글렌. 죽는 건 딱히 두렵지 않아. 그저…… 너와 함께 있을 수 없게 되는 게 두려울 뿐이야…….”

그저 어미 새를 찾는 아기 새 같은 눈으로 약해진 세리카가…… 거기에 있을 뿐이었다.

'……그런가. 그런 거였어.'

떨고 있는 그녀의 모습에서 글렌은 납득했다.

분명…… 세리카가 계획한 이 여행은 장례식 준비 같은 것이었으리라.

글렌으로서는 그녀의 심정을 완전히 이해할 수 없었지만, 세리카는 「자신이 언젠가 자신이 아니게 된다」는 강박관념에 가까운 확신을 가지고 있었다.

그래서 적어도 그때까지는 따스한 시간을…….

세리카는 곧 찾아올지도 모르는 글렌과의 이별을 대비해서 즐거운 추억을 만들려고, 후회를 남기지 않으려고 이런 곳까지 그를 끌고 온 것이다.

그리고 혼자서 무모한 용 퇴치에 나선 것은…… 속죄. 혹은 이유를 만들기 위해…….

자신은 여기에 있어도 된다고—.

자신은 글렌의 곁에 있을 자격이 있다고—.

자신을 납득시키고 싶었던 것이다. 자신을 긍정하고 싶었던 것이다.

글렌이 긍정해주길 바랐던 것이다.

과거에 글렌이 피로 물든 자신이 여기 있어도 된다고 납득하기 위해, 자신의 몸을 희생하면서까지 학생들을 위해 싸웠던 것처럼…….

"뭐랄까…… 닮은꼴이네. 우리는."

그 순간, 글렌의 입에서 그런 작은 목소리가 튀어나왔다.

"뭐?"

세리카는 눈물이 고인 눈으로 글렌을 바라보았다.

글렌은 그런 세리카의 머리를 마치 아이를 달래는 것처럼 우악스럽게 쓰다듬으며…… 말했다.

"나도…… 그랬어. 너랑 똑같았지."

글렌은 눈을 깜빡이는 세리카에게 힘차게 웃어주었다.

"값싼 위로 같은 건 안 해. 입바른 말도. 확실히 넌…… 과거에 뭔가 터무니없는 일을 저질렀던 거겠지. 솔직히 넌 제대로 된 인간이 아닐 거야. 그건 이미 예전부터 알고 있었어."

"글렌……."

"하지만 역시 그래도 관계없어. 관계없다고."

글렌은 온화하게 웃으며 말했다.

"넌 너야. 사명이나 과거 때문에, 고작 그런 것 때문에 너와 내 관계가 바뀔 리는 없어. 전에도 말했잖아? 우리는 가족이니까."

"……나는."

세리카는 뭔가를 말하려다 끊더니 약한 목소리로 어물거리며 말했다.

"네가 기겁할 정도로 사악한 범죄자였을지도 모르는데……? 그래도 넌……?"

"그래, 관계없어."

글렌은 즉답했다.

"네가 잃어버린 사명이 옳은 일이라면 난 전력을 다해서 네 힘이 되어줄게. 잘못된 일이라면 두들겨 패서라도 널 막겠어. 과거에 죄를 범했을지도 모른다고? 이미 저지른 건 어쩔 수 없지. 그땐 네 속죄를 도와줄게."

"……글렌."

"안심해. 네 정체가 뭐든 우리가 헤어질 일은 절대로 없어. 질긴 인연이야. 끊으려야 끊을 수 있는 게 아니지. …… 가족이란 건 원래 그런 거야."

세리카는 눈을 깜빡이며 글렌의 옆얼굴을 올려다보았다.

글렌은 그런 세리카에게 말했다.

"저기, 세리카. 난 말이지……『정의의 마법사』가 되고 싶었어."

갑자기 영문을 알 수 없는 이야기가 나오자 세리카는 고개를 갸웃거렸다.

"그래서 이『정의의 마법사』가 되려고 한 원점이 뭔지 고민해봤더니 뭐,『멜갈리우스의 마법사』를 동경했기 때문이기도 했지만…… 애당초 내가 왜 그렇게까지 마법사나 마술사를 특별한 존재로 본 거냐는 이야기로 귀결되더군."

"……."

"아마도…… 난 네가 되고 싶었던 걸 거야."

세리카는 숨을 삼키고 눈을 부릅떴다.

"『정의의 마법사』가 되는 건 수단이나 과정이었을 뿐…… 분명 너처럼 되고 싶었던 거겠지. 돌이켜보면 글렌으로서의 내 기억은 어둡고 추운 어둠 속에 갇혀있었을 때, 네가 별안간 지독한 낯짝으로 구해줬을 때가 시작이었어."

"……."

"그 절망의 심연에서 날 아무렇지 않게 구해준 마법사…… 이해하겠어? 애초에 넌 그럴 생각이 전혀 없었겠지만…… 나에게 있어서 진정한 『정의의 마법사』는 바로 너였던 거야, 세리카."

글렌은 어안이 벙벙해서 입을 다문 세리카에게 계속 온화하게 미소 지었다.

"그럼 차라리 그냥 돼버리는 건 어때? 지금부터라도 그 『정의의 마법사』가."

"지금부터……? 내가……?"

"응. 아, 딱히 군으로 복귀하라는 소리는 아니다? 다만, 넌 과거에 뭔가 터무니없는 짓을 저질렀어. 그렇다면 그걸 청산하고도 남을 만한 굉장한 마법사가 되면 어떻겠냐는 뜻이야. ……너에겐 간단한 일이잖아?"

"그, 그건……."

"그래야 비로소 내가 인생을 걸고 목표로 삼은 세계최강의 마술사, 세리카지. 내가 평생을 걸고 뒤를 쫓아야 할 정도로 앞으로도 멋진 모습을 보여줘. ……응?"

세리카는 넋을 잃고 글렌의 옆얼굴을 바라보았다. 하염없이 계속…….

그러자 글렌은 갑자기 쑥스러워졌는지 시선을 피하며 입을 열었다.

"뭐, 이렇게 잘난 듯이 말하는 나도…… 이런저런 과오를 저질렀지만, 많은 사람들의 배려와 도움 덕분에 지금 이렇게 있을 수 있는 거야. 그렇다면 나도…… 하다못해 오랫동안 알고 지낸 너 정도는 도와주고 싶어지는 게 인지상정이잖아? 그게…… 가족으로서."

"……."

이윽고 세리카는 그제야 안심한 것처럼 표정을 누그러트렸다.

"……세리카?"

"……한때의 변덕으로 거둔 그 꼬맹이가…… 내가 지켜줘야 한다고 생각했던 미덥지 못한 녀석이…… 이렇게 멋진 남자로 성장할 줄은 꿈에도 몰랐어……."

그리고 갑자기 글렌에게 몸을 기대기 시작했다.

세리카의 부드러운 몸의 감촉과 체온이 전해졌다.

"야, 무거워."

"바보. ……가끔은 솔직하게 응석을 받아달라고……."

토라진 것처럼 중얼거린 세리카는 글렌의 어깨에 얼굴을

기댔다.

그 표정은 마치 나무 그늘 밑에서 잠든 어린애처럼 편안해 보였다.

"넌 진짜 가끔 애처럼 군다니까……."

그런 세리카 앞에서 글렌도 왠지 너그러운 기분이 들었다.

뭐, 잠시 이렇게 있어주자.

글렌이 그렇게 문득 웃음을 흘린…… 순간이었다.

"아아아아아아아아아아아아아아아아아아아아앗?!"

동굴 안에 소녀의 얼빠진 비명이 울려 퍼졌다.

"지지지지, 지금 뭐하시는 거예요! 두 부우우우우우운!"

동굴 입구 근처에 세 소녀의 그림자가 보였다.

시스티나, 루미아, 리엘이었다.

"컥…… 너, 너희가 어떻게 여기에……?"

그녀들의 갑작스러운 등장에 글렌은 뺨을 실룩거리며 굳어버릴 수밖에 없었다.

"어, 엄청 걱정돼서 필사적으로 쫓아왔더니……! 아르포네아 교수님과 이, 이런 건 치사……가 아니라! 저지이이이이이일!"

그런 글렌 앞에서 시스티나는 새빨개진 얼굴로 혼란에 빠져 소란을 피워댔다.

"아와와와…… 그, 그런 느낌이구나……. 그런 거였어……."

루미아는 루미아 대로 새빨개진 얼굴을 양손으로 가렸지만 손가락 틈 사이로 글렌과 세리카의 모습으로 뚫어지게 보고 있었다.

“글렌이랑 세리카. 굳히기 기술 연습하는 거야? 그런데 왜 알몸이야?”

그저 리엘만이 상황을 파악하지 못하고 게슴츠레한 눈으로 고개를 갸웃거리고 있었다.

글렌은 뭔가를 체념한 얼굴로 자신들의 상황을 다시 정리했다.

글렌과 세리카. 둘 다 하반신은 속옷을 입고 있지만 상반신은 알몸이었다. 그런 데다 하반신은 모포 하나로 덮여서 속옷을 가리고 있으니 옆에서 보면 알몸으로 서로를 껴안고 있는 것처럼 보였으리라.

그런 두 사람이 상체만 일으킨 채 찰싹 달라붙어 있는 데다 세리카는 부끄러운 듯 한 손으로 풍만한 가슴을 가리고 있는 상태였다.

사정을 모르는 제3자가 봤을 때 과연 어떤 생각이 들었을까. 아직 어린애인 리엘이라면 모를까 꽃다운 소녀인 시스티나와 루미아는 과연 어떻게 생각했을까.

“아무리 봐도 **일을 끝낸 뒤**군요. 정말 감사했습니다.”

글렌은 얼굴을 손바닥으로 덮고 성대한 한숨을 내쉴 수밖에 없었다.

“저지이이이일! 저질저질저질저질저지이이이이이이일!”

그런 글렌에게 추격타를 가하듯 눈이 팽글팽글 도는 시스티나가 마구 악을 써댔다.

소녀의 고함이 비좁은 동굴 안에 울려 퍼져서 귀가 따가웠다.

"……아, 아니거든?! 됐으니까 진정하고 내 말 좀……!"

"시끄러워시끄러워시끄러워욧! 이바보바보바보바보옷~!"

"아와와와…… 이, 이게 어른의…… 어른의…… 아, 아으……."

"있잖아. 왜 알몸이야? 어째서?"

여느 때처럼 소란이 벌어졌다.

세리카는 그런 평소와 다름없는 네 사람을 바라보고 입가에 희미한 호선을 그렸다.

"……고맙다, 글렌. 네가 있어서 정말 다행이야."

그렇게 중얼거린 그녀는 불로 건조된 옷을 입기 시작했다.

잠시 후.

여러 가지 오해를 풀고 겨우 소동이 가라앉았다.

일동은 모닥불을 둘러싸고 앉아 얼굴을 마주보고 있었다.

"……그러고 보니 누가 조난했을 때를 대비해서 각자 마도 발신기를 가지고 있었지."

옷을 차려입은 글렌은 모닥불의 일렁임을 응시하며 혼잣말을 중얼거렸다.

손으로는 보석형 마도 발신기를 만지작거리면서…….

"죄송해요, 선생님. 좀 더 빨리 오고 싶었는데…… 그 후에 갑자기 화이트아웃이 일어나서……."

"응. 한 걸음도 움직일 수 없어서 이글루를 만들고 쉬었어."

루미아가 미안한 얼굴로 변명하자 리엘이 보충했다.

"……그럼 이제부터 어쩌실 거예요?"

그리고 뾰로통해진 얼굴의 시스티나가 가시 돋친 말투로 물었다.

역시 가장 서둘러서 정해야 할 안건은 다음 행동에 관해서였다.

시스티나는 그 문제를 다시 일행의 앞에 제시한 것이었다.

"이 장소에 너무 오래 있을 수는 없거든요? 한시라도 빨리 백은룡을 해치워야 하고…… 그리고 이런 곳에 있다간 저희의 정조도 위험할 테고?"

글렌을 지그시 노려보던 시스티나가 뭔가가 함축된 말을 흘렸다.

"그러니까 오해라고 말했잖아……."

글렌은 한숨을 내쉬고 머리를 긁적였다.

"그, 그런데…… 실제로 어쩌실 건가요? 선생님……."

루미아가 모호하게 웃으며 다시 화제를 되돌렸다.

"지금 지도로 확인해봤는데…… 눈사태로 꽤 많이 쓸려내려 왔어요. 이 위치에서 산 정상까지 가려면 지형 관계상 엄청나게 멀리 돌아가야 하는데……."

"그래, 나도 알아. 어마어마하게 시간을 낭비하겠지. 산 정상에 도착했을 쯤이면 농담이 아니라 정말로 화이트타운이 멸망했을지도 몰라."

글렌은 씁쓸한 얼굴로 이를 악물었다.

"참 나, 목숨을 건진 건 다행이지만…… 꽤 외진 곳까지 와 버렸구만그래."

"맞아요. ……여긴, 옛날에 만들어진 갱도, 일까요?"

시스티나는 주위를 둘러보고 말했다.

"이런 장소에 인공 동굴이 있었다니……."

"뭐, 이런 음침한 곳은 후딱 떠나기로 하고 문제는……."

글렌이 뭔가 말하려던 순간—.

"응. 다들, 굉장히 지쳤어. 여길 나와서 정상으로 가려면 더 지칠 거야."

상황을 눈치챈 리엘이 작은 목소리로 끼어들었다.

"여기서 더 지치면…… 그 용은 못 이겨. 아마, 분명 그럴 거야. ……이건 감."

천성적인 전투 센스를 지닌 리엘의 감이 아니라도 다들 어렴풋이 눈치챈 문제였다.

대체 어쩌면 좋을까. 이렇게 고민하는 사이에도 귀중한 시간이, 얼마 남지 않은 연료가 시시각각 줄어들고 있는데 말이다.

그야말로 사면초가. 일행이 무거운 침묵에 잠긴 순간이었다.

"……여, 여긴……? 아니…… 설마, 그런……."

조금 전부터 계속 동굴 안을 쳐다보던 세리카가 갑자기 자리에서 일어났다.

"……세리카?"

그녀는 글렌의 목소리에 대답하지 않고 비틀비틀 안으로 나아갔다.

마치 뭔가에 이끌리는 것처럼…….

"자, 잠깐…… 어디로 가는 거야? 너무 안으로 들어가면……."

"거짓말…… 난…… 이곳을 알고 있어……?"

"뭐?"

"그리고…… 누군가가 날 부르고 있어……?"

세리카는 그렇게 영문을 알 수 없는 말을 중얼거리며 계속 안으로 들어갔다.

"……야, 너희들. 움직일 준비해. ……쫓아가자. 왠지 상태가 이상해 보여."

"아, 예……."

글렌 일행은 황급히 짐을 챙기고 불을 끈 후 세리카의 뒤를 따랐다.

세리카는 동굴 안으로 들어갔다.

손끝에 깃든 마술광을 의지하며 담담히…….

'뭐지……? 머리 한 구석에서 되살아나는 이 기억은…… 대체?'

마치 재촉당하는 것처럼 걷는 세리카의 심장이 조금씩 빨라졌다.

이 동굴 안을 보고 있으면 조금 전부터 계속 머릿속에 묘한 광경이 장소를 바꾸며 섬광처럼 떠올랐다.

그것은 지금까지 꿈속에서 엿본 안개 너머의 과거와는 뭔가가 달랐다.

'마치…… 누군가가 꾸는 꿈이 내 안으로 흘러들어오는 것 같은…… 누군가의 꿈을 강제로 보고 있는 것 같은…… 그런 느낌? ……대체 왜?'

흘러들어오는 기억 속에서 자신이 모르는 자신이 누군가와 함께 이 동굴 안쪽을 향해 걷고 있었다.

'모르겠어……. 아득히 먼 옛날, 난 이 동굴을 누군가와 함께 지나친 적이…… 있었다?'

지금 세리카의 눈은 그런 자신과 누군가가 이 안쪽으로 들어가는 모습을 환시했고 무의식적으로 그 뒤를 따라 걷고 있었다.

몇 미트라 앞을 걷고 있는 환상의 자신…… 본 적도 없는 검은 로브를 걸친 자신.

그 옆에 있는 건 소녀였다.

흰 옷을 입은 어린 소녀. 그 옷은 아까 봉납 춤에서 세리카가 입은 백은룡역 의상과 왠지 분위기가 흡사했다.
그리고 논리가 아니라 영혼으로 직감했다.
지금 자신이 보는 이 환상의 기억은…… 아마 이 어린 소녀의 꿈일 것이라고…….
아마 자신은 이 소녀와 뭔가 깊은 관계가 있는 것이리라.
걷고, 걷고, 또 걸었다.
세리카는 환상의 자신과 소녀를 따라 계속 걸었다.
"야, 세리카. 진짜 왜 그러는 거야?"
약간 짜증이 섞인 글렌의 목소리도 귀에 들리지 않았다.
그저 계속 환상의 뒤를 쫓았다.
여긴 아마 과거의 폐광이리라. 복잡하게 얽힌 길을 오른쪽으로 왼쪽으로, 또 오른쪽으로—.
갱도의 안쪽, 한층 더 안쪽으로—.
손끝에 깃든 마술광을 의지해서 하염없이 걸었다.
……이윽고 그렇게 얼마나 걸었을까.
갑자기 비좁았던 시야가 단숨에 넓어졌다.
"여긴……?!"
뒤에서 글렌 일행의 놀란 목소리가 들렸다.
돌을 쌓아서 만든 원형 공간이었다. 복잡한 문양이 새겨진 원기둥이 몇 개나 솟아있었지만 천장이 워낙 높아서 끝이 보이지 않았다. 정말로 천장이 있는 건지조차 의심스러웠다.

틀림없었다. 이 공간은…….

"……거짓말! 고대유적……?! 이런 곳에 고대유적이 있었던 거야……?!"

한순간, 시스티나가 놀라움과 환희가 섞인 환호성을 질렀다.

"히익……?!"

하지만 곧 그 목소리는 비명으로 변했다.

"……참혹하군."

글렌은 인상을 찌푸리며 신음을 흘렸다.

루미아도 입을 가린 채 숨을 삼켰고 리엘은 말없이 주위를 경계했다.

이 원형 공간에는…… 무참하게 말라비틀어진 대량의 미라가 바닥에 쓰러져 있었다.

그리고 그 미라들이 걸친 특징적인 삼각두건과 흰 로브를 보건대 이들의 정체는 아마…….

"……《S·D·K》? 이 녀석들 전원, 《S·D·K》의 멤버인 건가……?"

"……."

하지만 세리카는 그 참상을 완전히 무시하고 중앙으로 나아갔다.

그곳에는 사각뿔 형태의 제단이 있었고 정면의 경사면에는 계단이 있었다.

환상의 자신과 소녀는 이 계단 앞…… 제단 꼭대기에 있었다.

세리카는 말없이 계단을 올라 꼭대기에 섰다.

그곳에서는 환상의 소녀가 뭔가에 기도하는 것처럼 손을 맞잡은 채 무릎을 꿇었고, 환상의 자신은 어떤 「열쇠」를 들고 있었다.

두 사람은 뭔가 대화를 나누었지만 그 내용까지는 들리지 않았다.

이윽고 환상의 자신은 그 소녀의 가슴에…… 「열쇠」를 꽂았다.

그리고 그것은 곧 소녀의 몸 안으로 흡수되었다.

"……?!"

무심코 눈을 부릅뜬 세리카 앞에서 열쇠가 꽂힌 소녀의 모습이 변화했다.

팔에 백은색 비늘이 돋아난 소녀의 고통스럽게 일그러진 표정을 보고 환상의 자신이 웃은 순간…….

그 환상은 아무런 전조도 없이 흔적도 남기지 않고 사라졌다.

더는 눈앞에 아무것도 보이지 않았다.

"야, 세리카…… 너, 진짜 괜찮은 거냐?"

계단을 뛰어 올라온 글렌이 세리카의 옆에 섰다.

"응? 뭐야 이건?"

그리고 제단의 한가운데로 시선을 내렸다.

그곳에는 백골 시체와 미라와…… 깨진 얼음 파편이 사방으로 퍼져 있었다.

"잠깐. 이거 영구빙정이잖아? 봉인의 마력이 느껴져. ……그게 이렇게 깨졌다는 건…… 여기에 뭔가가 봉인됐었다는 뜻인가?"

글렌은 얼음 파편을 줍고 상황을 추리했다.

"하지만 대체 뭐가……?"

그 순간—.

"글렌."

세리카가 글렌에게 등을 돌린 채 나직하게 입을 열었다.

"왜?"

"아직 모든 기억을 떠올린 건 아니야. 아니, 그보다 잃어버린 과거 대부분이 아직 새하얀 안개로 뒤덮여있지. 하지만 내 정체가 뭔지는…… 대충 알게 된 것 같아."

그 중얼거림을 들은 글렌의 표정이 딱딱하게 굳었다.

잠시 두 사람 사이에 기묘한 침묵이 감돌았다.

"……훗."

글렌이 뭐라 말을 걸어야 좋을지 몰라 당혹스러워 하자, 세리카가 갑자기 웃음을 흘렸다.

"……세리카…… 저기, 나는……."

"어이, 왜 그래? 글렌. 너무하네. 뭐야? 그 반응은. ……넌 내 정체가 뭐든 관계없다며?"

"……."

"그건 그렇고…… 이거 참 난감하네. 난 아무래도 예상보다 더 변변찮은 존재였던 모양인걸? 하하하…… 어째 나 자신도 믿을 수 없을 정도야. 하지만……."

세리카는 뒤를 돌아보았다.

그 표정을 본 글렌은 놀라움을 감출 수 없었다.

"관계없어. 난 나야. 내 정체가 뭐가 됐든 나와 넌 가족. ……그렇잖아?"

눈부실 정도로 자신감이 넘치는 미소. 평소와 다름없는 세리카가 눈앞에 서 있었기 때문이다.

"세리카……?"

"그리고 너, 나한테 『정의의 마법사』가 되어달라고 했지? 네가 평생을 걸고 뒤를 쫓아야 할 정도의 『정의의 마법사』가? 알았어. 뭐랄까~ 내 분수에는 안 맞겠지만…… 돼줄게. 그러니까……."

그 미소는 평소처럼 강렬하고 자신감이 넘쳤지만—.

"부탁이야, 글렌. 나를…… 부디 마지막까지 지켜봐줘. 설령 무슨 일이 있더라도."

—당장에라도 울음을 터트릴 것 같은 미소이기도 했다.

"선생님!"

"아르포네아 교수님!"

그 순간, 나머지 일행이 황급히 계단 위로 올라왔다.

그러자 세리카는 다시 등을 돌려 그 표정을 감추었다.

"왜 그러세요? 무슨 일이라도 있었나요?"

두 사람 사이의 기묘한 분위기를 눈치챈 시스티나가 고개를 살짝 갸웃거리며 물었다.

"아, 아니…… 그냥……."

하지만 센스 없는 글렌은 그저 모호하게 대답할 수밖에 없었다.

"자, 그럼 너희들…… 준비해."

그러자 세리카가 갑자기 그런 말을 꺼냈다.

"좀 이르지만, 용 퇴치다."

"예에?! 그게 갑자기 무슨 말씀이세요, 교수님?! 저희는 지금 이런 곳에……."

"용은 저쪽에 있어."

세리카는 고개를 들었다.

그곳에는 천장이 보이지 않는 무한한 어둠이 펼쳐져 있었다.

"그, 그게 무슨 말씀……."

"느껴져. 이유는 몰라. 하지만 난 틀림없이 용의 존재를 느끼고 있어. 용은 저기서…… 날 기다리고 있을 거다."

어안이 벙벙한 일행 앞에서 세리카는 손가락을 튕겼다. 그러자 낡은 빗자루 하나가 소환되었다. 세리카의 비행 마도기였다.

"과거, 인연, 원한, 죄…… 그런 건 이제 몰라. 현재를 살아가는 너희를 위해, 난 싸울 거다. 저 용을 쳐죽여주지. ……이게 내가 『정의의 마법사』로서 처음으로 할 일이다. 그러니까…….”

세리카는 글렌 일행을 돌아보며 말했다.

“너희도, 나에게 힘을 빌려줘.”

“무, 물론이지!”

글렌 일행은 망설임 없이 고개를 끄덕였다.

“……고맙다.”

세리카는 그런 그들을 마치 눈부신 것을 보는 것처럼, 손이 닿지 않는 것을 동경하는 것처럼…… 눈을 가늘게 뜨고 바라보았다.

제9장 대결전

상승. 상승. 상승.

짙은 어둠 속을 압도적인 파워로 한없이 상승했다.

온몸을 엄습하는 무중력의 부유감. 위에서 세차게 두들기는 압도적인 풍압.

온몸의 피가 밑으로 쏠리는 불쾌감과 혐오감을 견디면서 이대로 아득히 먼 천장을 뚫어버릴 듯한 기세로 상승했다.

시야가 엉망인 탓에 당장에라도 이 기세로 천장에 격돌할 것 같은 공포를 억누르면서 가만히 상승에 견뎠다. 견디고 또 견뎠다.

이윽고 그 인내심이 한계에 달해 무심코 비명이 터질 것 같았던 순간.

갑자기 눈앞이 은백색 세계로 변모했다.

"……?!"

빠져나왔다!

글렌은 다시 자신들의 상황을 확인했다.

빗자루 한가운데에 다리를 옆으로 모으고 앉은 세리카, 그 양 옆에는 마찬가지로 옆으로 앉은 시스티나와 루미아가 눈을 질끈 감은 채 허리에 매달려 있었다.

그리고 자신은 빗자루 꼬리에 한 손으로 매달려 있었다. 다른 한 손으로는 작은 동물처럼 옆구리에 안긴 리엘을 안고서…….

새삼스럽지만 세리카의 무모함에는 그저 어처구니가 없을 따름이었다.

머리 위로는 두꺼운 구름과 눈보라가 거칠게 휘몰아치는 넓은 하늘.

주위에는 자신들과 거의 비슷한 눈높이로 겹겹이 늘어선 눈 덮인 산들이 보였다.

그리고 바로 밑에는 방금 자신들이 통과한 구멍이 크게 입을 떡 벌리고 있었다.

'믿을 수가 없군. ……정말로 연결됐었어!'

그렇다. 이곳은 정상— 아베스타 산봉의 정상이었다.

큰 구멍이 있는 것을 빼면 의외로 완만한 지형 위에 자신들은 마침내 도착한 것이다.

"우와앗~?!"

"꺄아아아아아아아악?!"

하지만 구멍을 빠져나온 순간, 지상의 눈보라와는 비교조차 안 되는 폭풍이 글렌 일행을 옆에서 후려쳤다.

빗자루가 크게 휘청거리더니 제어를 하지 못하고 덜덜 떨리기 시작했다.

"아~ 이거 위험한걸. 역시 무리야. 바람이 너무 강해. 내린다."

세리카는 빗자루를 조작해서 그대로 근처 지면에 급강하를 시도했다.

"뜨아아아아아아앗~?!"

"꺄앙?!"

글렌 일행은 부드러운 눈 위에 내팽개쳐지듯 착지했고, 그대로 기세를 이기지 못하고 데굴데굴 굴렀다.

"야, 인마! 좀 더 스마트하게 내려달라고, 빌어먹을!"

"말도 안 되는 소리 하지 마. 이런 기류도 읽을 수 없는 정신 나간 폭풍 속에서 아무도 죽지 않게 한 내 실력을 칭찬해달라고."

글렌이 성을 냈지만 세리카는 태연하게 시치미를 뗐다.

"여전히 엉망진창인 사람이야……."

"아하하, 리엘. 괜찮니?"

시스티나와 루미아는 눈 속에 머리부터 처박힌 리엘을 꺼냈다.

세리카는 그런 일행 앞에서 말했다.

"자, 그럼 너희들. 마음의 준비는 됐어?"

"……?!"

세리카가 재촉하지 않아도 눈치챘다.

……온다.

하늘 위의 거친 눈보라 너머에서 뭔가가 다가왔다.

먼지처럼 왜소한 인간을 유린하고, 우롱하고, 압도하는 대자연의 맹위인 눈보라. 그것마저 정면으로 굴복시킨 뒤 두 쪽으로 갈라버리는 새로운 재앙의 폭풍을 날개로 일으키는 존재.

인간의 몸으로는 그 앞에 서는 것조차 오만하고 주제넘는, 압도적으로 강대한 절망이 아득히 먼 하늘 위에서 내려왔다.

그리고 시야를 새하얗게 물들이는 눈보라의 스크린 너머에서 그 거구의 음영이 비춘 순간.

용의 포효가 글렌 일행의 온몸을 두들기며 저 넓은 하늘을 뒤흔들었다.

"크……?!"

영혼이 비명을 지르고 피부가 저릿해지는 위력에 이를 악물고 견디자, 무거운 땅울림과 동시에 용이 글렌 일행의 앞에 모습을 드러냈다.

고개를 치켜세워야 전모가 눈에 들어오는 거구, 백은색으로 빛나는 비늘, 온몸에서 흘러넘치는 암흑의 오라.

한없이 푸르게 타오르는 두 눈이 글렌 일행을 똑바로 내려다보았다.

그 흉맹한 위용에 글렌은 반사적으로 간담이 서늘해졌다.

"여, 백은룡. ……아니, 마장성 중 하나인 백은룡장 르 실바."

하지만 세리카는 코트를 펄럭펄럭 나부끼면서 느긋하게 용의 앞으로 나섰다.

산처럼 거대한 용 앞에서 결코 물러서지 않고 맞서는 그 등은 어디까지나 웅장했고, 그녀는 그저 한 마디 이렇게만 말했다.

"결판을 내러 왔다."

'……이거 원, 평생이 걸려도 못 따라잡겠구만.'

이런 상황에서도 글렌은 묘하게 납득하고 쓴웃음을 지었다.

『왔구나, 세리카여……! 기다렸다. ……절실히 기다렸다!』

증오로 타오르는 목소리와 눈동자로 용이 울부짖었다.

『나는 본디 성스러운 쪽에 속한 존재였다……! 그랬던 것을 네놈 때문에 보기에도 역겨운 사악한 존재로 전락하고 만 거다……! 보아라, 이 꼴사나운 모습을! 이것도 전부 네놈이……네놈이이이이이!』

용의 목소리가 물리적인 압력을 지니고 글렌 일행을 정면에서 두들겼다.

『증오스럽다……! 난 네놈이 증오스럽다! 참으로 증오스럽도다아아아아! 죽인다! 죽여주마! 날 이용할 만큼 이용하고 쓰레기처럼 내버린 네놈도! 날 숭배할 만큼 숭배하고 아무것도 돌려주지 않은 왜소한 인간 놈들도! 모두, 모두, 한꺼번에 몰살시켜주마! 나의 이 해묵은 원한을 빙결계에서 뼈저리게 느껴 보아라아아아아!』

용이 내뱉은 것은 막대한 농도의 저주였다.

평범한 인간이었다면 그저 노출되기만 해도 영혼이 파괴되었으리라.

글렌도 혼자서 맞섰다면 이 저주에 마음이 꺾여서 넋을 잃고 바닥에 무릎을 꿇었으리라.

"……아앙? 시끄럽네, 닥쳐. 이 도마뱀 자식."

하지만 세리카는 태연히 흘려 넘기고 짜증스러운 목소리로 말했다.

『뭐……?』

조금쯤은 고분고분한 태도를 보일 것을 기대했던 건지, 제아무리 용이라도 그만한 저주와 원념을 부딪쳐서 꿈적도 하지 않는 상대 앞에선 할 말을 잃고 말았다.

"미안하네. 나, 구체적으로 너한테 무슨 짓을 한 건지 하~나도 기억이 안 나거든? 덤으로 흥미도 없고."

『…….』

"다만, 너 같은 민폐만 끼치는 해로운 짐승을 내버려두면 내 귀여운 바보 제자와, 그 녀석의 귀여운 제자들이 위험해질 테니까 이렇게 일부러 청소하러 와준 거다. 너와 내 해묵은 인연? 과거? 원한? 그딴 건 내 알 바 아니거든?"

『…….』

"지금 내 관심사는 어떻게 해서 널 스테이크로 만들어버릴까와…… 어떻게 해서 바보 제자에게 멋진 모습을 보여줄까…… 그뿐이라고.”

『…….』

“뭔지 잘 모르겠지만, 아무튼 과거의 내가 너한테 폐를 끼친 것 같아서 미안! 하지만 그건 그거고 이건 이거지. …… 냉큼 뒈져버려, 드래곤.”

세리카는 한없이 뻔뻔한 악당 같은 얼굴로 씨익 웃더니 엄지로 목을 긋는 제스처를 취했다.

『으…….』

용은 한동안 입을 다물지 못했다.

『우오오오오오오오오! 세리카아아아아아아아아아아!』

하지만 곧 이 세상 전부를 태워버릴 듯한 분노와 증오를 주위로 흩뿌리기 시작했다.

“그야 당연히 화가 나겠지…….”

글렌은 몸을 덜덜 떨면서 중얼거렸다.

뭐랄까…… 정말 너무했다. 예전에 괴롭힘을 당했던 것을 규탄하는 피해자에게 가해자가 「그런 건 다 잊었으니 가서 빵이나 사와」라고 말한 것이나 다름없는 지독한 소행이었다.

“……너 말이다? 아니, 사정을 잘 모르니 뭐라 할 말은 없다만…… 그래도 말이지?”

“작전대로 가자, 글렌.”

세리카는 기막혀 하는 글렌에게 의연하게 말했다.

“알다시피 난 장기전은 무리야. 그래도 이건 자만도 뭣도 아니지만, 정면에서 용과 대등하게 싸울 수 있는 건…… 아무리 세상이 넓다 해도 나 하나뿐일 거다."

"그래, 목표는 단기 결전……."

"내 목숨을 네게 맡기마, 바보 제자."

"……맡겨두쇼, 망할 스승."

이렇게 해서 서로에게 고개를 힘차게 끄덕인 세리카와 글렌이 나란히 섰고—.

『우오오오오오오오오오오오오오오오오오오!』

용이 포효와 동시에 날개를 펼치며 두 사람을 향해 짓쳐들었다.

스노리아의 가장 하늘과 가까운 땅에서, 글렌 일행과 용의 장렬한 전투가 시작된 것이다.

한없이 정상에 가까운 중천에서 작렬한 용의 포효.

영혼을 꿰뚫는 충격이 천리를 질주하며 실바노스 산맥을 땅 밑에서부터 뒤흔들었다.

그리고 아득히 넓은 하늘에서 광폭한 기세로 날아든 것은 포학한 용의 턱, 흉악한 용의 발톱, 압도적인 거구를 자랑하는 대질량이었다.

무릇 용이란 그 누구도 맞설 수 없는 사나운 대자연의 구현이자, 모든 것을 평등하게 유린하는 절대적인 폭력의 화신.

하지만 세리카의 진홍빛 눈동자는 결코 위축되지 않고 정

면에서 직시했다.

"《《《날아가라》》》!"

그리고 주문을 영창했다. 삼중으로 겹쳐진 개변 한 소절 영창이다.

고작 한 마디로 세 종류의 B급 어설트 스펠인 흑마【플라스마 캐논】, 【인페르노 플레어】, 【프리징 헬】이 동시에 발동했다.

영창만 성공해도 초일류라는 평을 듣는 B급을, 고작 한 소절만으로 동시에 세 개나 발동시키는 세리카 아르포네아의 상징인 절기— 삼중창(트리플 스펠).

극대 전격이 하늘을 찢을 듯 포효하고, 작렬 업화가 눈보라를 집어삼키듯 미쳐 날뛰고, 절대영도의 냉기가 눈부신 이를 드러냈다.

그런 초강력한 세 속성이 하늘의 용을 향해 세 방향에서 날아들었다.

평범한 용이었다면 이것으로 살점 하나 남기지 못하고 소멸했으리라.

『카악————!』

하지만 용은 포효하는 동시에 턱을 벌렸다.

얼어붙는 냉기로 변해서 퍼진 포효가 세리카의 주문을 집어삼켰다.

다음 순간, 세리카의 주문이 소리를 내며 터지고 산산이 흩어졌다.

"호오? 그렇다면…… 《그대는 섭리의 원환으로 귀환하라·―》."

세리카는 다시 주문을 영창하고 단숨에 강대한 마력을 끌어냈다.

"―이하 주문 생략! 사라져라!"

그리고 치켜든 왼손에서 극광의 충격파가 극대 레이저로 변해 뿜어졌다.

흑마 개량형【익스팅션 레이】.

모든 물질을 근원소 레벨까지 분해, 소거하는 세리카의 오의.

하지만 용은 그것조차도 용의 포효와 동시에 날린 얼어붙는 파동으로 상쇄시켰다.

마력의 잔재가 반짝이며 흩어지는 가운데 세리카는 가볍게 휘파람을 불었다.

초 극저온의 세계에서는 모든 분자 운동이 정지한다. 에너지가 제로가 된다.

그 현상을 이용하여 모든 에너지 조작 계열 공격계 흑마술을 문답무용으로 소멸시키는 용의 포효【얼어붙는 입김(배니싱 포스)】.

이것이 바로 에인션트 드래곤이 세계최강의 존재인 이유 중 하나였다.

그리고 세리카의 주문을 소멸시킨 용은 으르렁거리는 소

리에 가까운 주문을 완성했다.

『《■■■■■》!』

대자연에 직접 말을 걸어서 지배하는 에인션트 드래곤의 언어, 드래기시였다.

용의 언어에 응한 주위의 대자연이 세리카에게 흉맹한 이를 드러냈다.

눈보라가 부자연스럽게 소용돌이를 그리더니 수천 개의 진공 칼날로 변해 그녀를 갈기갈기 찢어놓으려 했다. 하늘에 두껍게 깔린 구름도 낙뢰를 난무했고, 눈은 결정화해서 수백 개의 예리한 칼날로 변모했다.

이것이 바로 세계의 종말일까. 혹은 지옥일까.

연약한 인간 따윈 단숨에 산산 조각을 낼 어마어마한 위력이 가차 없이 세리카를 노렸다.

"《《극광의 격벽이여》》!"

하지만 흑마【임팩트 블록】의 이중창(더블 스펠)이 발동.

반구형의 빛나는 돔 형태 격벽이 세리카를 중심으로 글렌 일행까지 완전히 감쌌다.

한 번에 한 방향밖에 막지 못하는【포스 실드】와 달리【임팩트 블록】은 전방위를 동시에 광역 방어할 수 있는 상위 주문이었다.

세리카는 그것을 이중으로 펼쳐서 드래기시의 위력을 전부 흘려버렸다.

『쿠오오오오오오오오오오오오오오오오오오오오오!』

하지만 강대한 드래기시조차 막아낸 그 【임팩트 블록】과 돌진해온 용의 발톱과 턱이 격돌한 순간, 산이 무너지는 듯한 충격이 울려 퍼졌다.

성대하게 유리가 깨지는 소리를 내며 격벽이 부서지고 흩어졌다.

아슬아슬하게 접근한 용의 이가, 발톱이 세리카에게 육박했다.

"《오너라·후덥지근한 녀석》!"

하지만 세리카는 손짓하는 듯한 제스처와 동시에 주문을 외쳤다.

그 순간, 그녀의 뒤에 온몸이 불꽃으로 타오르는 거인이 출현하더니 그 거대한 팔로 용의 돌진을 막았다.

소환【서몬 오즈 레플리카】. 36악마장 중 하나인《홍련의 염제》오즈의 개념을 일시적이나마 마나로 수육(受肉)시켜서 복제하고 사역하는 의사 소환술이었다.

극저온의 눈보라를 두른 용, 초고열의 폭염을 두른 거인.

정면에서 충돌한 양자의 힘이 한순간 팽팽해진 것처럼 보였지만 다음 순간 불꽃의 거인은 완전히 얼어붙어서 폭사했다.

"하하. 뭐, 아무리 악마라지만 속빈 강정이니 어쩔 수 없나."

하지만 준비는 이미 끝났다.

어느새 세리카의 왼손에는 고출력 에너지로 형성된 황금

색 빛의 검이 존재했다.

방금 만들어낸 이 마술을 굳이 명명하자면, 흑마 개량형 【익스팅션 블레이드】.

세리카의 특기인 【익스팅션 레이】를 방출하지 않고 도검의 형태로 응축한 것이었다.

"스읍!"

그녀는 【로드 익스페리언스】로 재현한 영웅의 검술로 그 빛의 검을 휘둘렀다.

백은의 눈보라를 가르는 황금의 혜성.

그 검 끝에서 채찍처럼 늘어난 섬광이 용의 몸통을 쓸어버렸다.

『카아아아아아아아아아아아아아아아아아아악?!』

무시무시한 고통의 절규가 목젖을 뒤흔들었고, 용은 날갯짓을 하며 급상승해 세리카의 간격에서 벗어났다.

그 충격으로 주위에 쌓인 눈이 모조리 날아가고 바위가 드러났다.

'칫…… 얕았나! 엘리에테의 검기가 완벽했다면 방금 공격으로 끝났을 텐데!'

세리카는 이를 악물었다. 방금 일격은 기껏해야 용린을 벤 정도였다.

물론 진은(미스릴)에 필적하는 용린을 벤 시점에서 이미 고유 마술(오리지널) 수준의 위업이었지만 말이다.

『네 이놈……! 네 이노오오오옴! 세리카아아아아아아!』

용은 거대한 얼음 칼날을 세리카의 머리 위로 소나기처럼 퍼부었다.

그녀는 그것을 다시 전개한 【임팩트 블록】으로 여유 있게 막아냈다.

그리고 하는 김에 손가락을 가볍게 튕기더니 미쳐 날뛰는 용의 두개골을 노리고 저 아득히 먼 하늘 위에서 운석을 떨어트렸다.

소환 【미티어 스웜】.

소닉붐을 일으키는 동시에 용의 머리에 작렬한 운석이 대폭발을 일으켰다.

『끄아아아아아아아아아아아아아아아아아아아아악!』

용은 그 충격을 이기지 못하고 날아갔다.

타오르는 운석 파편이 사방으로 퍼져서 실바노스 산맥에 수없이 많은 상흔을 새겼다.

주위로 퍼지는 원한과 증오와 분노.

하지만 세리카는 개의치 않고 주문을 영창해서 용이 반격할 틈도 주지 않은 채 추격타를 가했다.

세리카와 용. 두 존재가 내뿜은 전격과 전격이 허공에서 몇 차례나 충돌했다.

그 장렬한 광경을 본 자라면 누구나 눈치챌 수 있으리라

세계최강의 마술사와 먹이 사슬의 정점에 선 최강의 용.

그 싸움은 완전히 팽팽히 유지되기는커녕…… 세리카가 압도하고 있었다.

오랜 세월을 거쳐서 주위의 대자연조차 지배하게 된 에인션트 드래곤.

원래는 제국군이, 제국 궁정 마도사단이 총력을 기울여서 결사의 토벌작전을 감행한 끝에 절반의 피해, 혹은 그 이상의 손해를 감수해야 겨우 토벌할 수 있는 가능성이 존재하는 — 오히려 패배할 가능성이 더 큰 — 존재.

그런 상대를 정면에서 굴복시키는 절대적인 마력과 지혜와 압도적인 폭력.

사람들이 가로되《잿더미의 마녀》,《세계》,《참극의 마왕》,《용살자》…….

이것이—.

이것이야말로 세리카 아르포네아.

2백 년 전, 외우주의 사신(邪神)을 해치운 영웅이자 그 유명한 셉텐데인 것이다.

'……사실 꽤 무리하고 있지만 말이지.'

글렌은 그런 세리카의 차원이 다른 전투를 눈으로 좇으면서 생각에 잠겼다.

현재 세리카는 마황인장 아르 칸과의 싸움에서 영혼에 심한 손상을 입는 바람에 캐퍼시티가 크게 제한된 상태였다.

그런 세리카가 저만한 대마술을 홍수처럼 연속으로 쓰는 건 원래는 절대로 불가능한 일이었다.

두세 번쯤 쓰면 완전히 바닥을 드러냈으리라.

그렇다면 지금은 어째서 그런 일이 가능한 것일까.

그것은 전적으로, 그녀의 약간 후방에 서 있는 시스티나와 루미아 덕분이었다.

그 두 사람은 서로 손을 맞잡고 서서 조용히 눈을 감고 세리카의 등을 향해 손을 내밀고 있었다.

현재 그녀들은 임시 서번트 계약으로 세리카의 시종이 된 상태였다.

그 영적인 연결을 통해 루미아가 《아르스 마그나》의 이능을 세리카에게 보내고, 시스티나는 자신이 짜낸 마력을 모조리 세리카에게 공급하는 중이었다.

시스티나의 풍부한 마력원(마나 소스)과 루미아의 《아르스 마그나》.

이 두 가지 보조가 있었기에 세리카는 간신히 지금의 스펙을 발휘할 수 있었던 것이다(그래도 전성기에는 미치지 못하는 모양이지만).

하지만 이 방법으로는 양자의 거리가 떨어지면 떨어질수록 효과가 급감했다.

그리고 상대는 용. 그것도 절대적인 힘을 지닌 에인션트 드래곤이었다.

세리카의 모든 신경은 아득히 먼 하늘 위, 항상 공중을 날아다니는 폭군에게 집중되어야만 했다.

따라서 용의 부름을 받고 산기슭에서 밀려오는 얼음 망령들을 상대하는 건 불가능했다. 에인션트 드래곤과의 싸움은 집중력이 승부였다. 2백 년 전의 전성기였다면 또 모를까 지금의 그녀로선 불가능했다.

"우리 차례다! 자, 가자! 리엘!"

"응!"

그런 세리카의 주위로 밀려드는 망령들을 처리하는 역할을 맡은 것이 바로 글렌과 리엘이었다. 그들은 세리카를 중심으로 빠르게 설원을 주파했다.

밀집 진형을 짜고 해일처럼 밀려오는 망령 무리 속으로 과감하게 뛰어들었다.

"흐읍!"

글렌이 날카롭게 스텝을 밟고 양쪽 주먹을 번갈아 연속으로 휘둘렀다.

분쇄, 파괴, 격파.

얼음 망령들의 두개골이 날아가고 갈비뼈가 부러지며 설원에 흩뿌려졌다.

"이이이이이야아아아아아아아아압!"

리엘이 눈을 사납게 박차고 돌진하더니 대검을 전력을 다해 팽이처럼 휘둘렀다.

대회전, 개수일촉(鎧袖一觸).

검의 회오리에 말려든 얼음 망령들이 산산이 부서져서 허공을 날았다.

두 사람의 주먹과 검은, 망령들이 세리카에게 손가락 하나라도 닿는 것을 불허했다.

그런 두 사람 덕분에 세리카는 하늘의 싸움에 집중할 수 있었다.

언뜻 보기에는 압도적으로 유리.

하지만 누구 하나라도 무너지면 바로 전세가 역전되는 살얼음 위를 걷는 것 같은 상황.

"……참 나, 좀 진지하게 싸워보라고! 스승님!"

글렌은 재빠르게 달리며 날아차기를 날렸다.

마치 맹금류가 먹잇감을 포획하는 듯한 킥이 눈앞에 있는 망령의 가슴팍에 꽂혔다.

그렇게 날아간 망령의 몸이 다른 망령들을 덮치고 동시에 바닥에 쓰러졌다.

"《홍련의 사자여·분노에 몸을 맡기고·사납게 울부짖어라》!"

글렌은 그 한복판에 흑마 【블레이즈 버스트】를 날렸다.

세찬 폭염이 터지면서 그 자리에 무리지은 망령들을 사방팔방으로 날려 버렸다.

"……누구한테 하는 소리냐, 바보 제자."

손가락을 튕기는 것을 신호로 흑마 【프로미넌스 필러】가 발동.

하늘을 찌를 듯한 거대한 불기둥이 대지에서 하늘로 몇 개나 솟구쳤다.

이 극한의 눈보라를 작열 업화가 단숨에 갈기갈기 찢고 세상을 한순간 붉게 물들였다.

용은 그 연속으로 솟구치는 불기둥 때문에 더는 접근하지 못했다.

『크……?! 네 이노오오오오오오옴!』

황급히 하늘을 선회해서 좁은 하늘로 내몰렸다.

그리고 각자의 싸움 도중—.

"헷……."

"……훗."

글렌과 세리카는 한순간 시선을 나누며 웃었다.

그리고 다시 각자의 싸움을 시작했다.

적은 여전히 강대했다.

원래는 이렇게 이 자리에 서 있는 것조차 어처구니가 없는 절망적인 상대였다.

솔직히 말하면 당장에라도 등을 돌리고 이 산에서 달아나고 싶었다.

하지만—.

'……전혀 질 것 같지가 않아!'

글렌은 라이트 훅으로 얼음 망령의 두개골을 날려버리면서 생각했다.

'아무튼 이쪽에는 세계최강의 마술사가 있으니까 말이지!'

등 뒤에 서 있는 강대하면서도 믿음직한 존재를 느끼고 신뢰하며, 글렌은 그저 자신의 싸움만을 계속할 뿐이었다.

『우오오오오오오오오오오오오오오오오오오!』

용이 하늘 위에서 울부짖었다.

포효와 동시에 천공에서 수많은 벼락이 세리카를 향해 난무했다.

예로 들자면 이것은 벼락의 유성군.

마치 발작을 일으킨 하늘의 뇌신이 자신의 뇌창으로 지상을 마구 찔러서 모든 대지를 뒤집어엎으려는 듯한 광경이었다.

단 한 방이라도 지면에 떨어지면 어마어마한 전류가 눈을 타고 글렌 일행을 뼛조각 하나 남기지 않고 숯덩이로 만들어버렸으리라.

"《건방지다》!"

하지만 세리카는 흑마【플라스마 필드】를 전개했다.

그녀를 중심으로 마력선이 종횡무진 대지 위를 질주하더니 단숨에 산 정상의 평원을 가득 메우는 거대한 마술법진을 형성했다.

그리고 마술법진의 각 영점(레이 스폿)에서 마찬가지로 수많은 전격이 하늘을 향해 거꾸로 떨어지며 벼락을 요격했다.

전격과 전격의 격돌, 상쇄.

수많은 섬광과 명멸이 하늘 전체를 가득 메웠다.

격돌, 격돌, 격돌.

터지는 뇌명이 수십 개로 포개어져서 대기를 뒤흔들었다.

격돌, 격돌, 격돌, 격돌.

뒤얽힌 뇌광이 달아날 곳을 찾아 비좁은 하늘을 종횡무진 달리다 흩어졌다.

"훗, 번개를 다루는 게 어설프군. 네가 그래도 용이냐."

『세리카아아아아아아아아아아아아아아아아!』

계속해서 벼락을 조종하는 두 존재.

하늘에서 떨어지는 전광, 땅에서 거꾸로 치솟는 뇌화가 작렬, 격돌, 상쇄, 대작렬.

세상이 흑백으로 격렬하게 명멸해서 이제는 눈도 뜰 수가 없었다.

"어떻게 된 거지?! 겨우 그 정도냐?! 이 도마뱀 자식아!"

『멍청한 녀석! 사격전에서 대등하다면……!』

용이 누군가에게 말을 걸었다.

그 순간, 세리카의 주위에서 수많은 얼음 망령들이 일어났다.

"……?!"

그리고 얼음 망령들은 인정사정없이 벼락을 다루는 세리카를 향해 달려들었다.

『자, 호흡을 흐트러트려라! 그 순간이 네 마지막이다!』

그렇다. 이 사격전은 완벽히 대등한 수준을 유지한 상태.

한순간이라도 얼음의 망령들에게 의식을 빼앗긴다면 그 순간이 바로 세리카가 밀릴 때이자 패배할 때였다.

"흥."

하지만 세리카는 완전히 무시하고 계속해서 벼락을 다루었다.

"공교롭게도……."

그리고 망령들의 팔이 세리카를 붙잡으려 한 순간—.

"쓰읍!"

그 사이로 끼어든 선풍이 세리카를 둘러싼 망령들을 모조리 날려버렸다.

글렌이었다.

"……난, 내 귀여운 제자를 믿고 있거든."

『아…….』

이 순간, 계획이 어긋난 용이 오히려 호흡과 집중을 잃었다.

"빈틈이군."

세리카는 그 틈을 놓치지 않고 수많은 벼락으로 인정사정없이 집요할 정도로 용을 두들겼다.

『아아아아아아아아아아아아아아아아아아아아아악!』

땅에서 치솟는 전격난무에 몇 번이나 온몸을 꿰뚫린 용이 저 멀리 날아갔다.

『네 이놈, 세리카……! 네 이노오오오오오오오오옴!』

용은 하늘에서 자세를 고치면서 그 얼어붙은 두 눈으로 아득히 밑에 있는 세리카를 노려보았다.

"하핫! 자, 더 덤벼 봐! 내가 증오스럽잖아?!"

세리카는 손끝으로 하늘을 가리키더니 도발하듯 까닥거렸다.

한 마리와 한 사람은 그렇게 계속 싸웠다.

하늘을 울리고, 땅을 뒤흔들고, 모든 마력과 기량을 펼치며 뜨겁고 격렬하게 싸웠다.

한 사람과 한 마리는 그저 영혼의 격정에 몸을 맡긴 채 싸움을 계속하고 있었다.

———.

———.

—얼마나 계속 싸웠을까.

—얼마나 많은 마술을 구사했을까.

어느 순간, 세리카는 문득 깨달았다.

"……여기는?"

어느 틈엔가 눈앞의 풍경이 변해 있었다.

그곳은 이미 사납게 눈보라가 휘몰아치는 극한의 빙결지옥인 아베스타 정상이 아니었다.

언젠가, 어디선가 본 광경.

핏빛으로 물든 하늘. 메마른 공기.

불에 탄 황야가 지평선 끝까지 아득히 멀리 퍼진 불모의 땅.

모든 변화가 사멸한, 시간이 멈춘 세계.

전에 마황인장 아르 칸과의 전투 도중에도 들여다본 적이 있었다.

여기는…… 세리카의 정신세계였다.

"……그립군. 또 이 세계를 방문하게 되다니."

여전히 아무것도 없는 세계였다.

이런 텅 빈 곳이 자신의 마음속이라는 것이 어이가 없었다.

전에는 남루스라는 수수께끼의 존재가 있었던 그 세계.

하지만 이번에는 다른 것이 보였다.

"……저 녀석들은."

조금 전에 유적에서 본 환상의 자신과 어린 소녀.

거기에 그 남루스라고 자칭한 소녀도 더해서 셋.

흐릿하게 떠오른 낯선 환상의 세계를 환상의 세 사람이 함께 걷고 있었다.

"……?"

아무래도 세 사람은 여행 중인 모양이었다.

단편적으로 떠오르다 사라지는 환상의 광경 속에서 세 사람은 늘 함께였다.

환상의 소녀는, 쌀쌀맞고 차가운 태도를 취하는 환상의 자신을 언제까지나 계속 따라다녔다.

대체 저 셋은 언제, 어디서, 무엇을 위해 여행을 했던 것일까.

세리카는 알 수 없었다. 알 방법도 없었다.

다만, 유일하게 알게 된 것은 저 환상의 소녀는 분명 환상의 자신을 무척 좋아했으리라는 것이었다.

그 소녀는 계속 쌀쌀맞은 태도로 거절하는 시선을 보내는 환상의 자신에게, 항상 친애로 가득한 따스한 눈길을 보내고 있었으므로…….

"……그렇군. 난 그런 아이를 배신했던 건가."

조금 전의 유적에서 환상의 소녀에게 열쇠를 꽂은 자신의 모습을 떠올렸다.

"그렇다면 나에 대한 저 분노와 증오도 필연이라는 거겠군……."

세리카는 빈정거리듯 웃었다.

……하지만 거기까지였다.

그 뒤는, 중요한 부분은 아직 아무것도 떠오르지 않았다.

자신의 정체가 무엇인지. 무슨 짓을 했던 것인지.

왜 저 소녀에게 「열쇠」를 꽂은 것인지.

왜 저 소녀를— 세상에 이를 드러낸 사악한 존재인 백은룡장 르 실바로 바꿔버린 것인지.

세리카는 무엇 하나 기억해낼 수 없었다. 기억이 날 낌새조차 없었다.

"미안. 그래도 난 너에게 질 수는 없다."

하지만 세리카는 결의를 새롭게 다지며 의연하게 말했다.

그러자 다음 순간, 영문을 알 수 없는 환상이 사라지고……
대신 글렌의 환상이 나타났다.

환상의 눈보라 속에서, 환상의 글렌이, 환상의 망령들과
싸우고 있었다.

이런 자신을 믿고, 그리고 지키기 위해…….

하얀 입김을 내뱉으면서 설원을 달리고, 필사적으로 주먹
을 휘두르며, 마술을 날렸다.

세리카를 향해 밀려드는 얼음 망령들과 싸웠다.

당연히 누군가를 지키면서 싸우는데 멀쩡할 리가 없었다.

글렌은 망령들로부터 세리카를 지키기 위해 너덜너덜하게
상처 입었다.

소리는 없었다. 숨소리도 들리지 않았다.

그저 세리카를 지키겠다는 의사만큼은 이런 환상 너머에
서도 통렬할 정도로 전해졌다.

글렌은 계속 싸웠다.

언제까지고, 끝없이 세리카를 지키기 위해.

"……."

세리카는 그런 글렌의 환상을 말없이 계속 지켜보았다.

이윽고 모든 환상이 사라지고…… 세계가 다시 공백이 되
었다.

"……분명 난 언젠가 지옥에 떨어지겠지. 누군가에게 심판받겠지."

그리고 혼잣말처럼 속삭였다.

"하지만, 그래도…… 난 글렌을 지킬 거다."

그리고 모든 인연과 굴레를 떨쳐내듯 말했다.

"난 저 아이를 위한 『정의의 마법사』로 존재할 거다. 그것이 아무리 죄 깊고, 기만에 찬 위선이라 해도. 그것이……《잿더미의 마녀》로서의 긍지니까."

그런 결의를 마음의 형태로 만든 순간.

불현듯 세리카는 섬광처럼 그것을 떠올렸다.

머릿속에 떠오른 것은 마술식이었다.

하지만 지금까지 본 적도 없는 언어체계와 마술문법이었다. 세리카의 마술지식으로는 이 마술식에 담긴 힘을 전혀 이해할 수가 없었다.

지식으로는 이해할 수 없었지만―.

"……영혼으로는 이해할 수 있군."

그렇다. 이것은 아마 옛 자신의 특기.

이것이야말로 과거에 백은룡을 해치운 마술이었을 테니까.

자신의 안에서 되살아난 새로운 힘을 손에 쥐고―.

세리카는 눈을 떴다.

"……?!"

눈을 뜬 순간, 모든 것이 원래대로였다.

새하얀 눈이 시야를 한가득 메우고 있었다.

살을 엘 듯한 극한의 냉기, 사나운 눈보라, 희박한 공기, 하늘과 가장 가까운 정상.

그리고 주위로 펼쳐진 것은 실바노스의 산맥의 새하얗고 아름다운 위용.

하늘에서 날고 있는 것은 강대한 백은룡.

그 거대한 날개를 힘차게 펼치고 자신을 향해 어마어마한 기세로 날아오고 있었다.

그 순간, 세리카는 외쳤다.

"지금이야! 글렌…… 써!"

"……?!"

얼음 망령을 때려눕힌 글렌이 경악한 얼굴로 돌아보았다.

"괜찮겠어?! 아직 망령의 수는 그다지 줄어들지……."

"상관없어! 날 믿어!"

세리카가 단호하게 외친 순간이었다.

"우오오오오오오오오오오오오오오오!"

글렌이 우렁차게 고함을 지르더니 용을 향해서 눈 위를 질주했다.

밀려오는 망령들을 흘리고, 뛰어넘고, 피하며 계속 달렸다.

『어리석은 놈! 왜소한 인간이여, 이성을 잃은 건가!』

바로 용이 드래기시로 글렌을 날려버리려 한 그때—.

"늦었어어어어어어어어어어어어어어!"

글렌이 품속에서 꺼낸 것은 광대의 아르카나.

오리지널 【광대의 세계】가 조금 더 일찍 발동했다.

아르카나의 표면에 적은 혈문자로 즉흥 개변한 【광대의 세계】였다.

글렌을 포함한 전방의 상공으로만 효과 범위를 한정한 것.

모든 마술의 발동을 완전히 봉쇄하는 침묵 영역이 전개되며 용의 마술 발동을 막았다.

『이, 건……?!』

그 순간, 용은 드래기시를 쓸 수 없었다.

당연히 세리카의 마술을 줄곧 상쇄했던 【배니싱 포스】— 드래기시의 일종 — 도 쓸 수 없었다.

하지만 글렌이 제 위치를 벗어난 탓에 세리카의 방어가 텅 비었다.

얼음 망령의 숫자가 워낙 막대해서 리엘 혼자로는 대처할 수 없었다. 시스티나와 루미아를 지키는 것이 한계였다.

그 틈을 노리고 얼음 망령들이 노도처럼 밀려들었다.

"아, 아르포네아 교수님……?!"

소녀들이 비통한 목소리로 절규한 순간—.

세리카는 주문을 영창했다.

"《■■■■■■》!"

시스티나는 무심코 자신의 귀를 의심했다.

이건 어떻게 들어도 근대마술(모던)의 룬어(語)에 의한 주문이 아니었다.

전혀 이해할 수 없고 들어본 적도 없는 언어에 의한 주문, 고대마술(에인션트).

하지만 그것이 허세나 허풍이 아님을 증명하는 것처럼, 시스티나가 보는 앞에서 본 적도 없는 마술이 발동했다.

붉은 선이 질주하며 단숨에 별 모양 법진을 발밑에 전개했다.

세리카가 세워 든 왼팔이 타올랐다. 【인페르노 플레어】 따위는 비교조차 할 수 없는 압도적인 열량을 지닌 불꽃이 주위의 눈을 단숨에 녹이며 암반을 노출시켰다.

붉은 광염(光焰)과 홍련이 반짝이며 세계가 진홍으로 물들고, 질주하는 열파에 닿은 망령들이 모조리 속수무책으로 증발하기 시작했다.

그리고 세리카의 왼손에서 빛나는 불꽃은 이윽고 한 자루의 창을 형성했다.

그 창은 무슨 이유에선지 보는 이에게 타오르는 이형의 불꽃 짐승을 연상케 했다.

그리고—.

"꿰뚫어라…… 【크투가의 엄니】!"

세리카는 그 불꽃의 창을 하늘에서 육박하는 용을 향해

투척했다.

대기가 날카롭게 비명을 질렀다.

음속을 초월한 창이 공기를 가르고 충격파를 흩뿌리며 일직선으로 날았다.

그리고 진홍의 화선이 사납게 휘몰아치는 눈보라를 두 쪽으로 가르며 날아드는 용의 심장을 가차 없이 관통했다.

창은 그대로 구름을 가르고 하늘 저 너머로 빨려들어 갔다.

『아아아아아아아아아아아아아아아아아아아아아아아악!』

그 순간, 용의 단말마가 스노리아 전역에 울려 퍼졌다.

그 후 마치 모든 것을 얼려버리려는 듯 스노리아 전역에 맹위를 떨쳤던 죽음의 눈보라가 거짓말처럼 그쳤다.

『아…….』

힘을 잃은 용의 몸이 추락했다.

거구가 낙하하면서 마나의 입자로 변해 흩어졌다.

그렇게 스노리아를 멸망의 위기에 몰아넣었던 최강 최악의 용은…… 이 세상에서 소멸하고 있었다.

"굉장해……. 이긴 거야……?"

"뭐지, 방금 그 주문은……?"

경악으로 몸을 떠는 글렌 일행이 지켜보는 가운데, 하늘에서 추락하면서 소멸하는 용의 모습을 가만히 바라보며—.

"……미안하다."

세리카는 혼잣말처럼 그렇게 중얼거렸다.

종 장 하늘의 귀환

화이트타운의 얼음 망령들과의 최전선.

"눈보라가……."

"……멎었어?"

밤새 전투 중이던 프랑신과 콜레트가 이변을 눈치챘다.

그러자 산기슭에서 밀려오던 망령의 군세가 갑자기 움직임을 멈추었다.

잠시 후 망령들의 몸이 와르르 무너져 내렸다.

얼음으로 된 뼈에서 해방된, 영혼 같은 빛의 구슬이 하늘로 천천히 떠올랐다.

새벽 전의 어둠 속에서 수많은 빛이 주위를 은은하게 비추었다.

무심코 이대로 마음을 놓을 것만 같은 아름다운 광경이었다.

"하아…… 이제야 끝난 모양이네요. 피곤해라."

지니는 단검을 던져버리고 눈 위에 대자로 누웠다.

이윽고 잠시 넋을 잃고 있었던 경비관과 자경단원들도 서서히 승리와 사태의 종결을 실감하고 환희로 들끓기 시작했다.

"해, 해냈어요!"

"해냈어! 우리가 이긴 거야!"

서로를 껴안고 기쁨을 나누는 프랑신과 콜레트, 성 릴리 마술여학원의 학생들.

경비관들도 안도의 한숨을 내쉬며 서로의 건투를 칭찬했다.

이것으로 스노리아는 구원받은 것이다. 자신들은 살아남은 것이다.

그런 승리의 분위기로 들뜬 일동을, 존 시장과 밀리아는 약간 떨어진 곳에서 지켜보고 있었다.

"시장님…… 앞으로 저희는 어떻게 되는 걸까요……?"

그런 분위기와 반대로 밀리아의 표정과 목소리는 어두웠다.

"이런 미증유의 재해가 일어났으니…… 스노리아의 관광사업에 막대한 악영향을 끼치겠죠. 모처럼 궤도에 오르기 시작했는데……."

밀리아의 입에서는 차마 견딜 수 없는 불안과 회한이 쏟아져 나왔다.

"이 도시는…… 저희는 어떻게 되는 걸까요? ……역시 스노리아는 이제 멸망해가는 수밖에 없는 걸까요? 시장님…… 저는……."

"……괜찮을 겁니다, 밀리아."

하지만 옆에 서 있던 존은 그런 밀리아의 어깨를 부드럽게 두드려주었다.

"저희는 아직 이렇게 살아있지 않습니까. 살아있는 한, 포기하지 않는 한, 앞으로 나아갈 수 있습니다. ……확실히 이번 재해의 영향은 막대할지도 모르지요. 저희에게는 최악의 시련입니다.”

그리고 온화하게 미소 지었다.

“하지만…… 언젠가 반드시 극복할 수 있을 겁니다.”

그러자 밀리아는 한동안 눈을 깜빡이고 그런 존의 얼굴을 응시했다.

“……예, 그러네요. ……그렇겠죠.”

이윽고 그녀도 각오를 다진 듯 표정을 누그러트리며 온화한 미소로 응했다.

“밀리아. 분명 앞으로 바빠질 겁니다. ……그러니 앞으로도 여러모로 잘 부탁드립니다.”

“예, 시장님. 제가 할 수 있는 일이라면 무엇이든.”

그리고 두 사람은 화이트타운 방어전의 공로자들을 위로하기 위해 걸음을 옮기기 시작했다.

눈보라는 거짓말처럼 그쳤다.

마치 세상의 종말처럼 보였던 격렬한 전투의 종결.

글렌과 소녀들은 그 여운에 잠겨 멍하니 서 있을 수밖에 없었다.

“…….”

바람 한 점 없는 정적.

세리카는 말없이 눈을 밟으면서 걷기 시작했다.

그 앞은 조금 전에 용이 추락한 근처였다.

용의 거구는 마나의 입자로 변해 완전히 사라져 있었다.

하지만 세리카는 마치 뭔가를 확신한 것처럼 그곳으로 다가갔다.

"……."

그곳에는 한 소녀가 있었다.

실오라기 하나 걸치지 않은 어린 소녀의 모습은 낯이 익었다.

아베스타 산봉의 유적 안에서, 자신의 내면 세계에서 본 그 환상의 소녀였다.

하지만 더는 환상이 아니었다.

실체를 지닌 한 명의 소녀로서 엄연히 그 존재를 이 세상에 주장하고 있었다.

그 소녀는 이 추운 설원 위에서 아무것도 걸치지 않은 모습으로 마치 죽은 것처럼 잠들어 있었다.

"어라? 이, 이 녀석은 뭐야?! 어디서 튀어나온 거지?!"

"자, 잠깐만요! 선생님도 참! 보면 안 돼요! 이 로리콤 변태!"

"말이 너무 심한 거 아냐?!"

그러자 뒤를 따라온 글렌 일행이 바로 소란을 피우기 시작했다.

"……."

세리카는 말없이 옆에 무릎을 꿇고 허리를 굽혀 소녀를 내려다보았다.

평평한 가슴, 딱 심장이 있는 부분 위에 부러진 「열쇠」 하나가 놓여 있었다.

세리카는 그 부러진 열쇠를 살며시 손으로 치웠다.

눈 위에 떨어진 열쇠는 자연스럽게 풍화하더니 그대로 소멸했다.

그리고 세리카는 소녀의 용태를 검사했다.

몸은 지나치게 쇠약해져 있었고 소름이 끼칠 정도로 차가웠지만 생명의 고동은 분명하게 느껴졌다.

"……살아있어."

"뭐?! 진짜?! 거짓말이지?!"

"응. ……앞으로 의식이 돌아올지 어떨지는…… 잘 모르겠다만."

그리고 세리카는 오버 코트를 벗어서 소녀의 몸을 감싸더니 그대로 옆으로 안아들었다.

"……세리카?"

"글렌. 난 이 아이를 데려가고 싶어."

"……!"

세리카의 표정은 진지함 그 자체였다.

아무래도 한때의 변덕은 아닌 듯했다.

"……괜찮을까?"

"뭐, 어때? 네가 그러고 싶다면 그러든지. 나도 그런 식으로 구원받았으니까."

그러자 세리카는 잠시 말없이 글렌을 바라보다가 살며시 입을 열었다.

"……고맙다."

그저 온화하게 웃으면서…….

──.

지금은 사람 하나 없는 화이트타운의 중앙 광장 한켠.

"이렇게 해서."

그 소년은 꼭두각시 인형을 조종하며 말했다.

민족적인 문양이 자수된 로브와 후드로 온몸을 넉넉하게 가린 소년이었다.

깊이 눌러쓴 후드와 그 밑으로 흘러내린 은발이 얼굴을 반 이상 가리고 있어서 자세히 보이지는 않았지만, 분위기만 봐도 틀림없이 절세의 미소년임을 짐작케 했다.

"그 저주받은 《마녀》는 다시 문지기를 쓰러트렸고, 지금 위대한 지혜로 이르는 하늘의 성으로 가는 《문》이 열리게 되었습니다."

펠로드였다. 유랑 인형사 펠로드 베리프.

그런 그의 소매에서 드러난 왼쪽 손등에는 「희화화된 쌍둥이 천사가 서로를 마주보는 듯한 구도의 문장」이 있었다.

이 세계에서 이 문장을 아는 자는 극히 드무리라. 이 문장이야말로 그 하늘의 지혜 연구회에 전해지는 비중 비사인 《천공의 쌍둥이(타움)》의 인장.

그런 것을 몸에 새기고 있는 자는 이 세상에 단 한 사람밖에 없었다.

"……여기 계셨습니까, **대도사님.**"

뒷골목의 어둠 속에서 나타난 엘레노아가 펠로드를 그렇게 불렀다.

환희에 도취된 표정으로 공손하게…….

대도사.

제국의 긴 역사 속에서도 정체불명. 때로는 우락부락한 남자, 때로는 아름다운 여성, 때로는 나이도 차지 않은 어린애의 모습이라고 일컬어지며 실존 여부조차 의심스러운 전설적인 인물.

하늘의 지혜 연구회, 제3단 천위(天位)(헤븐스 오더) 【대도사(헤븐)】.

조직의 최고 지도자가 바로 여기에 있었던 것이다.

"그건 그렇고 설마 당신께서 이런 겉 무대에 벌써 모습을 드러내시게 될 줄은……."

엘레노아는 약간 슬픈 눈을 내리깔고 말했다.

"역시 저로는 대역을 맡기에 부족했던 걸까요?"

"아니, 그렇지는 않아."

대도사 펠로드는 자신을 비하하는 엘레노아를 부드럽게

위로했다.

“엘레노아. 난 너에게 전폭적인 신뢰를 보내고 있어. 너보다 위계가 높은 다른 어뎁터스 오더들보다 말이지.”

“……황송한 말씀이옵니다.”

“내가 여기 온 건…… 오랜만에 그녀(루미아)를 만나고 싶었고, 모처럼 개막한 공연을 가장 좋은 자리에서 직접 보고 싶었기 때문이지.”

펠로드는 자못 즐거운 얼굴로 입가에 호선을 그렸다.

“아니, 어폐가 있군. 공연은 이미 아득히 먼 옛날부터 개막한 상태였지. 이 알자노 제국이라는 극장을 무대로 희곡은 면밀히 이어져왔고, 배우들은 계속 춤을 춰줬어. 역사의 흐름에 따라 수많은 복선이 깔렸고, 그것이 이제야 비로소 종막을 향해 모이고 회수되는 중이지. ……이번 일은 그 종막을 향한 제1막. 각본가 겸 연출가인 내가 그것을 가장 좋은 위치에서 보고 싶어하는 건 역시 당연한 일이잖아?”

펠로드는 쿡쿡 웃었다.

“일개 배우에 불과한 저에겐 대도사님의 뜻을 헤아릴 수 없는 부분도 많습니다만…… 그것이 본인께서 바라시는 일이라면 얼마든지 뜻대로 하시길.”

“후후, 고마워. 엘레노아.”

대조직의 수장과, 그 수족인 부하.

하지만 그런 두 사람 사이에는 마치 오랜 친구 같은 허물

없는 분위기가 존재했다.

"그건 그렇고…… 설마 그녀가 이 제1막의 무대에 오를 줄이야……."

"그녀…… 세리카 님 말씀이신가요?"

"그래, 공허(세리카)."

엘레노아의 질문에 펠로드는 부드럽게 고개를 끄덕였다.

"이 제1막의 개막 무대에 그녀가 나오다니…… 이건 우연일까. 아니면 필연일까. 이 세계에는 정말로 이 나조차 헤아릴 수 없는, 정해진 「운명」이라는 게 있는 걸지도 모르겠어. 이렇게 해서 어두운 땅속에 갇혀 있었던 《문》은 봉인이 풀렸고, 그 《문》을 수호하는 용의 《문지기》가 마녀의 손에 쓰러져서 길이 열렸지. 나의 예상을 아득히 뛰어넘는 최고의 제1막이 된 셈이야."

그러자 엘레노아는 즐거워하는 대도사에게 굳은 표정으로 진언했다.

"만약 대도사님께서 바라신다면…… 제가 세리카 님을 무대에서 배제할까요?"

"후훗. 네가 진심으로 싸우면 가능할지도 모르지."

대도사는 부드럽게 고개를 저었다.

"하지만 안 돼, 엘레노아. 세리카는 이미 이 이야기의 중요한 복선이야. 배제하면 모처럼의 이야기를 망치겠지. 그런 종막을 고조시키는 요소가 빠져버리면 쓸쓸하잖아? 모든 것은 자연스러운 흐름에 맡기자고…… 지금까지 내가 늘 그렇게 해왔던 것처럼."

"죄송합니다. ……제가 주제넘은 말을."

"아니, 괜찮아. 엘레노아. 안 된다고는 했지만, 결국 넌 네 마음이 가는대로 움직이면 돼. 내 뜻을 따라 이대로 정관하는 것도 좋고, 아니면 내 뜻을 거역해서 세리카를 배제하는 것도 나쁘지 않겠지."

대도사는 온화하게 웃었다.

그저 한없이, 하염없이…….

"자유로운 인간의 의사가, 분명 내 이야기의 시작을 자아내줄 테니까. 그래서…… 난 이렇게 지금 나 자신의 이야기를 그릴 수 있는 거지."

그렇게 말한 대도사는 한없이 온화하게, 마치 겨울의 끝을 알리는 봄바람처럼 계속 미소 짓고 있을 뿐이었다.

——.

"참 나, 결국 터무니없는 방학이 됐구만……."

눈을 밟으며 아베스타 산봉에서 하산하던 글렌이 한숨을 내쉬면서 투덜거렸다.

"오랜만에 놀러 왔다 싶더니만, 이거 참 놀라워라. 스노리아를 멸망의 위기에서 구해버리질 않나……. 잔업 수당이나 좀 달라고, 젠장."

"훗…… 뭐, 이러니저러니 해도 좋은 추억이 됐잖아?"

잠든 소녀를 등에 업은 세리카가 글렌의 옆에서 즐겁게 웃었다.

글렌이 힐끔 뒤를 돌아보자 시스티나와 루미아와 리엘도 즐거운 얼굴로 담소를 나누고 있었다. 아직도 용을 퇴치한 흥분이 식지 않은 느낌이었다.

돌이켜보면 참으로 밀도가 높은 하룻밤이었다.

확실히 그 안에 있을 때는 자각하지 못했지만 이렇게 전원이 무사히 살아남고 난 뒤에 곰곰이 생각해보니, 놀랍게도 이런 젊은 나이에 용 퇴치라는 전투 경험을 얻은 것이다.

그야 평생 잊어지지 않을 체험인 게 당연했다.

조금 어폐가 있기도 하고 신중하지 못한 표현일지도 모르겠으나, 견문을 넓히기 위한 추억 만들기라는 당초의 목적 자체는 대성공을 거둔 셈이었다.

"……끝이 좋으면 다 좋은 거라는 건가……. 아니, 좋지 않다고! 망할!"

글렌은 한숨을 내쉬고 눈을 걷어찼다.

언제 지쳐 쓰러져도 이상하지 않을 상황이건만, 아마 자신들의 힘으로 용을 퇴치했다는 흥분과 고양감 때문에 피로가 마비된 것이리라.

도시에 도착하고 흥분이 어느 정도 가라앉으면 죽은 것처럼 잠들 게 확실했다.

싸악, 싸악, 싸악.

오로지 눈을 밟으며 하산하는 소리만이 천천히 울려 퍼졌다.

이윽고 글렌이 공복을 느낀 순간이었다.

"저기, 글렌."

옆에 있던 세리카가 갑자기 귓속말을 속삭였다.

"왜?"

"만약에. 이건 만약의…… 이야기인데."

"……?"

"만약 내가 언젠가 세계의 적이 된다면…… 넌 어쩔 거지?"

글렌은 세리카가 무슨 말을 하는 건지 이해할 수 없었다.

그녀는 그저 눈을 가늘게 뜨고 먼 곳을 바라볼 뿐, 마치 뭔가 깨달음을 얻은 것 같은 그 투명한 표정에서는 아무런 감정과 의도도 읽을 수 없었다.

글렌은 당혹스럽다 못해 입을 다물 수밖에 없었다.

"만약 그렇게 되면, 그때는…… 네가 날 막아주지 않겠어?"

그러자 세리카는 대답을 기다리지 않고 말했다.

"……세리카?"

"난 너에게라면…… 그렇게 돼도 좋으니까."

어째서 갑자기 이런 말을 꺼내는지 전혀 이해할 수 없었다.

하지만 그녀가 지금 진지하게 자신의 대답을 기다리고 있다는 것 정도는, 아무리 섬세함이 부족한 그라도 뼈저리게 느낄 수 있었다.

"어쩔 수 없네. 만약 그때가 오면, 그때는 내가 결판을 내줄게. 바보 스승이 저지른 장난의 뒤처리를 하는 건…… 뭐, 제자의 역할일 테니까."

"……글렌."

"그래, 나한테 맡겨. 네가 바보 같은 짓을 시작하면 내가 널 두들겨 패고 꽁꽁 묶어서라도 다시 데려올 테니까. ……이거면 만족했냐?"

그렇게 대답한 순간—.

"……풋!"

세리카는 쿡쿡 웃음을 터트렸다.

"뭐야?"

"글쎄? 그냥……."

세리카는 몸을 돌리고 글렌의 눈을 똑바로 바라보았다.

"난 널 만나서 정말 다행이라고…… 진심으로 그렇게 생각해."

그리고 눈을 녹이는 봄바람처럼 웃으며 그렇게 말했다.

그 미소는 이 세상 그 무엇보다도 아름답고 공허해 보였다.

이렇게 해서 스노리아를 덮쳤던 눈보라는 그쳤다.

글렌이 고개를 들자 아득히 먼 산의 능선 사이로 태양이 얼굴을 내밀었다.

긴 밤의 끝을 고하는 아침 해가…….

그 눈부신 빛이 마치 이 무시무시한 밤에서 살아남은 그들을, 그리고 스노리아를 축복하는 것만 같았다.

일행은 강대한 용을 쓰러트린 자부심이라는 조촐한 보수를 선물로 들고 활짝 갠 은백색 세계를 묵묵히 하산했다.

글렌은 문득 누군가가 부른 것 같은 기분에 뒤를 돌아보았다.

고개를 들자 아직 어둠의 잔재가 남은, 눈으로 뒤덮인 아베스타의 산봉우리가 시야에 들어왔다.

끝없이 이어진 실바노스 산맥의 여러 산 중에서도 한층 더 하늘에 가까운 그 위용은, 눈부신 여명의 빛을 새하얗게 반사하며 그저 잔혹하게 아름다울 뿐이었다.

■작가 후기

안녕하세요, 히츠지 타로입니다.

『변변찮은 마술강사와 금기교전』 12권이 발매되었습니다.

편집부 및 출판 관계자 여러분, 그리고 이 『변변찮은』을 지지해주신 독자 여러분께 무한한 감사를.

이번 12권은…… 이야~ 진짜 한 번쯤 이런 시추에이션을 써보고 싶었습니다!

눈보라! 설산! 극한의 추위 속에서의 사투!

개인적으로 이런 극한의 땅과 설산에서 추위에 떨면서 목적을 위해 분투하는 시추에이션을 볼 때마다 가슴이 두근거리곤 하거든요.

그래서 저도 꼭 한 번 써보고 싶었는데 결국 저질렀습니다!

이런 소재 자체는 예전부터 묵혀두고 있었습니다만, 스토리 진행상 여러모로 사정이 있어서 좀처럼 쓰지 못했던 걸 마침내 써버린 거죠!

정말로 일러스트레이터를 울리는(캐릭터의 복장이라는 의미에서) 이 작품, 미시마 씨. 죄송합니다. 그리고 감사했습니다! 평소와 다른 복장의 글렌 일행을 볼 수 있어서 정말 기뻤습니다!

그리고 이번 12권은 이 『변변찮은』이라는 이야기에서 굉장히 중요한 내용을 다뤘습니다.

이번 주역이 된 세리카 씨. 앞으로 이 이야기가 종막을 향해 나아가기 위해서는 절대로 피할 수 없는 에피소드였네요.

과연 세리카의 정체는 무엇인가?

동화 『멜갈리우스의 마법사』란 대체 무엇인가?

그 수수께끼의 일부가 밝혀진 권이었다고 생각합니다.

물론 이번 권에서 다룬 건 그것뿐만이 아니었습니다. 그리운 멤버들과의 재회와, 마침내 그 사람까지 등장! 이번 권에서도 제가 생각하는 『재미』를 잔뜩 담을 수 있었다고 생각합니다.

조금이라도 독자 여러분께 그것이 전해졌다면, 조금이라도 이번 이야기를 즐겁게 읽어주셨다면 정말로 작가가 된 보람이 있을 것 같습니다.

그리고 독자 여러분께 한 가지 알려드릴 정보가 있습니다. 실은 저, 히츠지 타로가 이 『변변찮은』과 동시에 다른 작품을 한 편 더 쓰게 되었습니다.

제목은 『라스트 라운드 아서즈』.

열한 명의 아서 왕 계승후보자가 현대의 아서 왕이 되기 위해 경쟁하는 가운데, 수수께끼의 주인공 마가미 린타로가 그 싸움에 끼어들어서 깽판을 부리는 이야기입니다. 물론 전설의 「원탁의 기사」들도 대거 등장합니다.

이 이야기를 쓰기 위해 토머스 맬러리경의 아서 왕 이야기 원전까지 사서 연구했던 건 좋은 추억입니다. 이 작품을 통해 제가 해석한 새로운 『아서 왕 이야기』를 표현할 수 있으면 좋겠습니다.

이번에도 직구를 한가운데에 전력으로 던지는 듯한 작품이오니 『변변찮은』을 좋아하시는 분, 아서 왕 이야기를 좋아하시는 분께선 꼭 한 번 읽어주시면 감사하겠습니다.

아무쪼록 잘 부탁드립니다!

히츠지 타로

■역자 후기

안녕하세요, 역자 최승원입니다.

이번 권은 개인적으로 매우 고대하던 세리카가 주역인 두 번째 이야기였습니다. 다른 히로인들보다 출현 빈도가 적은 만큼 주역이 됐을 때의 임팩트는 역시 굉장하네요. 이 압도적인 포스는 정말이지……. 솔직히 이번 권만 놓고 보면, 아무래도 다른 히로인들은 전혀 승산이 없을 것 같은 느낌이 팍팍 들 정도였습니다. 시스티나의 절절한 탄식에 정말 깊이 공감이 되더군요. 세리카 너무 강해……(연애든 전투에서든).

물론 그뿐만 아니라 다른 히로인들과의 깊어진 유대와 태도의 변화 등도 드문드문 엿보여서, 작업하는 내내 흐뭇한 미소가 절로 나왔습니다. 개인적으로는 그 눈치 없던 리엘이 글렌을 위로하려고 품속에 고이 간직해둔 딸기 타르트를 주는 장면에서는 참으로 가슴이 찡했습니다. 흑흑, 정말 많이 성장했구나.

사실 이밖에도 쓰고 싶은 이야기가 많았지만, 이번에는 마감 기한이 정말 촉박한 상황이라 여기서 이만! 물론 전적으로 제 잘못이지만요. 편집자님 거듭거듭 정말 죄송했습니다. 그럼 다음 권은 단편집이 될지 본편이 될지 아직 잘 모르겠습니다만, 아무쪼록 이른 시일 내에 다시 뵐 수 있기를 바라며 이만 짧은 후기를 마칩니다.

변변찮은 마술강사와 금기교전 12

1판 1쇄 발행 2018년 11월 10일
1판 4쇄 발행 2020년 4월 22일

지은이_ Taro Hitsuji
일러스트_ Kurone Mishima
옮긴이_ 최승원

발행인_ 신현호
편집부장_ 윤영천
편집진행_ 김기준 · 김승신 · 원현선 · 권세라 · 유재슬
편집디자인_ 양우연
국제업무_ 정아라 · 전은지
관리 · 영업_ 김민원 · 조은걸 · 조인희

펴낸곳_ (주)디앤씨미디어
등록_ 2002년 4월 25일 제20-260호
주소_ 서울시 구로구 디지털로 26길 111 JnK디지털타워 503호
전화_ 02-333-2513(대표)
팩시밀리_ 02-333-2514
이메일_ lnovelpiya@naver.com
L노벨 공식 카페_ http://cafe.naver.com/lnovel11

ISBN 979-11-278-4725-8 04830
ISBN 979-11-86906-46-0 (세트)

값 7,200원

*잘못된 책은 구매처에 문의하십시오.